有一种力量,叫文学;
有一种美好,叫回忆;
有一种感动,叫青春;
有一种生命,在鲁院!

活命

鲁迅文学院"百草园"书系

张行健 ◎ 著

HUO MING

发掘古老土地上的人性美与人情美
演绎乡民的人生命运
展示深厚的文化心理
传达对传统文化的怀恋
及对现代文明的反思

江西高校出版社

图书在版编目（CIP）数据

活命 / 张行健著. —南昌：江西高校出版社，2017.3
（鲁迅文学院"百草园"书系）
ISBN 978-7-5493-5158-9

Ⅰ.①活… Ⅱ.①张… Ⅲ.①中篇小说—小说集—中国—当代②短篇小说—小说集—中国—当代 Ⅳ.①I247.7

中国版本图书馆CIP数据核字（2017）第040639号

出版发行	江西高校出版社
社　　址	江西省南昌市洪都北大道96号
总编室电话	（0791）88504319
销售电话	（0791）88505573
网　　址	www.juacp.com
印　　刷	北京一鑫印务有限责任公司
经　　销	全国新华书店
开　　本	700mm×1000mm　1/16
印　　张	16
字　　数	220千字
版　　次	2017年3月第1版 2020年7月第2次印刷
书　　号	ISBN 978-7-5493-5158-9
定　　价	43.00元

赣版权登字-07-2017-158

版权所有　侵权必究

图书若有印装问题，请随时向本社印制部（0791-88513257）退换

目录 Contents

口啊，口 …………………………………… 1

清明上坟图 ………………………………… 43

国画达人 …………………………………… 91

东山石匠 …………………………………… 131

老了就一塌糊涂 …………………………… 150

找一棵最适合上吊的树 …………………… 183

活　命 ……………………………………… 223

□啊，□

病从口入

在生产队里，大头是个地道的全劳力。

评工分的时候，大头常常第一个被全体社员通过。

"大头，强壮全劳力，十个工分——"

十分工是全劳力一个劳动日的工值。一天能挣十个工分，就证实你是一个全劳力了，那可是一个大男人在村里的身份地位和骄傲。

半劳力或多半个劳力通常是指村里的老汉、妇女、娃娃家，能挣五分、六分、八分不等的。

半劳力们对全劳力自然有一些敬畏，而全劳力们都对大头有一些敬畏。

大头有三大：脑袋大、力气大、饭量大。

大头的个头在村里是属于高个子了。他细高的身材上却长一颗硕大的脑袋，使人想起农户家装米装面装豆子的柳条圆子。这只柳条圆子极不协调地安在大头的脖子上，直叫人担心他那条细长脖子的承受力。

大头身骨属于瘦型的那种，因个子高、骨架子大，便不显得瘦，而是精瘦结实。再加那颗大得出奇的脑袋，大头给人一些很有力气的感觉。

生产队的男女社员们在大路边的一块地里整地，歇息的时候，看见队里的一头毛驴儿拉一平车牛粪上土坡，极吃力。大伙坐下来看哈哈笑，赶车人又急又恼，挥起鞭杆没命地抽打，毛驴儿不知是没那个力气还是被抽打得发毛，非但不上坡了，还步步后退，一直退到了坡根下，那样子让赶车人无奈而狼狈。

众人的笑声没落，就听大头瓮声瓮气地说道："这驴，也太傀了，那么一小车粪也拉不上去，还是平车，还是牛粪，就等着挨刀子杀了吃吧！"

大头的口气让歇歇儿中的几个后生家有些不满、有些不平，好像大头的力气要比拉车的毛驴大多少倍似的，有个叫拴子的精明小伙站出来，冲着大头嚷道：

"大头，你身高力不亏这我们承认，可你也不能这么贬低小毛驴儿吧，那可比个强劳力不知强多少倍哩！满满一平车牛粪啊，上那么大的陡坡，换成你试试？"

拴子的话纯粹是想压压大头的狂傲，并没有激将大头的意思。其他人想看看热闹，顺了拴子的话去激将大头：

"大头试试，大头试试——"

"大头肯定比那条驴子强吧——"

"那可不一定，那赖好是条驴呀，大头还能比驴劲儿大？"

"这就看大头敢不敢试一家伙了——"

大伙七嘴八舌，弄得男男女女全都拿了眼窝去看大头。

大头想都没想，朗声说道："试就试，不过咱得打赌的。"

拴子一怔，问："怎么打法？"

这回大头想了想，说："我把那车粪拉到坡顶上，你给我买二十个火烧；我拉不上去，我给你买二十个火烧！"

大头的眼窝直愣愣盯着拴子，眼窝里迸溅出欲望的光点。

这回拴子有了些迟疑，喃喃地说："十个火烧还不行么，非得二十个那么多？"

"我输了我也给你买二十个火烧，还不是一样么！"

大头说得很坚决。

大伙又起哄道："人家大头应赌了。拴子可不能发哟，别学了那条退坡的驴！"

"拴子，不就是二十个火烧么，再说输赢还不一定哩，你发什么？"

拴子的自尊受不了大家的起哄，咬了后牙根子说："我应赌！"

村里打赌有个规矩，怕事后反悔，赌者双方赌前就都得把赌资拿出来，由中间人保管。

火烧就是饼子。那时候一个饼子五分钱，二十个饼子正好一块钱。

大头和拴子身上哪有现成的一块钱！现场的社员七凑八凑，分钱、毛票凑出一块钱来。

这下有了好戏可看。歇着的男男女女，还有断断续续从这里经过的路人们围了好大一个半圆，好奇地看一场拉车上坡者打赌儿！

那条退坡的蔫驴早被赶车人御了套，睁了一对大大的驴眼，好像也要看一看顶替它拉粪上坡的大头是何等人物，有何等壮举。

人群静静观望着。

大头弯下腰来，先是磕了磕两只方口布鞋里的土呀、草屑呀，然后直起腰来使劲勒了勒那条麻绳裤带。

他朝两个手心里吐了口唾沫，就走向了坡根下的粪车。

粪车是村里常见的胶轮小平车，因满装了牛粪，故而前车和后车插了半圆形的柳条班子，车中间凸起的牛粪远远高过了车帮，这样就有了很可观的容量。

大头走到粪车边，并不急于去抓扶那两根车把，他先把前后柳条班子紧了一紧，然后用力捏住了两根车把杆子，扶起，却朝后退着，退着，退了两三丈远，再猛地使劲拉车，他想借用这一惯性拉上半坡，最后再使出他浑身的解数来。

从大头拉起粪车的那一刻起，拴子就让坡下观望的人们朝后退，且让退得远远的，他说："大头十有八九拉不上去，他一旦松手车子滑下来，碰着谁谁该倒霉，那可是人命关天的大事啊！"

大伙听拴子这一说，纷纷朝后退了老远，大头退坡，好像是铁定了的事情。

大头却在众人惊奇的目光下把车拉上了陡坡。正如他事先料想的那样，猛跑的惯性可上到半坡，到了半坡，他得用上吃奶的力气死命地拉，他的一颗硕大的脑袋低下来，再低下来，他能看见车轮子，车轮子由快到慢。他不敢让那两只胶轮子停下来，停下来就再不朝上滚动了，停下来很快就滑下去了，退坡了，后果不敢多想了。大头蹬蹬地用着力，那可是全身在用力，手扶肩拉，腿脚蹬，腰部再用劲下躬。他憋了一口气，吭哧——吭哧——，脸憋红了，脸憋紫了，脸憋青了。大头觉得脸憋黑了的时候，粪车居然被拉上了陡坡坡顶。他把平车放在平平的坡顶上，才大口大口地喘着气……

坡下的观望者为大头叫好。

拴子的脸儿一下就歪了，就扭曲了，粪车悠然地上在坡顶的时候，他知道能买二十个火烧的他的一块钱就不归他了。他的脑袋有些晕，有些痛，那是输赌后的晕沉和心痛。他好像听见众人为大头叫好，又听到队长派人拿了那赌注一块钱，沿大路到三里外的镇子上买火烧去了……拴子一屁股坐在拴着蔫驴的那棵歪脖子树下。

当二十个香喷喷的火烧买来的时候，大头给自己留下五个，他正准备把其他火烧散给身边劳作的人时，拴子却上前把大头挡住了。

大头不解地看拴子。

拴子出人意料地说："我还要接着打赌！"

"怎么打？"大头一头雾水。

"你能一气吃下二十个火烧，算你赢，吃不下算你输。"

没想到拴子会这样。

"那我吃完了，我赢了咋办？"大头问。

"你赢了，我再输你一块钱，不过吃火烧是干吃的，不能喝一口水。"

大伙感到拴子输急了胡来哩，都纷纷不平道：

"拴子不能这样，该咋着就咋着呀！"

"不就是一块钱的赌儿么，做人要厚道！"

在大伙吵吵嚷嚷中，大头却答应下了拴子的赌儿。

"行，吃就吃，我能吃了你输，我吃不完我输，赶明儿个我给你买二十个！"

第二轮赌儿就从大头的那张上下厚唇圈成的大嘴巴的嚼动下开始了……

大头吃东西时，脸上涌动着十分复杂的表情，有饥饿、欲望、怜惜，还有无奈。饥饿是那些年里农村人的共性，尤其是大头这样的全劳力壮小伙，饥饿时时袭击着他；欲望是大口吃食的贪样和占为已有的本能；怜惜是一个庄户人对手里食物的爱惜，爱惜却又不能不吃，流露在脸上就成了无奈。这七七八八、离奇古怪的表情一起涌动在大头的脸上，那张辽阔的脸盘被挤压得扭曲变形了，眼窝里常常不自觉地流着泪，鼻孔也在下意识里一下一下抽动。原本进食的愉悦被大头弄成了痛苦和心酸。

大头在这样的表情下一口气吞吃了七八枚火烧，因拴子规定了干吃，不能喝水，故而他细长脖子上的那颗大大的喉结儿就比往常更加突兀地滑动着，是上下滑动，是由快速到缓慢的那种滑动，也是涩涩巴巴的滑动。让人担心那喉结肉球儿忽一下会从脖颈上暴突出来，迸溅出来。

大头吞吃火烧的过程，是大伙静静观望和吞咽口水的过程，火烧浓浓的油香味儿和火烤味儿在干燥的田土上荡着，激起每人的食欲。大家为大头的吞食一面感到羡慕、嫉妒，一面为他担心，担心他吃不完那一大堆火烧，吃坏了身子可咋办？

大头的喉结依然在执着地抖动着，由初始的欢快到中间的涩巴再到现在的缓慢，而火烧，一个一个地少了。在平时，一个大小伙子一顿饭吃五六个、七八个火烧也就饱了，没听说过谁能吃十个火烧的。今儿是半后晌，还不到饭时，大头已经吃了十七八个了，队长很担心大头会出事，就劝他道：

"行了大头，打赌也是淘气哩，万不可那么当真，吃了这么多，就算你赢了，剩下的就算了吧，至于那一块钱，我明儿个给了拴子得啦！"

大头却吃力地晃动着他硕大的脑袋，摇着，不同意队长的话，两只眼窝红红的，能喷出血来。

拴子此时也有些怕，怕大头出事，这赌儿是他挑起的，万一出了不测，他难逃干系。

"大头，别吃啦，算我输，算我输，求你了！"拴子捂住了剩下的两枚火烧。

大头也不说话，只一掌就把拴子推倒在地下，一争一夺间一枚火烧掉到了土里，大头拾起来，也没吹一下，然后一手掂了一枚火烧，在大伙更为惊讶和担心的眼光下，一口一口地嚼着，慢慢地，慢慢地咽了下去……

大头赢了。

队长亲自扶着大头回到家里，让他喝些茶水，帮助消化。

第二天，大头照常出工了，和平时的大头一样。

大头的名气从那个下午起就传遍了十里八村：

"翟村大头的力气超出了秃尾巴驴。"

"翟村大头的饭量比秃尾巴驴还大！"

大头成了公社的名人。

就是这一年，大头的老妈病死了。

老妈活着时，虽说光景穷，但大伙都穷啊。大头家的穷光景让老妈过得有条有理，衣裳虽是粗布的，有棉有单分季节；饭食虽说粗粮多，有稠有稀分早晚。大头从家里出来了，也能体面地走到人前头。老妈一死，一切都变了，大头成了一个人，日子就过得颠三倒四，家里、院里也乱七八糟。衣服多日不洗也就算了，饭是贵贱做不成个样子，更可怕的是大男人过日子没个计划，一年的口粮半年就吃光了，吃光了咋办？借。亲戚邻居、村里村外，有借无还，再借很难。大家都知道大头怕人的饭量，谁也不敢再借他。

吃不饱肚子的大头自然就不能好好出工，三天打鱼，两天晒网，再说，一个全劳力一天的十分工，只能值了八分钱，分红时七扣八扣，反而要倒贴了。

自个儿做了一段时日的饭，大头觉得实在心烦，就按最省事、最简单的来，化糊糊简单：锅里的水开了，抓一把棒子面洒进去，再放一些切好的白菜萝卜呀、山药蛋呀，就那么一煮，二煮，再煮，稀稀稠稠一大锅，大头一连七碗八碗就喝净了。白菜、萝卜毕竟经不住大头的海吃，以后的锅里就只剩了一些棒子面。

大头的肚子，整日价咕咕地叫唤，黄灿灿的棒子面窝头，成了他最美好的奢望，眼下他连掺了野菜的窝头也吃不上。填饱肚子，成了他迫切的事情。

人饿极了，什么事儿都可能做出，何况像大头这样大饭量的人。

饥饿中的大头躺缩在家里的小土炕上，他等着天黑。他早在心里筹划好了，天一黑，就出去行动。

天，在大头的焦急等待里一点点黑下来，当夜的墨汁把村落浸透时，提了一只破筐子的大头悄悄摸进坡里那片萝卜地。

萝卜是白萝卜，碧绿的叶子，白胖的身子，半截扎进土里，半截露在外面。大头先顾不上往筐子里拔，他拔一条匆匆捋一把泥，便急切地送进嘴里，咬、啃、嚼、咽。漆黑的萝卜地，闪动着萝卜的一点点白影，响起清脆而贪婪的大嚼声。

大头啃嚼和吞咽的时候，只觉得有甜甜的、凉凉的汁液直朝肚子里流，他迫不及待地把咬个半碎的萝卜一口一口咽了下去。他感觉肚子里像有一盘久不运作的石磨，忽地转开了，急切地碾着、磨着刚咽下的萝卜疙瘩，轰轰隆隆的，肚子里一阵一阵被填充被调动的愉悦感，在这种快感的伴陪下，大头一气吃下了十几条白萝卜，他才觉得肚子里有了内容，实在了，不似以前那么空洞，同时也有一丝一缕的微痛在肚子里漫延……他这才匆匆地朝筐里拔起了萝卜。

大头在夜里的行动频繁了，拔苜蓿，摘瓜菜，掰玉茭，捋豆子，他最喜欢的就是钻菜地，顺手摘了十几条黄瓜，洗也不洗，就噌噌地大吃一气，还有，紫皮的茄子，他也能生吃，馕馕的，五颗六颗地吃进去了。筒子白和茴子白大头也生吃，叶子一片一片地掰了，往嘴里送，白菜叶子塞进去，两个口角就有绿绿的沫液冒出来，直朝脖颈里流，三五棵白菜，让大头吃得好过瘾。

大头还喜欢钻初秋的玉茭地，玉茭棒子刚怀了娃娃，棒子一条一条掰下来，剥去皮子，玉米粒儿嫩嫩的像小女娃刚长出的牙，一排一排整整齐齐等着大头去啃、去咬。大头便不客气，探过嘴去，露出一排黑黄的大门牙，他并不啃、不咬，一排门牙像一排耙子，对了嫩玉茭上下一耙，玉米粒儿便噼噼啪啪破在了他的大嘴里，白白的浆液就流在他的喉管里、舌头上，耙完一条，他集中地大咽一口，咕咚一下，大头感到了新鲜的青涩的甜，像久违的奶汁儿。

社员们自然就有了反映，队长听而不闻也不行了。一个大晌午，队长来到大头的家。

大晌午，饭时。大头家却冰锅冷灶，锅台上铺了厚厚的一层尘土，想来已多日没做饭了。

大头此时正懒懒地睡在炕上，养精蓄锐，准备着晚上的出动。

队长耐心地劝说着大头，并调换了大头在队里的工种，让大头挣着全劳力的工分，却去做使唤牲口的活计，犁地呀、耙地呀、摇耧呀，和中老年一起做较轻松的活儿。队长还决定，每月从饲养场里给大头称出三十斤黑豆或豆饼、老玉茭那些平时款待骡子马儿的饲料，作为给大头的一点补贴。

大头脑袋大，脑筋肯定是够用的，只想了一想，就点头应了。大头还是讲理的人，知道队长有队长的难处，能做出这个决定，对他大头是尽可能地照顾了。

大头从此干起了使唤头牯的营生，犁地、耙地、摇耧播种、拉粪运草，只是停止了夜晚的出动。他不是不需要田野里的瓜瓜菜菜，瓜菜照样诱惑着他庞大的永远饥饿的胃口，他只是觉得夜晚再出动就对不起队长了，他得忍着。

大头有大头的做人底线。

生产队里使唤头牯一般是固定的，这便于人对牲口习性的了解，人和头牯长时间磨合，使唤起来得心应手，避免产生不愉快的摩擦和冲突。客观上也叫使唤者爱惜牲口，无形中有了一种责任。

大头就固定地使唤一头叫乌嘴的骡子，乌嘴全身土黄色的毛，嘴的部分却乌青乌青，人叫乌嘴。这是一头老骡子，生性老实，干活踏实，给生产队里做了三十年的活路。大头和其他社员一样，从心里爱惜乌嘴，也佩服乌嘴。干活时大头常常想，自个每月吃的那三十斤牲口料，也有乌嘴的一份啊，这不是克扣乌嘴了吗？他心里就感到对不起乌嘴，就如同以前的夜里行动，当吃饱了瓜瓜菜菜时，忽然觉得对不起社员们。

大头把这种歉意表现在对乌嘴的照顾上，干活歇息时，他拿一把小铁刷子给乌嘴刷刷皮毛。乌嘴老了，皮毛就不顺溜，就有一块两块的疮斑，就有蛟蝇在四周叮咬。大头从兽医那里取了药膏，涂在疮斑处。干活前后，大头会从地垄上、山坡里拔一捆鲜嫩的野草儿，让乌嘴尝个嫩鲜；干活间歇，遇到在沟涧里时，大头会拉着乌嘴，在清净的晒过太阳的小溪里饮水。这样几个月过后，乌嘴的皮毛就顺溜了，也有了些许光泽，身上的骨架也不再像往日那般突兀，有了一些膘和肉了。

三十斤牲口饲料难以填充大头的胃口，夜晚待在家里的大头被饥饿困扰着，他能听见肚子里一阵一阵响动，咕噜咕噜，轰轰烈烈，像拉犁累了的乌嘴骡子喷出的一串一串的响屁。

响动厉害了大头便待不住，站起来思谋一些充饥的事儿。

昏黄的油灯下他忽然看见墙壁墙角上有一只壁虎，静静地趴在那儿，一动不动。看壁虎的身条，长长的、圆圆的，是很有一些肌肉的。大头掂起自己的一只布鞋，光了脚悄悄到了墙角，猛一击打，那只倒霉的壁虎就掉在炕上，一条尖尖的尾巴还在摇呀晃的。大头抓起壁虎，感到肉肉的、凉凉的，想也没想，在灶膛里燃起一把柴草，就烧起来。一袋烟功夫，大头闻到了焦香的味道，用筷子把壁虎夹出来，吹了吹外表的柴灰，一下就塞进嘴里，他咬着、嚼着，尝到了香味儿，尝到了腥味儿，尝到了怪味儿……大头贪贪地咬嚼着，一口就咽下了壁虎白白的肉。剩下皮子咬来咬去太筋巴，他吐出来放在了一边。

大头心里埋怨壁虎太小，那一口肉刚刚勾起他的馋虫，想了一想，大头心生一计，多日来，在他入睡的时候，大小老鼠们在炕上地下乱窜，今儿何不设下鼠夹，放这块壁虎皮做诱饵儿，夹它一夹？一只老鼠可比一只壁虎大多了！这样想着，大头在草房里找回那只老母在世时用过的老鼠夹子，别上那块壁虎皮，撑起来，然后钻进被窝里，静静等着收猎的消息。

夜朝着纵深里走去，村里静寂得只有夜虫在叫。大头的家里却一如既往有了响动，今夜的响动似乎比往常多出几分力度，不知是不是屋里那只壁虎缭绕着的味道吸引了夜游的鼠们。

大头在黑暗里圆睁着双眼，大脑袋上的两只大耳朵更是尖尖竖起，静等着收猎的声响。

声响终于炸起，是后半夜的时候。

大头大喜，他的期待没有落空，点灯细看，嗬！夹住了一只大灰鼠，少说也有两斤多。他用拇指和食指在那颗鼠头上一捏，咔嚓一下，老鼠脑袋就碎了。大头喜滋滋取下鼠来，用小刀在老鼠屁股处开一个小口，一拉一拽，剥下皮来，再用小刀开膛破肚，拽出肠肠肚肚，一整块鼠肉就等着下锅开煮了……

大头煮鼠肉如同他后来的煮蛇肉、煮蛤蟆肉、煮鸡肉、煮骡子肉一样，简单到了极点：开一锅水，扔一把盐，煮熟便吃，不用调料不用刀切。那个深夜大头吃得不错，一只整鼠吃下去了，还美滋滋喝了一锅鼠肉汤。

那以后大头的大脑袋开了窍，天天出工前把鼠夹子撑起，收工后或许会有大大小小的收获。

一日耕地，一向踏实肯干、埋头耕作的乌嘴骡子在没有大头任何口令的情况下，忽地停下了，且神情慌张，举蹄无措，乌青的嘴子里喷出"呜——呜——"的惊呼声。

原来有一条四五尺的长蛇在骡子眼前爬着。

大头顺手拣一块土疙瘩，跟了黄蛇疾跑，照准了蛇头，土疙瘩就杵了下去，砸了下去。

并没能杵准砸着，大头索性用脚去踩蛇头，一踩，二踩，终于一脚踩中，再用力去拧，一拧，二拧。蛇挣扎着，甩动尾巴，尾巴被大头用手提了，一抖一抖的，那条蛇就不动了。

蛇头早被大头踩扁，大头提了蛇尾，兴奋得在地里一圈儿一圈儿地甩，像甩皮鞭。把一地的男女吓得惊叫。

好不容易熬到收工，大头回到家里，像剥鼠皮一样把那条长蛇剥成一条长肉，去掉小肚子里那黑黑的一条儿，就下锅开煮了。

煮得八成时，大头抓一把大颗子盐往锅里一扔，再煮。大颗盐是从饲养场里拿回来的，是牲口吃的粗盐，白白黑黑的，颗粒板结得很大，大头觉得吃这种盐有劲儿，过瘾，一疙瘩顶一疙瘩！

一条蛇，一锅汤，还煮二斤黑豆，那顿饭让大头吃得滋滋美。这以后，村巷里、胡同里，谁家的房梁上、屋檐下、鸡窝旁、小井边，只要发现了蛇，就叫大头去打、去捉，十有八九，大头总会提蛇归来，不管有毒蛇、无毒蛇，不管青蛇、草蛇、土蛇、水蛇。

夏日雨大，暴雨之后，大头宽阔荒凉的土院里，会从土堆上和草丛下蹦跶出两三只或四五只蛤蟆一类的东西。那蛤蟆一身的疙瘩，大脑袋大身板，墩墩胖胖，蹦着、爬着，很缓慢的样子。

大头的眼里放着怪异的光泽，他就奇怪自家空荡荡的院子里，怎么还藏着这些奇奇怪怪疙疙瘩瘩的家伙呢？只有下大雨了，这些家伙们才肯溜达出来，既然出来了，大头就不会再放它们回去。

大头顺手从草屋拿了一只深筐子，一只一只把这些胖胖的癞蛤蟆捉进筐子里，癞蛤蟆不乐意让他捉，快爬慢蹦没能逃出大头的捉拿，蛤蟆便释放一种难闻的气味儿来反抗大头。那气味说不来，香中有臭，酸里有腥，很是刺鼻的。大头就火了，用拳头在每一只蛤蟆背上捣一家伙，蛤蟆们便乖乖不动了。

宰杀蛤蟆的过程，是辛苦和愉悦的过程。辛苦是这些东西身上的怪味儿直熏得大头抹鼻子掉眼泪，而欢喜是主要的，每脱一个癞蛤蟆的皮，大头的肚子里就有一分充实。宰杀癞蛤蟆的举动引得胡同里的小娃儿纷纷来围观，远远地看着，捂了鼻子，大概是蛤蟆浑身的怪味儿，让他们躲得远远的了。

拴子也随了看热闹的孩娃们进了大头的院子。拴子尖了嗓子惊呼道："大头，可真有你的，连癞蛤蟆也敢杀了吃，谁敢吃这东西呀？你就闻不着它们全身的臭味儿、怪味儿吗？"

大头头也不抬一下，专注地杀蛤蟆，嘴里却说道："狗日的呢，凡是能蹦、会爬、能跑、会走的东西我都能吃，凡是会叫、会嚷、会喘气儿的东西我都敢吃，咋？你不信？你不服？咱打赌来，我一锅吃十只癞蛤蟆，吃不下，算我输；吃下了，你输。我输了，你让我咋着我咋着；你输了，你的新媳妇能让我睡一夜么？"大头说着认真起来，两眼瞪得滚圆。

那时候拴子刚刚娶了山里的一个小媳妇，小小俏俏，喜欢得死去活来，听大头这一较真，吓得转身便跑了，他哪里还敢和大头打赌儿呢？又不是没打过！

癞蛤蟆的肉里有些怪味儿，说不来的一种香臭腥酸混合着的味道，大头使劲儿朝锅里扔盐，还向邻居借了大把花椒一起煮了，才把怪味压下去。

那两天大头的一对厚唇油油的，阔大的脸盘也光光堂堂，有人担心他光堂的脸盘上会长出癞蛤蟆一样的疙瘩来。

村人的担心是多余的。

后来，雨天来了，大头就分外勤勉，提了那只深深的筐子，在自家院里捉蛤蟆，自家院子捉不到了，就在邻家院里捉，一家挨一家，几场雨过后，整个胡同里邻居家的蛤蟆就被大头捉光了。

天无绝人之路。癞蛤蟆光了的时候，夏天的雷阵雨中伴了雨点会飘落许多昆虫，大的，村人叫龙圪蚤、龙跳蚤。一只龙圪蚤，有铜钱般大小，呈紫红的颜色，几条细腿长长的，尖嘴有须，这些天不知怎么就被风雨刮进了大头的院落，一只只，一群群，在这片陌生的院子里爬行着。

那时候的大头正感到饥肠辘辘，一连几天没能吃到一顿像样的饭食，后背已经紧贴前胸，而空荡荡如同他的院落一样的肠胃里，正有无数只饿虫子在爬、在抓、在挖挠。

看到一群艰难爬行的大天虫，大头先是惊讶一下，紧接着就想起孩童时他整天价在地里在园子里点一把，火烧吃屎壳郎、蚂蚱、蝈蝈、蚂蟥、蜥蜴、蟋蟀、扁扁虫、蛄蝼虫、蚯蚓、跳蛹、飞蝉、蜻蜓、蜗牛、蛸虫……这些东西有地上爬的、有天上飞的、有草上落的、有土里钻的，逮住了一把火烧过，身上除了翅膀呀、脚呀、前后腿呀这些不能吃的东西，全是可以入口下肚的。

别看这些虫子外表丑陋，身子里还是有一些嫩香嫩香的肉，受到以往启发的大头在雨中把一院子的龙圪蚤收拢在一起，那些挣扎动弹不甚老实的家伙他用一把笤帚使劲拍打两家伙，它们折胳膊断腿，就动弹不了。大头从草房子里弄一团柴草出来，点燃了，将整整一大簸箕的龙圪蚤洒在柴草上，马上便有噼里啪啦的声响爆开来，炸开来，苍蓝色的烟雾里升腾起一缕缕焦煳的刺鼻气味儿，那是因为天牛的外壳翅膀被烧着了、烧焦了……大头掌握着火候，觉着里面烧熟的时候，舀了土坑里的一盆雨水浇灭了火，伸出两只长长的粗粗糙糙的手指，一只拈了，像扒烧山药蛋一样，扒着细细吃。

大头厚厚的嘴唇上，满涂了黑黑的柴灰。

大头的饥饿仍无法解决，常常上顿饱了，下顿却没有着落。

那些年上面让社员勒紧裤带学大寨，加班加点，别人也饥也饿，粮都不够吃嘛，大头的饥饿尤甚于他人。早饭喝五碗糊糊，放两泡长尿，不到半前晌，肚子就空瘪了。扶着犁耙时，硕大的脑袋便晕晕眩眩的，扑进眼里的一切，全幻化成了菜窝头、蒸红薯、山药蛋、高粱面、糊糊汤……大头不敢奢想白面馒头、饼子油糕、臊子面、浇汤面、西红柿面、炒干面，这些美食对于大头陌生得遥远起来，想都不敢想一想。

熬到歇歇时，大头早已顾不上给乌嘴骡子拔草了，他装着解手到沟里或到坡上，找一片鲜嫩的草儿，找嫩叶儿捋下，一口一口地朝嘴里塞。他嚼着，吞咽着，他觉得肚子里因有了内容暂时充实了一点，不那么心慌了，不那么冒虚汗了，眼睛也能看清东西了。

会喘气儿的东西就能煮了吃，不会喘气儿的东西，只要牲口能吃，我大头也能吃！

这是大头从吃事里悟出来的学问。

农事稍稍松快的时候，干活前大头会到谷场上设一个圈套，把一架柳条筛子倒扣了，边缘支撑一根细细的木棍儿，地下撒一些玉茭粒儿、高粱米儿，以此来诱惑野鸽子。有那么三五只野鸽子远远看着筛子下的食物，见谷场上并没有劳作的农人，一两只胆大的鸽子试探着在筛子周围转悠，警惕地看了看四周，确信无危险时，小东西就抵御不了诱惑，走进那个圈套里，快快地啄食，见第一只无事儿，第二只、第三只也快快地走进筛下。鸽儿们转动身子，互相争食的时候，只要稍稍一动筛子，那支木棍就倒了，筛子便快速地扣住了争食的野鸽子……

每到收工时候，大头便快快地跑向谷场，急着看他的收获，运气好了，会有一两只野鸽儿或三两只麻雀被扣在里面。大多的时候是没有这种运气的，洒下的玉茭粒被啄吃一空了，筛子却还那样倾斜地支撑着，大头远远看了，身子会像面条一样软下去。

收获当然会有的，在那个饥荒的年头，人在想尽法子找吃的，飞禽们也会处处觅食儿。

见柳条筛子扣到地下，并且扣住了野鸽子，大头的兴奋不亚于小孩娃们过年，不弱于老光棍娶亲，一张辽阔且苍黄的脸上，会袭来激动的潮红。大头俯下身子双膝跪地，小心地将一只大手伸进筛下，去捉拿野鸽儿。野鸽儿咕咕惊叫，跳着躲避他不怀好意的大手，急了便去啄他的手心手背。倒霉的鸽子，哪能躲开大头粗暴的大手？只三两抓，就被捏了出来，拽了出来。手指在鸽子小脑袋上只一弹，鸽子便晕死过去。一手拎着，另一只手在场地上就地和泥，土和水早已备好，匆匆和好泥，再用泥巴把晕死的鸽子涂了个严严实实，再烧一把柴禾，柴有硬柴软柴，硬柴是树枝，软柴是麦秸，软柴引火，硬柴烧火，裹了鸽子的泥巴放在火堆里，烧着、沤着，泥皮干透并烧出一些微红的时候，里面的鸽子便熟了。

大头如是烧出两枚来，坐在熄灭的火堆边，扒泥、除灰，灰子是柴火灰，是鸽子被烤烧成粉状的毛，磕一磕，吹一吹，大头撕开便吃，除了尚有鸟粪的肚儿和肝边的那一条苦胆，大头悉数吃了。面对腹腔里那一团儿细细的鸽肠子，大头毫不犹豫，一口就吃进嘴里，他并没感到牙碜，体会到的是一种绵香。

野鸽儿的骨头肯定也细细的，被大头的门牙、后牙咬得支离破碎，骨头里的那点油星被一条粗大的舌头吮出来、吸出来，骨的残渣终舍不得吐掉，在舌头上下翻卷中就吞咽下去了。

这样从容而完整地吃掉一只野鸽儿，再吃一只野鸽儿，大头完全浸在一种吃的愉悦和贪的投入中。许久许久了，意犹未尽，舍不得离去。

还是得离去的。他起身步出麦场，下到深幽的涧沟里。那儿有一泓雨后留下的坑水，大头拨开水边的漂浮物，双手掬了，一捧一捧，大喝一气后，他觉得肚子里已有一些充盈，舒服了这才上到谷场上，在麦秸垛上掏一个软洞，塞进身子美美地睡一个午觉，等着后响的出工。

这样的幸福时光自然很少，大多的时辰大头得忍受肚饿的痛苦。有时候饿极了，大头会青绿着眼窝，直勾勾地看着队长，看得队长心里发毛。

大头困惑地问："咱种田人，咋就没食儿吃呀，咋就常常挨饿呀？"

队长的肚子也咕咕地啼唤，像被大头扣住的野鸽儿。他无话回应。他咋弄得明白？只得含糊糊说："就这个形势嘛……谁让咱是农民哩！"

大头挨饿日甚一日，家里院里的鼠类、蛙类、虫类早已被他吃绝，他总不能把鼠夹子设在邻居家吧？心底那一缕自尊固守着最后的防线。

大头曾想把鼠夹子设在生产队的粮仓里，那里他多次见过野兔一样的大老鼠窜出窜进。他找到仓库保管员说了自个的想法。保管员过去当过小学教员，文绉绉的，又小心翼翼，还唠唠叨叨，听罢把山药蛋一样的小脑袋摇得让人眼花："这恐怕不行，这可能不行，这根本不行，大头你想想呀，这是啥地场，这可是生产队的粮库哪，瓜田李下你懂不懂？瓜田不纳履，李下不正冠你懂不懂？这么惹人眼目的场地，你大头提个鼠夹子出出进进，让人作何想法？哎？你大头脑袋再大也不该生出这个不合适的想法呀……"

大头真不懂"瓜田李下"是啥意思，大头懂得这事儿这小老头不答应，大头看他那颗山药蛋一样不起眼的小脑袋，恨不能一口咬进嘴里去。

大头也曾想把鼠夹子设在生产队的马号里——就是饲养场里，说给饲养员老汉，饲养老汉痛快地说："行吧，行吧，夹狐子套狼都可以，只要你大头能夹上。"

一连半个月，夹子空空的，一无所获，后来大头才知道，饲养场里，老鼠可食的东西多而杂，牲口槽子里的残料、豆饼、麻糁、黑豆、高粱，还有麦秸中的麦粒，豆蔓里的豆子，旮旮旯旯里吃食遍地，故而夹子中的那一点诱饵，老鼠并不稀罕，何况贼精的老鼠对夹子这类东西很警戒，不到万分饥饿是不会轻易试探的。

提了夹子，大头耷拉着一颗硕大且饥饿的脑袋，朝他的老屋走去。

路边粪堆里的一团团物什让大头的眼窝敏感了一下，机警了一下。

走前去，是两只被人扔弃了的死鸡。

"嗯？"

大头提起死鸡闻了一闻，并没闻出太大的臭味儿，四下里一看，胡同里并无闲人，他匆匆提了回到院里。

大头这回关了院门，一人摸揣着鸡的浑身上下琢磨。

鸡是两只还算不瘦的母鸡，大头知道鸡不是老死的，是病死的，鸡主家不敢贸然去吃才弃到了胡同里的粪堆上。

大头自然有心眼儿。大头宰杀了两只鸡，掏干净了鸡腔里的肠肚五脏，破例用净水把鸡肉洗了又洗，就开煮了。

这次除了盐，除了花椒，大头还在锅里扔了两根大葱和三条辣椒。

大头啃鸡肉时心里多多少少总犯一些嘀咕。

原本想只吃一只，等过一天半后晌的看有没有事儿。等吃完一只，他忍不住又撕拽另一只的两条腿，三拽两撕，另一只也给吃完了。还喝了六碗鸡汤。

大头心里忐忑着去犁地，他有些怕，那两鸡万一吃了毒物而自己又吃了它们，岂不也中了毒？

这样后怕地一想，肚子有了反应，也有了翻腾和调动的声响闷闷地在肚子里运作，他排出了一串又一串痛快的响屁，大头觉得那个下午把一辈子的屁都预支了，真怕裤子后面被轰出破洞来。

说也怪，肚子翻滚过后，就没事儿了，这真让大头虚惊了一场。同时，他拣拾死鸡的胆儿也大了几分。

这样，在无数个闲暇里，大头便在村子的胡同里转悠，他在寻找着每个胡同里久积的垃圾堆，寻找着垃圾堆里扔弃的死鸡儿，看准了，便等着天黑。只要夜幕一闭合，他就提一只筐子光顾村里大大小小的垃圾堆，把垃圾堆里被人刚丢弃了或丢弃一二日的死鸡悉数拾进他的柳条筐子里。

死鸡、病鸡吃多了，有时也犯恶心，也呕吐，他在院子里吐过，在干活计的地里吐过，大头呕吐的声音沉闷而雄浑，常常令年迈的乌嘴骡子也惊觉地竖直了耳朵。

和大头一块干活的拴子就给他捶背，大头让拴子把拳头攥得狠一些、圆一些，再重重地落在他的后背上，这样每一拳捣下去，随着一响，大头的嗓眼里便有一团儿秽物被震出来，呕出来，掉在地里。

拴子等人就劝大头,不要再胡吃乱喝了,病从口入,好多毛病是吃出来的,看你刚才呕吐的样子,谁看了也难受。

是的,大头呕吐时是很难受的,嘴里吐着,眼里也流着泪,鼻孔里还悬吊着鼻涕,样子很惨。可是,大头觉得即使这样,也要比挨饿好受,挨饿的那种痛苦和难受他大头是怕狠了,怕深了。要让大头选择,宁愿吃垃圾堆里的死鸡,忍受呕吐的痛苦,也不愿意肚子空空,忍受饥饿的惨状。大头的心里有他的老主意。

人一旦有了老主意,别人劝说的话就成了田野里的风,吹一阵,再吹一阵,耳朵边呼呼一响,过去了,没事了。

乡村的夜晚里,依然有一条高大的影子,提一只深深的柳条筐,拨开浓稠的夜雾,动作快捷地光顾村巷里一座座大小垃圾堆。

这样,乡村田野的风中,会飘过油菜花的香味、冬小麦的甜味、菜蔬们的清爽味儿,当然,偶尔也夹杂了大头呕吐过后难闻的异味儿。

乡村的日月在清瘦中一天天地度过;

乡村的大头在饥饿、饱和与劳作间的呕吐里一天天地度过。

大头使唤的那头乌嘴骡子一天一天地老迈了。

首先是乌嘴的双眼不好使了,早晨出工前,它的眼角依然被眼屎和泪痕涂抹着,大头得端一盆清水给它细细地清洗;到了后晌,还在地里干活呢,它的双眼就被糊住了。乌嘴的牙口也衰得厉害,麦秸几乎嚼不动了,得吃苜蓿,吃鲜嫩的青草,夏秋两季还成,冬春哪来的青草呀?吃不到,乌嘴的身骨就日渐地消瘦衰弱了。乌嘴的腿蹄也有些迟钝,犁地时如果犁沟松了些、深了些,腿蹄踏进去就像陷进去一样,努力挣扎着才能拔出来……由于身体的衰老,乌嘴便散发一种老迈的气息,腥臭的那种,惹得苍蝇、蚊子、臭虫、牛虻老朝它身上跑,它自身也滋生一些无名的寄生虫。以前它还想法子在树上、墙上、电杆上、槽头上蹭痒痒,现在老了、钝了,也顾不上蹭了,苍蝇蚊子在身边嗡嗡地飞叫,乌嘴骡子也无精力去甩动尾巴和抖动耳朵。

社里牲口不退休。年迈体弱的乌嘴骡子只要还喘气,就得走到田土里，犁地、耙地、耱地、拉土、拉粪、拉磨……

这天，乌嘴骡子悄无声息地倒在犁沟里了，再也没能起来，就如同乡村一面风化的老土墙，在某一个早晨或傍晚悄无声息地坍塌了一样。

庄户人都心疼老乌嘴，尤其是有年岁的老庄户，乌嘴骡子陪他们风风雨雨在田土里滚爬了多半辈子，老乌嘴是社里的老功臣呐！

大头心疼得依在乌嘴身边呜呜地哭起来。村里人都说大头老妈死时，大头就是这样哭的。

以往，牲口老死、病死或失足掉崖摔死了，队长会派几个人抬到麦场上剥皮杀掉的，牛皮、驴皮、马皮、骡子皮晾干让熟皮把式一熟，再割成块拧成皮绳，大车或小车上都能用得着，肉呢，自然是按生产队的人头一人一斤或半斤分下去的。

宰杀牲口分肉到户是无奈的事情，队长和使唤牲口的把式们会难过得像被人剜心，只有不懂事的娃娃家因能吃肉解馋，才一蹦二跳高兴得如同过年。

意见一致得让人惊讶，老乌嘴骡子非但不能宰杀，还要埋葬在队里南坡向阳的一片草地里。

队长大头还有拴子几人亲自在草地里挖了一个土坑，含泪把乌嘴骡子埋进去了。

没了乌嘴，大头深感空落落的，一颗心，也像被人埋进口坑里一样。

一天、两天，三天过去了，饥饿如虫子在整日整夜啃咬大头的那个庞大而亏空的胃。

提了筐子走进村落的一条条胡同里，那熟悉的脏土堆里却没有一只抛弃的死鸡。是的，乡村的鸡并不是随时都可以死的，它们的躯体不会及时填充大头饥饿的肚腹。

大头饿得心慌意乱，再不进食，他不知道能否熬得过今夜了。

他得赶紧弄点吃食呀！

情急之下，大头就想到了三天前埋进坑里的乌嘴骡子。

大头的心一阵紧跳，宽阔的脑门上沁满了汗珠。

"大头，你还算个人吗，你狗儿的为了吃就啥都不顾了，啥都不顾了……"

"大头，那可是乌嘴骡子，是你使唤了几年的乌嘴骡子，是给队里干了一辈子苦活、累活儿的老实的乌嘴呀，它是老死、累死的，死了就让它得个全尸吧，让它全货着在坑里慢慢沤去吧……"

"大头，你打乌嘴的主意那可是烂肺、烂肝、烂良心哩，你就不怕村里人骂你，队里人的唾沫星子淹你吗……"

大头在一个劲儿地自责着，他真想挥拳狠砸自己那颗无用的大脑袋。

只怔了一怔，大头的想法又变了。俗语说："人死如灯灭。"一个畜牲死了还知道个啥？沤了还不是浪费么？毛主席曾说过，贪污和浪费可是一种犯罪哩！

想到这里，大头的肚子又轰轰隆隆响起来，炸起来，爆起来，也更厉害地难受起来，他依然提了那只深深的柳条筐子，掂了一把圆头锨，出了院门直往南坡里跑去……

土坑并不深，坑上面坟头一样还堆起一个土包。大头在夜雾里朝土包拜了一拜，含含糊糊地说："乌嘴，咱俩是老搭档了，看在往日我给你顺毛、拔草、喂食儿的份儿上，今儿你就帮我大头一把，就给我两条后腿吧，来世我当牲口你当人，你使唤我犁地耙地、拉土拉粪，不听话了，你抢圆鞭子可劲儿抽我的这颗不争气的大脑袋……"

大头说罢眼里忽地就涌出了泪，不知是心疼乌嘴还是心疼自个儿，这样抽抽搭搭着推开了土包挖开了土坑，终于拽着了乌嘴骡子的两条后腿。他还是咬了咬后牙根子，从腰里拔出短刀来，他舍不得乱砍，而是顺着骡子大腿的踝骨，一圈儿一圈儿割过，很快乌嘴骡子的两条大腿就被大头割下放进了筐子。

那时正是夏季，骡子已死了三天半时间，埋入土中也已三天整，浓浓的腐臭味儿荡开来……大头由于饿极，由于心慌，便忽略了那气味儿，做贼似的回到家里，剥皮剔骨，点火烧水，慌忙中不忘了扔一把粗盐，放两根大葱。这样煮了几袋烟功夫，大头便急不可耐地啃食起来……

猛嚼了一肚子骡子肉的大头很香甜地进入了梦乡，说也怪，他居然梦见了他赶着乌嘴骡子在犁地，乌嘴骡子似乎年轻了很多，皮毛也光溜溜的，只是看不清乌嘴的两条后腿，大头用劲去瞅，瞅见的是一片乌紫乌紫的血……

睡梦中的大头出了一身冷汗。

此后两天里大头安然无事，照常出工劳作，只是偶尔肚子里猛揪一阵，咕咕响动一阵。第三天大头便感到了且痛且晕，整个头部有一种膨胀的感觉，膨胀得麻木而虚浮。

大头家里没有镜子，他看不见自个儿肿胀的脑袋已与柳条筐子一般大小了，嘴巴、嘴唇也泛紫发肿，整个嘴巴乌青紫黑得让人想起乌嘴骡子来。

大头不敢出门，他怕丢人，怕人谈论他。他想待在家里静养两三日，便会好的，肿胀的硕大脑袋会慢慢消下去，会恢复平常的大小。不料脑袋依然在肿胀，耳朵里、鼻孔里、眼睛里流出脓水。他起先闻着的是生南瓜、生茄子、野苜蓿的菜味儿，之后就是龙圪蚤、壁虎、土蛇、蜥蜴的冰凉的怪味儿，还有麻雀、野鸽子烤焦了的糊味儿，最后就变成了癞蛤蟆、大老鼠、死鸡、腐骡子的浓浓的腐味儿……

很奇怪的，生病的那几天里，大头一点也感觉不到饥饿。人常说，百病养人哩。莫非病人不思茶饭是病本身养着人么？大头也弄不清楚，除了病痛，他前所未有地没有了饥饿感，这让大头颇感到一缕慰藉，甚或有了一种幸福感。

耳鸣是某一天下午发生的，耳鸣之后是晕眩，大头恍恍惚惚，恍恍惚惚，忽地眼前一黑，一头栽到了炕下，那颗原本就硕大而此时肿胀得硕大无比的脑袋一下插进了炕下放置的柳条筐子里……

大头死了。

队长派队里的木匠给大头做了一具杨木棺材，派拴子等几个全劳力在南坡的那片草地给大头挖好了墓坑。村里脑袋最大、力气最大、饭量也最大的大头就被一伙年轻人抬着埋到墓坑里了。

下葬之后，拴子用扁担给隆起的坟头刮土，拴子刮得有棱有角整整齐齐。拴子抬头一看，惊呼道："大伙看，大头的坟头和乌嘴骡子的坟头在一个直线上，是近邻呢！"

大伙一看，可不是么，生活就这么巧巧地做了安排，人与畜其实也差不了多少！大家都叹息一回，都伤心一回，就又想起乌嘴骡子，就又想起他们的大头来。

祸从口出

在村里，小蒜脑儿算得上是个人物了。

春天的山坡上，有山野菜、野葱、野蒜什么的。野蒜苗儿，小小巧巧的，绿莹莹的一簇，探下手去一拽，一棵野蒜就被拽离了地面。野蒜与大蒜相比，没有大蒜那么多的蒜瓣牙儿，仅圆圆的、小小的一颗，头上顶一两根细细弱弱的苗苗，乡人就把它们叫作"小蒜儿"。

在村里，脑袋特别小的人，人们会起个外号叫小蒜脑儿，想一想，真是形象极了，拿小蒜那小小的、圆圆的东西同脑袋做比喻，夸张且有趣。

不少人年少时脑袋很小，特别是村里的饥饿年月，没有好吃好喝，本该大的脑袋也大不了。等人长大了，脑袋也随了身体不断发育膨胀，就不显得过分地小了。那小蒜脑儿的绰号，像一顶不雅的小帽子，被乡野的风吹去。

这里的小蒜脑儿却一反常态。个子随了日子不断地增高，身体其他地方也发育生长，那颗脑袋却固执地保持原状，像一颗装蟋蟀的小瓢儿，又像一颗深冬里的山药蛋，很可笑地安在一个正常人的脖颈上。他是刻意要把小蒜脑儿的帽子戴一辈子的。

时日久了，村人早已忘记了他的大名，小蒜脑儿就成了他独自拥有的大号。

远远的，见着这么一个脑袋小得有些寒碜的人，你会心生好奇，接着便是一缕同情，咋就长这么小呀？当你走近了他，等他转过身来面对你的时候，你就不敢轻视他了——

小蒜脑儿那一张扁平的脸盘上，却横陈着突兀着一条大得出奇的嘴，两个嘴角几乎连着两个耳根，嘴唇紫红厚重，脸上的眼呀、鼻子呀几乎看不见了，一切都在突出和衬托那张可观的大嘴。同人说话的时候，说到可笑处，他会仰起那张小脸来哈哈大笑，嘴巴像黑洞一样张着，整个脸上人们只能看到那张张开的大嘴，让人觉得他的脖子上站着一个喝水杯。

从这个黑黑的、脏污的喝水杯里，爆出的却是底气饱满的朗笑，音质纯厚，具有某种穿透力，像那时乡村里不时播放的高音喇叭。

"小蒜脑儿，那年公社成立剧团时，你咋不去呀，就凭你这嗓门，唱个语录、歌儿啥的，还不是呱呱叫！"

乡人一半是和他开玩笑，一半是为他清亮的嗓门惋惜。

小蒜脑儿想也没想，随口便答——

> 剧团要的是党团员，
> 不要我这个地富反！
> 贫农中农一大片，
> 我这个球势就靠边站；
> 冬瓜西瓜加倭瓜，
> 没人看得起屎甜瓜。
> 团员多得用鞭子吆，
> 谁还搭理我小蒜脑？
> 小蒜脑儿，挠小蒜，
> 混过一天算一天。

众人听罢哈哈大笑，一面佩服小蒜脑儿随口说出的板话，一面享受这板话内容给大伙带来的快乐。

板话里的公社剧团其实是每个公社都有的毛泽东思想宣传队，当然不会吸收小蒜脑儿这等嘴脸的人，何况小蒜脑儿已死去的老爹还有些历史问题，旧时当过顽固兵什么的，小蒜脑儿就属于可教子女，在村里，得夹着尾巴做人哩。

大伙乐过、笑过，就有拴子这样的年轻人细心起来。拴子成分好，还是团员，他就很敏感地问小蒜脑儿说：

"你说'团员多得用鞭子吆'是什么意思？是嫌咱村里进步青年和共青团员多了，得用鞭子吆呀？那可是猪羊牛马、毛驴骡子，你把共青团员都当作不是人的畜牲了，这还了得？"

拴子一上纲上线，小蒜脑儿的一张小脸吓得纸白，连连求饶说：

> 拴子兄弟抬贵手，
> 怨我这破嘴实在臭。
> 为了给大伙逗个乐，
> 我就是顺口说一说。
> 你到大队里一汇报，
> 我这条小命报销了。
> 如果你不去报告，
> 我给你磕十个响得脑。

拴子也就是吓唬吓唬小蒜脑儿，没有去大队告发的意思，却把小蒜脑儿吓出一串板话来，着实笑了一气。但拴子是不会轻易放过他的，便激将小蒜脑儿说：

"告发就免了，磕头也不敢当，那不是作孽吗，不过你还得说几个段子，就把咱在场的几个人编排编排吧，看你会编个啥？"

小蒜脑儿的小眼窝一圪挤一圪挤的，看看身边干活儿的几个人，都不敢得罪，村里脑袋最大的大头在地的另一边干活儿，小蒜脑儿就来了灵感："我就先说道说道咱们的大头吧——"

大头大，脑袋大，
柳条笼窝装不下；
要塞进去很费劲儿，
耳朵还在两边挂；
你要不信提一把，
分量沉过大冬瓜。

大头大，力气大，
干起活来一顶仨。
毛驴拉粪上不去坡，
大头一气上去啦！
小时能举起小牛犊，
现在能扛起一匹马。

大头大，饭量大，
一天能吃八斤八。
一年的口粮二百斤，
他不到一月就吞下。
高粱黑豆加豆饼，
牲口吃啥他吃啥。
肚子瘪，眼窝花，
地里偷的吃菜瓜。
吃了素的还吃荤，
病鸡死鼠癞蛤蟆。

　　大伙儿正听得入神，小蒜脑儿忽然停下来，他急慌慌地摇晃一下小脑袋，说："看——大头朝这边走来了，万一叫他听见，他正饿得慌，不把我吃了才怪呢？"
　　大伙一阵哄笑，走散了。

那些年，日子过得紧巴，乡人的精神生活也枯燥得很，除了田间地头学语录、唱语录歌外，在大队部的大喇叭里，听到的也多是批判的文稿。多少日子盼着剧团演戏吧，戏文还是阶级斗争，乡人的日子，就枯成了坡里干旱的地。

有一家小伙儿娶媳妇儿，整个生产队里如同过年。更喜煞了其他大小伙儿和老光棍们，夜里闹房三天不分大小的，无论白胡子老汉和十一二的娃娃，都可以作为闹房的宾客。

形势紧张的时候，娶媳妇闹新房的内容也强调革命，闹房的男人们逼着新郎要新媳妇背诵毛主席语录，唱语录歌曲，什么"革命不是请客吃饭，不是绘画绣花，不是温良恭俭让，革命是暴动，是一个阶级推翻另一个阶级的暴烈行为"，什么"我们都是来自五湖四海，为了一个共同的革命目标，走到一起来了……"

这场面很严肃、很荒唐、也很滑稽，似乎来闹新房来逗新娘子的人都是来搞革命来了……这样过了大半夜，许多半大小子和上了年纪的老汉就熬不住了，纷纷打着哈欠不甘心地回家了。

这下清一色的大小伙子们就来了劲儿，纷纷掉转去在新房的众人中寻找一个人，口里都嚷嚷着——

小蒜脑儿呢？

小蒜脑儿呢？

小蒜脑儿上炕来——

小蒜脑儿上炕来！

在大伙的寻觅和吵嚷声中，小蒜脑儿从炕下边的某一旮旯里被人推到了炕上，那可是一个显要的位置，那个位置通常是闹房的骨干人员所拥有的位置。这个位置上的人最接近新郎，而新郎旁边便是新娘。骨干人员会把自己的意图通过新郎传达给新娘，并且还让这一对新人说出一系列酸曲儿，做出一系列少儿不宜的动作来。

今天结婚的是拴子，拴子好不容易娶了后山里一个俏姑娘，小小巧巧的，敦敦实实的，让拴子喜欢，也让此时炕上炕下的大小伙、大光棍喜欢得一饱眼福、再饱眼福。

小蒜脑儿知道自个儿的使命，他要让大家的期盼不落空就得全靠自己的这张大嘴了。他这张硕大的嘴巴里，会蹦出一支又一支能挑逗新娘子的酸曲儿，从而使大伙获得最大的快乐。

这样，小蒜脑儿说一句，就让新郎拴子教新娘子重复一句，新娘子必须口齿清晰地说出每一句来，不然，小蒜脑儿会拿一把笤帚或一根木棍儿去抽打新郎的屁股的，他得用"武力"逼着新郎，让新娘说出酸曲儿来——

　　红喜对红喜，
　　你爸欠我二斗米。（新娘得说"我爸欠你二斗米"。）
　　年头不好还不起，
　　亲上二十四个梆子嘴！

这曲儿并不酸，但有两个重点，小蒜脑儿得特别强调，一是必须通过新郎让新娘说出"我爸欠你二斗米"，有的新娘性子倔，就不这样说，偏偏要说"你爸欠我二斗米"，这就得小蒜脑儿使劲抡起笤帚打新郎，非让他教新娘说出那句话不可。另一个重点是最后一句，"亲上二十四个梆子嘴"，新娘一旦说了，大伙儿就要看着新郎一下一下去亲新娘的小红嘴儿的，每亲一口，都得梆子一样带一个响儿。

闹房的情趣主要是看新郎如何挑逗驯服新娘子的，这很有意思。如果新娘子太老实听话，非常顺从，反而失去了"闹"的意义；如果新娘子执拗，不去好好地说新郎教她的话，不去配合新郎教她要做的一些动作，这偏偏有了一些闹头，闹房主将会给新郎施加压力，强迫他好好地驯服自己的媳妇。如果刚刚结婚就难以驯服了，以后的光景还怎么过呢？新郎碍于脸面，就得想方设法，或哄或劝，或靠自个的力气，让新娘子就范。

这样的闹房就有了看头。

小蒜脑儿今儿成了闹房的主将，他以说曲儿为主，待一会儿让新郎新娘做一些诸如"吃奶子""抓圪蚤""墩豆腐""过天桥"的动作时，他就得让位给另一个小伙子了，那不是他的强项，他的强势就是让新郎教新娘子说曲儿。

炕上的小蒜脑儿朝炕下黑压压的一片脑袋们一看，就发现在诸多的类似山药蛋一样的脑袋里面，居然也有队长的那一颗。平时，小蒜脑儿很有些害怕队长，队长管生产劳动，偶尔也管一下阶级斗争。小蒜脑儿死去的老爹曾当过顽固兵，他属于可教子女。可教子女是可以教育好的，也可能是教育不好的。小蒜脑儿心里就惧怕队长，队长在地里咳嗽一下，他小蒜脑儿也会打一个寒战。

现在小蒜脑儿却不怕队长了，起码这一刻不怕，他在炕上当闹房的主力，队长在下面是普通观众，身份有了差别，一缕优越感在小蒜脑儿的小脸盘上涌动，那张超大号的嘴巴就一咧一咧地表达自个儿的骄傲。

这不，小蒜脑儿清了一下嗓子，那尖尖的、绝对有穿透力的音质就在整个新房里嘹亮地响起——

烟囱角里有匹麻，
两只蝎子朝上爬。
公蝎子扛着一根棒，
母蝎子带着一道峡。
公的撵，母的爬，
一时三刻追上啦。
公的把母的狠狠地蛰，
母的把公的狠狠地夹。

小蒜脑儿教着新郎，新郎教着新娘，新娘娇娇滴滴不肯好好说，好不容易说完最后一句时，整个屋里的人全笑了。

那时候，小蒜脑儿也笑，是放松之后肆无忌惮的大笑，他仰起脸儿来,两只嘴角完完全全扯到两个耳朵根下了,大张的嘴像乡人院里的土窑一样了。

欢乐的时光总是短暂的,漫长的是无休止的劳作和总也过不完的清贫窘迫日月。

干活儿的间歇,不安分的乡人总会把一对对浑浊的眼窝对着小蒜脑儿,苦中作乐地对他说:

"小蒜脑儿,你光给别人闹新房哩,啥时候咱闹你的新房哟,眼看着十里八村的大姑娘家一个一个地变成小媳妇了,你还不快点给你娶一个来?哎?还要等到猴年马月不成么?"

乡人一半是逗乐,一半是操心哩。

那一刻小蒜脑儿的那一颗小脑袋忽然像风干了的山药蛋和没有褪皮的夹圪桃一样,萎缩了下去,那张硕大的、不可一世的嘴巴此时也成了生产队里老乌嘴骡子的蔫蔫的屁股了。

许久,小蒜脑儿才活泛过来,小脑袋缓缓地抬起时,一张大嘴下意识地蠕动开来。

由低到高,小蒜脑儿说道:

脑袋长成颗山药蛋,
大嘴巴子耳根连;
人不人来鬼不鬼,
远看近瞅是妖怪。
小娃见了小娃哭,
老汉见了老汉嫌;
别说姑娘不愿见,
碰上一回躲得远;
夜里还要做噩梦,
烧香驱魔请大仙;
咱这号烂人不配爱,
一辈子都当光棍汉!

……

大伙听后虽说笑了笑，但每人的心里都有一些酸楚。队长站起身来对他说："小蒜脑儿，以后再不要这么作践自个儿了，毕竟还年轻哩，以后还有许多的机会，我给你瞅着，大伙也都给你留意着，看看后山里还有没有大姑娘、小寡妇啥的，不敢误了你的终身大事儿。再说了，你也是个很有斜才儿的人，以后找机会，让你这个斜才派上个用场，发挥个作用才是呢。"

队长说的"斜才儿"是乡人对某个人有的一些小才能、小本事的统称，而这种小才能、小本事在民间自由着、野生着、自生自灭着，却不大被官方认可。

"小蒜脑儿是有个斜才儿哩！"拴子应和着队长说。

"小蒜脑儿编起段子来一串一串的！"又有人锦上添花。

"这样说来，小蒜脑儿也算咱队里咱村里的能人哩！"又有人热烈地下了结论。

就这样，小蒜脑儿在这天下午田野里干活歇息的时候，在队长这样的半民间半官方领导的肯定下，成了我队我村的一个人物了。

其实，那时候小蒜脑儿说段子的名气和大头饭量大、力气大、能吃敢吃的名气几乎是一样的大，他的名气和他的顺口溜一样，被乡野的风吹拂着，一村一庄地吹打拂掠。

乡人远远地见了他，会送去一个笑脸儿，半正经半玩笑地同他打招呼：

"哟——，小蒜脑儿，你可真有了大名气，昨儿个我到我姑姑那个村，那村里很多人知道你和大头哩，名气真大哩！"

"哟——，小蒜脑儿，我前天到我姨家那村去借粮，我姨家的邻居都知道你呢，知道你的板话说得快，知道大头的饭量大！"

"哟——，小蒜脑儿，人这名气吧，就和滚雪球一个样，越滚越大了。人也怪哩，大头名气大，是因为脑袋大，当然还有饭量大；你这名气大，却是因了脑袋小，当然还有顺口溜，不管咋着说，名气大总归是个好事儿么。"

　　说话的人不管是诚心诚意，还是阴阳怪气，小蒜脑儿都不会计较，他的脸上也开着一朵秋菊儿一样的笑容，对了那人顺口便说：

　　　　大名气，名气大，
　　　　这等虚名顶球啥？
　　　　不顶一个窝头吃，
　　　　不顶一个女人家。
　　　　名气能顶窝头吃，
　　　　大头也不挨饿啦；
　　　　名气能顶女人睡，
　　　　我愿花钱去买她。
　　　　一个小蒜脑儿，一个脑袋大，
　　　　一个饿得吃蛤蟆，
　　　　一个整天喋二话！

　　喋二话是说风凉话，是说别人不敢说而自个儿敢说的对现实不满意的话，敢喋二话的人，要么是二杆子胆子大，要么不够成儿、不够数儿。小蒜脑儿说自个儿喋二话，有些自讽和自嘲的意思。

　　小蒜脑儿的斜才得到队长认可和村人充分承认并且还传播到邻村的时候，某一天，队长准备重用小蒜脑儿和他具有的斜才儿了。

　　"小蒜脑儿——"

　　干活儿的间歇，队长喜滋滋地走到小蒜脑儿跟前，喜滋滋地对他说：

　　"大队里要出一台文艺演出，每个小队里最少要组织三到五个节目。以往，咱队里都是大合唱、小合唱还有独唱，这次好了，你的快板表演就算一个，也是重头戏呢，这两天你先把词儿编好，过两天说给我先听听。"

　　小蒜脑儿万万没想到队长会这么重用他，一时不知道说什么好，两只手抖着，厚重的嘴唇也抖着，且泛了紫色，小脑袋上蹦出一层密集的汗珠儿来。他觉着自个儿有些气短，就运了运气，小心翼翼地问："队长，节目的内容是哪个方面的？是大批判么，还是忆苦思甜呢？还是，还是农业学大寨呢？"

小蒜脑儿看看队长，卑微、困惑地问。

其实队长是个粗心的汉子，在大队里开了一晚上会，领取了任务，却不知道任务的内容是什么。他努力回忆一下，再回忆一下，含含糊糊地说好像就是关于农业学大寨的内容吧。"现在演节目，除了大批判，除了宣传阶级斗争，还有啥？不就是学大寨么？嗯，是学大寨。"

队长这么说过，小蒜脑儿心里有了底，他狠狠地咽了几大口唾沫，压了压自个不平静的情绪，在心里编开了板话的底稿……

那会儿他正在犁地，一来一回，一来一回，只两个来回过来，他的板词就编好了。

"队长，编好了，你先验收验收吧。"

"编好了？这就编好了？好你个小蒜脑儿哩，你那么个脑，咋就编得这么快？"

队长惊讶一下，放下手中的活计，对大伙喊道：

"都过来，都过来，大伙听听小蒜脑儿的板话，提个意见，这可是要代表咱队里上台表演哩，听清点，听细点，不合适的地方改动改动。"

等大伙围拢过来时，小蒜脑儿看看都是平时听自个儿说板话的社员，倒也不紧张。为了表现得礼貌一些，他站在大伙的中间，一张小脸儿朝了太阳，小小的脑袋微微仰着，大嘴忽然一张，真像极了一颗被切了口子的山药蛋。

全国都农业学大寨，
我们村里也不例外；
土地是一样的黄土地，

人却不能当懒汉。
抓革命,促生产,
红旗插到卧虎湾。
出大力,流大汗,
冬天爱吃冰碴饭;
大车拉,小车搬,
推山填沟造平原;
铲子铲,担子担,
男男女女不停闲。
老汉铲土不气短,
小伙飞车比风快;
小媳妇担土扭得欢,
娃娃家跑趟屁颠颠;
大头干活儿不落后,
扛着一颗大脑袋;
肚里叽叽咕咕叫,
勒紧裤带走上前。
驴也叫,马也欢,
看这一派好局面。
谁敢反对学大寨,
批他个脚心朝了天;
谁敢阻挠学大寨,
砸他的脑壳变驴蛋!
只要大头吃饱了饭,
咱村就是个新大寨;
只要大头有衣穿,
共产主义就实现。
表到这里算一段,
谁还想听等来年!

小蒜脑儿流畅地表完,大伙一阵叫好,只是拴子心细,他想了一想,对队长、也对大伙儿说：

"最后那几句看合适不,说大头吃饱了饭咱村就成新大寨了,说大头有了衣穿就实现共产主义了,这几句恐怕不合适吧？"

拴子这么一说,大伙都静了一下,却不知道对也不对。

这时候久不言声的大头一下站了起来,冲着拴子喊道：

"你就爱鸡蛋里面挑骨头,咋着,能让老子吃饱的村子还不是新大寨？我大头一天要吃七八斤面哩,能让我吃饱饭的村子比那大寨还大寨！共产主义咋了,共产主义不就是让人吃饱穿暖吗,我大头吃饱穿暖了你拴子不舒服？你娶上媳妇了我们都没娶上也没人眼红你,你倒眼红我吃饭穿衣了？我看小蒜脑儿说得好,这样的板话听了心里好受活！"

"是着哩,是着哩,心里好受活。"

"心里好受活,是着哩,是着哩。"

大伙一起应着大头的话。

队长见状,也说："如果没有什么不妥,没有原则性问题的话,那就这么定了,啊,就这么定啦。"

在全村舞台上的表演一天近于一天了。

小蒜脑儿却无由地紧张起来,一颗心杵在膛子里咚咚跳着,很是异于往常。那个他并不喜欢的表演段子,不知默诵了多少遍,无人的时候,干脆一个人朗朗地喊出来,惊天动地的样子,唯恐表演时漏掉了句子,颠倒了顺序。

演出的日子在小蒜脑儿的忐忑不安里终于来到了。晚上演出,大白天小蒜脑儿的腿肚子一直在拽动抽筋儿,一对厚唇绷得好紧,像他此时的神经,说话时也心不在焉、颠三倒四,他心里明白这是怯场哩！

为了给自个壮胆,这天晌午他打了二斤散酒,特意邀了大头,在自己家里,一边啃吃煮了一大锅的玉茭棒子,一边用两只海碗喝酒。还有酸菜呀、咸菜呀,都是下酒的好菜。这样,方圆几十里都有些名气的大脑袋和小脑袋,就坐在一起啃棒子、喝老酒,成了村里的一道景观。

大头能吃能喝,每啃一口老玉米就要喝一口老白酒,吃得吧唧吧唧、大汗淋漓,活像一头猪八戒。

小蒜脑儿原本是壮胆来着,他是不胜酒力的,何况他还是个喝酒上头的人,再何况他仅有那样一颗小得可怜的脑袋,那么多的酒喝下去,小脑袋一家伙就膨胀开来,感觉自己成了眼前的大头,话说得也狂放许多,一扫往日的卑微萎缩。

小蒜脑儿指了大头说道:

"大头,咱俩平常谁跟谁呀,尿到一把壶里没说的,穿一条裤子还嫌宽哩,不像拴子那样的王八蛋小心眼儿。其实,我最早的段子根本不是你们听的那样儿,你听到的只是应付队长的。我心里愿意那么说呀?"

"那你心里想说的段子是啥?"大头问。

"你想听?"

"想听!"

"好,在咱家里,没有外人,我索性给你说一排子。"

酒壮胆量,小蒜脑儿就张开大嘴,机关枪一样啪啪地说开来——

全国都农业学大寨,
咱村也跟着瞎胡来;
土地是一样的黄土地,
折腾多年不增产。
红旗插到卧虎山,
山上山下闹翻天,
出大力,流大汗,
冬天让吃冰碴饭。
老人推,娃娃搬,
男女老少不停闲;

铲子铲，担子担，
工地喇叭喊连连。
小伙子累得吐了血，
老汉累得光气短；
娃娃累得哭丧个脸，
女人家累得小了产。
大头饿得头发昏，
山坡里偷偷吃野菜。
小蒜脑儿饿得变了形，
脑袋早成了叫驴蛋。
谁敢反对学大寨，
一绳子捆得他上西天，
如此劳民又伤财，
牛年马月是个完？

"真好，真好！这是你最好的一个段子！咋就不能在台子上表演呢？来，为你这个好段子，咱俩把棒子啃完，把白酒喝干。"

大头一叫好，小蒜脑儿也来了劲儿，一来二去的，就把二斤散白酒喝光了。

整个下午小蒜脑儿晕晕沉沉，晚上非但没有清醒，反而更厉害了。他一会喝水，一会撒尿，一会儿又满头大汗，他不知道怎样轻飘飘地走到了舞台的幕后，从幕的一角看台下——妈呀，人山人海，昏黄灯影下是一张又一张期盼的脸。听大喇叭说，公社里的大干部大领导居然都来了，和大队里的干部们坐在前排呢……小蒜脑儿哪见过这阵势，他又觉得尿急了，小脑袋晕得越发厉害。

终于，报幕员在台前报说："下一个节目，由第三生产队毛泽东思想宣传队的队员仇亮女给大家表演板话，题目是'我村农业学大寨'。"

"仇亮女？"

人们都以为是个女孩子呢，都探长了脖子去看。

幕后的人们也一愣怔，连小蒜脑儿也一时反应不过来，他和村里队里人一样，早忘了老娘小时给他起的这个大名号。

还是宣传队负责人狠狠推了他一把，小蒜脑儿才意识到该自个登台表演了。

一走到台子中央，小蒜脑儿不知何故，忽听到台下掀起笑的大浪，以前那一张张平静期盼的脸，忽地都开一口嘴巴的黑洞，黑幽幽的，生发出朗朗的笑来。

是呀，人们咋能不笑呢，都以为仇亮女是一位漂亮女孩呢，却走出个小蒜脑儿来，反差这么大。再看台子上的小蒜脑儿，在雪亮的灯下丑极了，可笑极了，脑袋可真小，嘴巴又出奇的大……还有，小蒜脑儿咋就唤个"仇亮女"的大名呢？可笑死个人！

台下波涛一样的大笑把小蒜脑儿整个击懵了，这和他平时在生产队的地垄上地角头念段子完全是两码事儿，那时候，他的听众永远都是拴子、大头、队长还有老老少少那一群他再熟悉不过的人，念错一两段从头再念，也绝没人会怪他……现在这阵势，怎么会是这样啊，这人山人海的。他们的村子在全公社全县是最大的村落，仅生产小队就有二十几个，几千口人怎么就全集中在台下了呢？好家伙呀，这可真真是要他小蒜脑儿的好看哩！小蒜脑儿这时候才觉得自个儿的渺小无助！尽管他想如果自己有颗像邻居大头一样硕大的脑袋，那一定能镇得住今天的场面。这时的小蒜脑儿脑子有些紊乱了，不该胡思乱想时他胡思乱想。当他意识到自个儿上台来是要给台下的领导和观众唱段子时，他一时不知道该唱哪个版本的段子了。急忙中他猛击了一下自己的小脑袋，他的脑袋清醒了一下，却鬼使神差地唱起了饮酒中给大头唱的那个段子——

    全国都农业学大寨，
    咱村也跟着瞎胡来；
    土地是一样的黄土地，
    折腾多年不增产。
    ……

小蒜脑儿仰起一张小脸来，嘴也尽可能大地张着，以前演练的一些配合表达的动作全都忘记了，不要了，就那么像一根电线杆子一样地杵着，整个脑袋是看不见了，只见一只大得可怕的喝水杯……

台下千人静悄悄的，可怕的静，这种静忽然提醒了小蒜脑儿，啊——表错啦，把本该藏在心里、烂在心里的那个段子，居然在这个公开演出的场合表出来了，怎么会犯这样的错啊！不，不，小蒜脑儿要挽救，挽救这段板话，就是对自个儿的挽救。他猛地刹住车闭了口，又从另一个段子的开头表起，说来说去，他眩晕的大脑总不听指挥，把两个段子的板词重叠着说，交叉着说……

  小伙子累得吐了血，
  老汉累得光气短；
  娃娃累得哭丧个脸，
  女人家累得小了产。
  大头饿得头发昏，
  山坡里偷偷吃野菜。
  小蒜脑儿饿得变了形，
  脑袋早成了叫驴蛋。

忽然，他觉着肚子里有一股液体在疯狂地涌动，一次次撞击他的嗓门儿，他压制着、压抑着，再也压不住了，哗地一喷，一大股鲜红的、浓稠的、咸腥的液体喷薄而出，一直溅到此时沸腾了的台子下面……

小蒜脑儿的整个身体随了这一声喷溅如同一根枯去的树桩一样倒在了台子上。

小蒜脑儿醒来的时候，他不知道已是第三天晌午了。他躺在公社派出所大院最后一排的一间黑房子里，地下是一层麦秸草儿，间或有灰老鼠在窜出窜进……

他努力回想一阵儿，终于明白自己闯了天大的祸事儿，他此时后悔得肠子都青了，哎，都是这张破嘴惹的祸。人常说，男儿嘴大吃四方。你小蒜脑儿这张破嘴只配吃官司。他抡起巴掌，一下一下扇自个的嘴巴，直到打得满嘴流血，嘴唇肿出三寸高。

小蒜脑儿并不知道，演出第二天公社就派了调查组进村了解详情，了解了小蒜脑儿早已死去的老爹曾有过历史问题，队长、大头和全队社员极力说小蒜脑儿的一些好话，他劳动积极，表现良好，还给大家经常表一些语录歌云云，那天的失误纯粹是酒后失言，连他自个儿也晕倒了，村里大头可以作证他们中午喝了过量的白酒……大头还在证明材料上签了字，摁了手印。

工作组离去了，队里人谁也不知道小蒜脑儿会有啥结局。

队长长长地叹息一声，复杂地说道：

"哎——，小蒜脑儿呀，小蒜脑儿，野蒜儿上不了大席面，狗屎不能盘儿端。"

半月后小蒜脑儿被放了回来，无罪释放。

小蒜脑儿像换了一个人，默默成了山坡上一棵杜梨树，他很少和人说话，实在不行了，断断续续说有数的几句。

"小蒜脑儿，看守所里生活好么？能吃饱么？"

只有大头问他时，小蒜脑儿才压低嗓门，对好友大头说：

好哇——
一颗窝头一苗葱，
一碗凉水朝下冲。
……

小蒜脑儿像一个被管制的四类分子一样，规规矩矩开会，老老实实干活儿。在地里干活儿久了，大伙不免郁闷，就鼓动他：

"小蒜脑儿，来一段——"

"小蒜脑儿，来一段——"

小蒜脑儿知道这些乡邻并没有什么恶意，就是想听听他的段子，缓一缓枯燥的气氛，可他说段子的热情却难以恢复到以前。说也怪，没有热情了，段子便编不出来，以前的段子是脱口而出的，根本不需要费心思去编排，不需要花费力气去凑句子，那些词语似乎是现成的，只不过是在他肚子里的某一处储存着，他一需要，这些句子们就按顺序一条一条地从他嘴里蹦出来，居然能给大伙蹦出一些些快乐……现在不行了，现在的肚子里压根就没了词句的储藏。大家起哄要他来一段，他表面沉默着，内心里非常虚，果真要开口说时，还能讲出那一段段顺口溜来么？他们叫板话，板话就像快板一样朗朗上口呢，要合辙押韵呢，自个儿还有那个能力么？

大伙起哄厉害时，小蒜脑儿也不愿违了大家的好意，也不愿让大伙扫兴，便索性来上一两段，这对自个儿的能力也是一个试探——

大伙都想听我表，
我的心思谁知道？
说对了大伙哈哈笑，
说错了惹祸受不了。
一旦关进了黑屋子，
白天黑夜真难熬；
蚊子叮，老鼠咬，
看守的眼窝像刀绞；
绳子捆，电棒捣，
浑身痛得哇哇叫。
你要不信这边看，
腿上的伤疤还没好；
胳膊至今都酸麻，
背上的青印七八条。
都说好马出在腿，
都说好人出在嘴；
我这张破嘴无遮拦，

说东道西惹是非。
这一跤摔得实在狠,
这样的教训实在深。
我劝乡邻发慈悲,
治一治这张漏风的嘴。
穿好了线,认好了针,
再拿一把尖尖子锥。
从我的上唇到下唇,
一针一线缝个紧。
看他往后还瞎编?
看他往后还乱吹?

还没待听完,好多人就默默走开了。是不忍心听小蒜脑儿往下表了么?小蒜脑儿也弄不清楚,此后小蒜脑儿再没说一个段子,再没表一个板话。

"吓怕了。"

"吓得不会表了。"

"村人都这么说。"

日子依然在清贫和窘迫中度过,一天一天,一年一年。

平静而忙碌地过了几年,某一天收工从地里回到家门口,小蒜脑儿见一个八九岁的顽童在自家的大门上撒尿。他有些气,也有些好奇,便走上前去细看,不看不要紧,一细看,小蒜脑儿乐了,他发现这个顽皮男娃儿的小鸡巴上长了一颗肉肉的瘊子。

他专注地看男娃儿鸡鸡上肉瘊子的时候,男娃儿也转头看他。

小蒜脑儿笑着说:"这是谁家的小家伙呢,你的这只瘊子咋就没有长对地方呀?人家当领袖的人,肉瘊子长在嘴巴上,那是多大的福气,你个小仔儿却把肉瘊子长在鸡巴上,将来还不摸一辈的牛尾巴!"

小蒜脑儿说过笑过也就忘过了,压根也没放在心上,不料却惹上了祸端,他根本没有想到。

那顽皮男娃儿是拴子的儿子,他在小蒜脑儿的大门上尿了一泡后,又把小蒜脑儿说给他的那番话一字不漏地汇报给了他爹拴子。

起初拴子很生气,心里愤愤地想,小蒜脑儿这狗日的,也不撒泡猪尿照照自个的球样儿,咋能胡说我的娃儿将来摸一辈子牛尾巴,这不欺负人吗?村里队里谁欺负都行,就是轮不到他小蒜脑儿欺负!拴子引了儿子准备到小蒜脑儿家论理的时候,他忽然停住了脚步,他觉着不对劲儿,事情没这么简单,他又让儿子叙说了一遍,拴子一拍大腿,好你个小蒜脑儿,你今儿活该犯到你拴子爷爷手里,你自作自受呢,怨不得别人。

这样,拴子就引了儿子,来到队长家。

队长听拴子一五一十地说过,心里也一惊,暗骂不争气的小蒜脑儿咋就敢说下这等不要命的话来!队长表面却平静着,劝着拴子说:"你也知道,小蒜脑儿也是无意这么随口瞎说的,待我下午狠狠地骂他一回,再让他给你道个歉,事情就过去了。"

不料拴子却不依,他瞪圆了眼珠,说:"队长,你可不能和稀泥呀,他小蒜脑儿伤害我儿子,也就罢了,但他咋能这么恶毒地咒骂伟大领袖呀?这可是原则和立场问题,你要不管,我可得向上级部门反映了,我先给你打个招呼!"

队长又苦苦地劝了拴子一番,并答应他到大队里去一趟。

不料拴子下午就引了儿子告到了公社,公社武装部和派出所立刻就开了两辆吉普车,来了地里。

那时候小蒜脑儿正在地里和社员一起深翻土地,忽见几个人冲着他迎面过来,一把亮瓦瓦的铐子就把他铐走了。

小蒜脑儿很快定下罪来,现行反革命分子。更让村人惊怕的是,小蒜脑儿没出两个月就被判为死刑。

据说枪毙小蒜脑儿的时候,刑警开了三枪,因为他的脑袋太小,前两枪都没打准,第三枪才算打中要害。

小蒜脑儿被枪毙的那天恰巧是大头病死的日子,这一天,村里的两个名人以不同的方式死去了。

清明上坟图

一

夜风把窗玻璃撼动得啪啪直响,忽地把文三耕从梦中惊醒。起初,他以为是地震了,开灯后看一切物什并无异常。这两年,国内国外地震不断,让人有些风吹草动、惊慌失措。定定神,看一眼窗户,见有淡白的光从窗帘一点点泅进来,才知道,天就要亮了。

春天要刮七七四十九场风呢,刮到清明节,就基本告了一段落,天气也就清新明朗了……文三耕一边拉开窗帘,一边想着,意识到清明节很快就到了,窗外虽有风,天却是养眼的瓦蓝色。

无论如何,今年的清明节,他都得回去祭祖扫墓了。一连两三年,每到清明时,文三耕要么出差在外,要么有其他事情,总是误了清明前给祖先上坟的那几天,让他的心里有了深深的歉疚,那可是对祖上的不恭啊!

此时他的心似乎已飞回到距自己工作的这座小城三十余里外的故乡文曲村,回到村东风景优美、幽静秀丽的文曲山上了。

前几天,文曲村的村委主任——当然也是他文三耕的老同学、老朋友苗如林——给他打电话说:"文局,今年清明节你可一定要回来哟,别当了局长就把老祖宗也忘到脑壳后面了,上坟可是大事,村里还真的有档子和上坟有关的事情要和你大局长商量一下呢……"

文三耕一直在市里的文化部门工作，科长就当了二十多年，近来刚刚提拔当了副局长，也就是副处级吧，老同学、老同事和老乡们就善意地用"文局"的称呼同他开玩笑，他听村里的村长苗如林告他说有事儿，并且是和上坟有关联的事儿，就一头雾水，忙在电话这头问道："我的老村长哩，你就不能说明白么？别卖关子了！"

苗如林在电话那边哈哈笑道："就知道你会着急的，外面的工作人员、领导干部还有谁能像你一样关心家乡、热爱家乡呀，大事小事都要放在心上哩！这是和咱村有很大关系的一个开发项目，你回来咱再细细商量吧，我等你哟——"说罢，苗如林挂机了。

正如苗如林所言，参加工作的三十多年时间里，文三耕总是惦念故乡的每一个变化，村里的大小事情呢，村干部也都乐意和他商量，征求他的意见，要他帮忙参谋，时间长了，他无形中扮演了顾问的角色。作为一个文化单位的领导干部，文三耕没有什么实权，既不能给村里跑下钱，又很难给村里拉来好的经营项目，无非是利用工作和职务之便，给故乡的中小学里捐一些图书，城里一些单位退下来的二手电脑，文三耕联系一下，无偿赠给乡村学校。当然，还有一些体育器材如篮球架子、乒乓球案子等，多年来也给村校里赠送了很多。城市里的相关单位见文科长如此执着地给村里办一些实事儿，就有些感动，便把用了几年的电脑及其他器材慷慨地赠送了。文三耕也不能让人家白送，逢年过节时，便和村长苗如林一起，给捐赠单位的领导家里送些土特产之类，每每捐赠之后，文三耕亲自动手，写篇通讯或报道，在市报省报上发表一下，博得捐赠者喜悦，也算一种精神回报。至于村里修路、扩街、架桥、盖教室，文三耕每次个人都要捐款的。不仅仅他是这样，村里在外工作的干部们都要捐的，这似乎成了一条约定俗成的规矩。时间长了，文三耕在村里就有了很好的人缘，有了些德高望重的意思。文三耕也觉得并不是自己的境界有多高，那其实是一种感情需要，对故乡的感情，受乡人尊重的那份满足感，还有骨子里隐隐约约的虚荣心……这诸多的情绪集约在一起，就形成了他多年来为乡人、为乡村办点小事的动力。

刚才从电话里听苗如林说村里有一个开发项目，这让文三耕有所期待又十分困惑……

故乡文曲村属于河东地区的丘陵地带，多年来乡亲们就靠种庄稼过日子。庄稼地里长不出元宝，庄稼汉们的日子就过得窘迫。村东的文曲山是太岳山的绵延地带，是典型的土石大山，既无煤炭资源，更无铜铁铝金的储藏，硕大的石头缝隙里自然生长一些乔木灌木和无名杂草。山坡山腰倒是有一些梯形坡地，当然也成了村民的部分承包地，栽种些红薯、山药蛋、荞麦、谷子之类的耐旱作物，收多少算多少。

山腰中间倒有一大片较开阔的场地，有五六十亩地的面积，那是过去文曲山上文庙的旧址，新中国成立后的几十年里当作村校用的，唤作文曲学校。几年前，上面撤乡并镇时，文曲学校也让一并撤掉了。这大片的遗址就成了杂草丛生的荒芜。土地责任制后，分到这片土地的几十户农家就随意地在这里栽种了杨树、桐树、槐树等，倒给文曲山上增加了一些绿意。

六七年前，村里的大能人文天聪在文曲山上找了个项目，在山南端开一座碎石厂，即从大山的南端山崖上开炸，炸出一层又一层的大小石头，用十余台碎石机碎石头。文曲村以及周边几十个村落盖房用的石头，多出自这里。文天聪这个项目选得不错，可以说是这一带的独家买卖，一开始生产便供不应求，迫使他贷款又增加了十余台碎石机。文天聪也会办事，他知道办碎石厂占了村里的地盘，毁了文曲山的容貌，不同程度地污染了文曲村的空气，当时村干部中就他办厂一事已有很多异议和微词，故而厂子一开办，除了技术员，其余工人清一色用本村的，当然尽量照顾村干部的关系户们，这样肯定增加他在村里的人气指数，也多多少少堵一堵持不同意见的村干部们的嘴巴……这样一来，村外的那条原本十分沉寂的土路上，便忙碌地穿梭着各样卡车，车辆扬起浮尘，拉响汽笛，在村落里久久萦绕……

说实话，文三耕对文天聪在村里办碎石厂很不舒服。当时村主任苗如林征求他的意见时，他是持否定态度的，虽然碎石厂不像炼焦炼铁厂有那么大的环境污染，但它毕竟是有污染的，炸石头碎石头的过程是整日制造噪音的过程，这倒不说了，许多人意识不到的是，炸山石是对山体的巨大破坏，就像人身上的创伤，人体创伤有个一年半载就可以恢复，山体这种巨大创伤要恢复，那需几十年上百年啊……

秀丽优美的文曲山多年来虽没有使人快速致富的资源，但在文三耕的眼里故乡大山的秀丽和优美本身就是无形、无价的资源，大山寓南方山脉的清秀和北方山脉的雄浑于一体，她的纯自然的造型和透迤起伏的绵延，形成文曲村一道天然屏障，多年来文曲村不知是仰仗了大山的仙气还是凭借了大山中文庙的文脉，走出了不少较为优秀的人才，仅恢复高考以来的三十年时间里，村里就考出上百名大学生，这在一个三千人口的村落里，不能不说是奇迹，绝对让其他任何一个村落羡慕不已。文三耕觉得，这得益于文曲村优美的人文传统和幽静恬适的自然，得益于有着徐徐清风的大山和山下那条潺潺涓涓的小溪，山村的静谧和柔韧是一种品性，这种品性在滋养和影响着一代又一代的文曲村人。这是看不见，却能感受得到的一种传承下来的文气啊……

文天聪却要向沉寂和秀丽了千万年的文曲山开刀了，开炮了，开炸了。这个精明过人的家伙！谁说文曲山没资源呐，满山取之不尽的石头就是最廉价的资源，是最实惠的资源呀！石随山性，文曲山上的石头品质，也是富于韧性的石质，不是那种生硬却一砸即碎的石头，这种石头粉碎成碎石，适合做房基、房柱和房顶的混凝土。多年来木材奇缺，乡村建房最发愁的就是材料木椽，文天聪的石料厂这一开发，解了多少乡村盖房人的燃眉之急，方便了群众，又发展了自己，可是，有多少人知道，自从文曲山的开山炮第一声炸起后，大山就开始了无声的呻吟，开始了痛苦的抽搐，山下的那条不再纯净的小溪就开始把歌唱变成了哭泣……

文天聪毕竟是文三耕的远房堂弟，说远房确实已很远了，远到据推算已经出了五服。总算共同拥有一个老祖宗吧，文天聪对文三耕尊重有加，尊重他这个远房堂兄的人品和学识，还有多年来在村子里落下的好口碑。文三耕思忖再三，没有极力去反对，他完全可以到环保局、土地局以及市乡镇民营企业局去给文天聪的办厂设一些障碍的，让有关手续迟迟批不下来的……他没那么做，复杂的思绪如同碎石厂复杂而多元的作用一样，不可以用正确和错误去断然评判和界定。文三耕有些暧昧地认可了，他知道即使自己竭力阻挡，也未必挡得住，他忽然就想到那句古诗来，"青山遮不住，毕竟东流去"。检点一下自己，是不是跟不上形势了，拖了时代的后腿？他心里却是老大的不舒服，隐隐害怕着，往后的文曲村，是不会像以前那么安静，那么安宁了……

一晃六七年下来，碎石厂的规模基本固定在500人左右了，也算是文曲村方圆几十里内像样儿的中型企业了，而厂里500号人里就有不少劳力工来自于文曲村。这给大家增加了收入，让大家不必出远门打工。文天聪善经营，又会打点方方面面的关系，碎石厂成了市里重点扶持的民营企业和骨干企业……

文三耕坐下来抽了一根烟，他的思绪如同喷吐的烟雾一样作缭绕状，他前后把故乡的事儿过了一遍，心也慢慢平静下来。

这时刚开不久的手机响起来了，也巧了，一看机屏显示，居然是文天聪来电——

"三耕哥你好，我是天聪，昨晚十二时，老爷子去世了……"

电话里文天聪的声音有些哽咽，顿了一顿，恢复了平静的他接着说："今年八十六了，说来也是老喜丧，定在后天封口。三耕哥了解熟悉老爷子，祭文和挽联还得麻烦你来写，就这吧，我挂啦。"

放下手机文三耕久久坐着，只听说文老爷子前一阵感冒了，谁料到这么快就过世了，真是七十不保年，八十不保月。文老爷子，村里人都称文先生，在村里教了一辈子书，他不仅仅是文三耕的远房伯伯，还是他的恩师哩，想到那个拥有一蓬花白胡子、脸上永远挂着微笑的老人就此永别了人世，文三耕的心里一阵绞痛，眼睛一红，两行泪水酸涩地爬到了脸颊上……

二

　　文三耕是红肿着眼睛回到文曲村的。

　　眼睛红肿不仅仅是伤心流泪，也因为加班加点熬夜写了一篇三千多字的祭文，拟了八十六字的长挽联，写了十几幅较短的挽联。村里习俗，灵柩两边是长联，而丧者家里大门口、房门口都要贴挽联的。

　　一进村口就听到哭丧班子的吹拉弹唱，麦克风把声音尽情兜在大小村巷和村外一片片青绿的麦田里，听得出男声唱的是传统的蒲剧折子戏《哭伶仃》，而女声则是当下流行的《月亮之上》。循了声音，文三耕拐进那条窄长的小胡同里，远远就看到胡同间文天聪家高大气派的门楼，门楼上方不像村里其他人家留有"紫气东来""吉星高照""勤劳致富""景泰春和""祥天福地""瑞霭盈门""财源茂盛"之类的匾额，而是遒劲飘逸的两个大字"文宅"，这让文三耕大为惊讶。那文老爷子书写的笔迹清丽的"耕读传家"的门额，何时就变成了"文宅"？大门的砖柱上悬挂着一蓬大大的告门纸——以前也叫排钱，用白麻纸剪成约四寸见方的形状，计死丧者的寿岁，每岁一张。文老爷子八十六岁，便有八十六张的告门纸，显得硕大蓬勃、惹人眼目。告门纸是对乡人表示家有丧事的。以前的作用是告给乡人们此户有丧事，村里大凡有喜事或娱乐事宜，鼓乐班子们，在经过此地时，停止敲打和演唱，以示对丧家的尊重。如今，悬挂着告门纸，仅仅是渲染一些悲哀的气氛而已。胡同两边，早已摆放下不少花圈了，高高低低、花花绿绿，文三耕忙把自己带来的两架花圈从车里取出时，早有帮忙的年轻人接了过去。因为在市里的文化局任副职，文三耕除了个人献一架花圈外，往往还要再买一架以单位的名义献出。这样，在遗体告别仪式上宣读送献花圈的单位和个人的时候，既给主人家撑起面子，又给他文三耕脸上增色。在那样一个静穆严肃的氛围里，不经意间彰显自我，这一点，文三耕已多次体会到了。

说话间便走进了文天聪家宽敞的院落。穿了一身麻衣的文天聪闻讯快快过来，向着文三耕跪了一条腿叩头。文三耕忙扶他起来。他戴了孝帽，拖着倒苍子鞋，给文三耕叩头时，把孝帽卸下夹到胳肢窝里，叩头后再戴上。见文天聪身穿这样一身多年不见的用粗麻做成的孝服，文三耕心里不免一惊，文三耕知道这叫斩衰孝服，是旧时丧葬才穿戴的。它的侧边不交裹，使断处外露，以示顾不及修饰了，这叫斩。用长六寸、宽四寸的麻布连缀衿裆之处，以示哀亲谓之衰的，这才叫斩衰孝服，是旧时子女为父母、孙子为祖父、妻为夫而穿的重孝之服。其他家人则根据血统和亲缘依次着齐衰、大功、小功服。文三耕转眼一看，见院里不少参加殡葬的远房子孙亲戚们，也都身披一身剖布帛，头裹一条白布，煞是肃穆。

"三耕哥，我和苗哥还有总管古校长商量后，决定也给你剖一身小功服，只是你处级领导的身份不同，只是在祭灵那天穿一下，这几天就不便穿了，你看行么？"文天聪仰起一张有些憔悴的脸，在征求文三耕的意见。三耕拍一下这位远房堂弟的肩膀，安慰他道：

"这么大的事摊到你肩上，亏你还想得这么周到，咋不能行，老爷子是我长辈，又是我恩师，着重孝是理所应当的。你也别太操劳了，咱这事儿正如你所说，就当白喜事儿的过哩，大小事情，就让总管古校长处理好了，你一是要节哀，二是要少操心。"文三耕知道，聪明的文天聪对他亲敬有加，给他剖一身小功服就可见一斑了。大功服是堂兄弟、未嫁的堂姊妹、已嫁的姑姨姊妹、已嫁女为伯叔父穿的孝服；小功服是本宗为曾祖父母、母舅、母姨等所着孝服，这种孝服一般是用较细的熟麻布做成的，而做工也较为讲究了。文老爷子是文三耕的远房堂伯，又是亲手教过他的老师，服此小功服，理应这样啊，文三耕在心里佩服起文天聪的细心了。此时，白事总管古校长远远地颠了碎步过来，还有六七步呢，就伸出双手和文三耕热情握着，文三耕叫一声："古校长，辛苦你了。"清瘦而精神的古校长忙说："哪里哪里，你当领导的大老远赶回来，你辛苦啊！"音罢他就往北房正厅里让着文三耕，文三耕说先给老先生燃一炷香啊！这样，古校长陪着他走往院子南边停放棺柩的棚子下,而文天聪作为孝子快快坐回到棚子下的棺柩一侧的稻草上和其他家人一起对前来烧香祭拜者回礼叩首。

祭棚就设在院子的南端。文天聪的院落其实是两座院子,在原有的老院子的基础上又朝南延伸了四分地,其实这地方过去是他家的菜园,村里批房基地没人好意思要求批到他这儿。时日一长,文天聪请村主任苗如林喝了几顿酒,就悄悄把自家的院子拉长了。这样一来,两院并一院。

祭棚搭得高大宽阔,只有这样高大的棚子,两侧才能贴得下刚拟就的86字长挽联,文三耕想着,就到了棺柩跟前。

文老爷子的棺木登在两只结实厚重的木凳之上。古校长一旁敛了声,介绍说:"文老先生的寿木那真叫个好啊,病重期间,是天聪从大东北买回来楸木做的,过去的老话儿说,一楸二槐三柏四柳呵,现在的家户,能用上松木就不错了,大多人家就用桐木和杨木哩,哎,就是后辈的一点孝心吧。老先生的寿板,是典型的三四棺,盖子四寸厚,帮和底子三寸厚,棺木的堵头都用的是上好的柏木……"文三耕以前曾听人说过,无论富人家的厚皮棺或是贫寒之家的薄皮棺,棺木的两头都须用一寸左右的厚柏木,它叫堵头。在他们生活的太岳山余脉的丘陵地带,地下常常活动着一种叫穿山甲的动物,它长有尖嘴利爪,善掘土洞,以吃蚂蚁、昆虫为生,也常常掘破棺木去吃人肉和人脑。这东西最怕柏木的气味,故而棺木的两端用了柏木是驱穿山甲的。大多人家在死者入殓时尸体下衬一些柏枝,埋葬后在坟墓旁栽些柏树,多少都有这些讲究的。文三耕想着,就见到文老爷子漆得幽黑发亮的寿器上覆有一层棺罩,棺罩呈了长方的花轿样儿,有脊有檐,四角拱斗且有红绸、绿缎、紫锦,其上又绣有花鸟图案,并悬吊许多色彩丝穗……大气、漂亮、堂皇、美观。

文三耕拿了一炷香,插在棺木前供桌上放置的香炉里,在袅袅烟缕里,他做出了一个小小的决断——给文老爷子叩三个头。以往,同学、朋友的老人过世,他燃香时不过是鞠三个躬而已,今儿不同了,逝者不仅是长辈还是恩师，他很大地作了一个揖后，双膝跪地就磕了第一个头……这一举动多少让周边的人和祭棚下的孝子贤孙、女儿儿媳们吃惊不小……如是三个响头磕过，文三耕被古校长和其他帮忙的人扶了走进北房的待客的大厅里。

古校长是文曲村学校的老校长了，文三耕读书时，他就是校长，一直干到六十多退休。他是个热心肠，退休后有了充裕的时间，谁家有了红白之事大都请他当总管，一是他心细，有统领能力，处理事情有条不紊，二是他对民俗风习烂熟于心，无论红白事、生日满月，那些古已有之的繁杂礼节和后来有所更变的程序格式，在他那里一清二楚。他执行起来条理顺当，村里的中青年算起来都是他的学生，作为曾经的校长和老师，指挥起学生来也是信手拈来的事情。

文三耕先给古先生敬了一支烟，说有古校长总管这事儿，大伙是放心的。古校长轻笑一下，说："文老爷子这人你也知道，一辈子恪守传统，一辈子克勤克俭，临终了还叮嘱天聪，他的后事从简、从约。天聪的意思是按古老的规矩，把老爷子的后事办得排排场场，小心谨慎了一辈子，往那个世界送他，绝对要送得体面大方，甚至张扬，一切尽量地按过去的老习俗办，文老爷子是个古典型的知识分子嘛！天聪也真可以，老爷子落气不到十五分钟，就从柏王村请来了过去在镇子上开剃头铺的剃刀李，你知道的，二十年前，剃刀李可是咱这方圆一带最有名的剃头匠。老李头虽在家赋闲多年，可眼不花、耳不聋、手不抖，请他给文老爷子剃头，就图那个名分哩，剃刀李也激动，重操剃刀就小心了几分，上心了几分，不仅剃得利落干净，还施展浑身解数，给老爷子进行了净面化妆。那时我就一直在跟前，看老人家平静恬淡，如同睡去一样。天聪倒也细心，在老人病重的日子里，一些细小哪怕琐碎的事情也想到了。刚一落气我就提醒他，把口含钱和岁码钱放在枕头边上，你道咋着，天聪随即就从一边的木柜里拿一枚金钱，又像是很讲究的首饰，这是文家祖传下来的一个小宝贝呢。前些年老爷子在学校里曾让我看过，作为口含钱，这可真是物随主去，有个永远的归宿啦。岁码钱用的是八十六个有方孔的铜钱，用线穿着，一边四十三枚，分别放在老人家的两条袖子里……"

听着古校长的介绍，文三耕感觉到了故土风习的厚重和传承的力量。这本是旧时的一种讲究，怕死者是假死，若是某种原因长时间晕死过去，一旦醒来了，嘴里含着一枚钱币，可以防止把舌头咬破。当然这也是旧时迷信的说法，鬼魂怕口中的钱掉出来，不问讯活着的人，也不敢造次作祟了。一个小小的细节，就这么沿袭下来，是迷信的顽固还是风俗的强大？文三耕真说不出来。

片刻，文三耕忽然想到还没见到苗如林，便问古校长："苗如林来过了吧，现在不知他忙什么？"

古校长忙说："自老先生入殓，苗如林这个当村主任的就一直忙前忙后，这会可能还在墓地上吧，他一会要回来的，要赶上封口呢。"

"古校长，老爷子的墓地选哪儿了，是老祖坟那里还是另有场地？"

古校长正待给文三耕说什么时，外面有人声唤他，古校长只得对文三耕点一下头，急匆匆走出屋去了。

文三耕这时也听到屋外院子里熙攘的人声，人声里裹挟了村主任苗如林粗亮的嗓门。他出得门去，同如林寒暄，没容得多说话，棺木封口时刻便到了。

封口前后是鼓乐班子和和尚、道士班子吹奏敲打的高潮，按老规矩，按古校长的一手安排，鼓乐、鼓手班子在大门旁的胡同里吹拉弹唱，便于迎送祭奠的各色亲朋客人，而和尚、道士班子则安排在灵棚两侧的宽阔场地里，因为从入殓那天起，和尚道士吹奏班都要在亲戚祭奠、移灵、送灯、转道、下葬等几道较大的程序里吹奏，送忏的和尚、道士们还须在神灵前、在祖上的牌位前念经，要替死者忏悔、赎罪，超度亡灵……要知道，从灵柩前到土地庙神的旧址前，往返吹奏念经，古校长根据文天聪的意思，让和尚、道士们吹奏整整七天时间，从移灵后的第二天到埋葬前的送忏，前后多达三十六次。

此时大门口胡同里的鼓手班子已经吹奏开来，且有一男一女在演唱，是流行歌曲男女组合的那种。多年在文化部门工作的文三耕能听出是唱凤凰传奇的歌曲，有关草原的主题。不管与丧者搭界不搭界，鼓手们演唱得热闹而卖力，胡同的围观者、围听者已经里外几层了。院里道士班子的吹奏则悠扬典雅，无论外面的演唱吹打多么张扬激越，道士们神态的自若，表情的平静使得他们的吹奏也平缓悠然、无风无浪，道家的清静无为、上善若水从那些内涵丰富的曲子里流泻出一部分，大约这才是真正唱给故去的文老爷子的。细心的文三耕听出那种隐隐约约、高远深邃的意境，还有冷峻平缓中暗藏着的激情，文老爷子一生讲求清静、道法自然，崇礼重学，他老人家听到这样的音乐，逝去的魂魄也会得到慰藉和安生的了……

鼓乐班子里走出四个穿紧身衣的年轻女子，跟了紧凑的音乐，跳起节奏欢快的迪斯科和太空舞，这一段吹奏和表演把气氛渲染到了一个高潮。当音乐和舞蹈戛然而止，场面出现了片刻静默时，声音浑厚里却带有几缕嘶哑的司仪汉子，挺着脖颈竭力喊道——

"各位父老乡亲、高朋好友，大家注意啦，文老先生关严（即封口）仪式现在开始——首先，由道士班子吹奏乐器——"

道士班子的器乐以笙为主，以小鼓辅之，整个吹奏过程不慌不忙，起承转合之间衔接流畅自然，这种音乐最适合作为背景音乐了。果然，一年纪稍长、留有一把灰白胡须的道士在音乐声里缓缓起身，随了音乐的吹奏，胡须下面的嘴唇一张一合，居然吟唱出泉水流淌般的歌子来：

"人之生也柔弱，其死也坚强。万物草木之生也柔脆，其死也枯槁。故坚强者死之徒，柔弱者生之徒，是以兵强则灭，木强则折，强大处下，柔弱处上……"

文三耕一时听不清道士浓重的地方口音，正待细辨时，众道士齐声低低吟唱起来——

　　　　人体活着那阵时，均是柔弱生动姿；
　　　　待到身逝那一日，必是僵硬的样子。

万物草木也如是，生时脆柔软嫩姿。
当有一日它死去，必成枯槁无须疑。
坚硬看来非美事，易碎易死易消失。
只有柔弱亦柔韧，耐得严寒经风雨。
故而兵强易速亡，树大招风易折枝。
强大终归处劣势，柔弱反而久长时。

这次文三耕听得清晰，这吟唱似乎是对那个道士吟唱的一种诠解，更明了，更平白，他记得这好像是《道德经》里面的一部分，大意是老子从万物生时死后的自然现象中，得出了强与弱辨证的一面。欲得繁荣昌盛，世代不衰，就必须取弱弃强，守柔舍刚……文三耕有些不解，为何在这样的场合，道士们会吟唱这样的曲子，是无意而为，还是有意为之？

正这样胡乱想着，忽听得司仪呼道："下一项，亲戚献馒头喽，他姑姑、他姨姨、他妗子、他老姑、他老姨、他老妗子、他姑表姐、他姨表姐、他姑表姊妹、他堂姐、他堂妹按顺序朝灵前供桌边走喽——"

一时间，年迈的、年轻的亲戚女眷们将前一天做好蒸就的各样馒头——献到了供桌上了。

封口在丧事的过程中是一项大的程序，亲戚和要好的乡邻们都要蒸馒头的。近年来也有人家图省事，择近在商店超市里买一些糕点吃食之类，作为供品，但还是蒸馒头显得庄重大气，也合乎沿袭下来的规矩。

妇人家先在灵前叩一头，再把备好的馒头篮儿对了遗像供三供，之后再叩一头，挑了馒头篮里其中的几颗——那必定是馒头的表皮上做了龙凤图案的个儿大的雪白的几颗——作为馒头的代表献到供桌上，一时间供桌上便有条不紊地堆起了气势恢宏的馒头之山。

晋南的馒头可是出了大名儿的，因为这片丰饶的土地盛产小麦，故而便有了几千年的"馍"文化，且形成了永久的图腾。很小的时候，文三耕就好奇地问做花儿馍的母亲："妈，白馍头就够好吃的了，咋还做这么多的花样呢？"母亲抚着他圆圆的脑袋，爱怜地说道："我的傻孩子，花馍可是有讲究的啊，过年是过年的馍，过节是过节的馍，婚丧嫁娶是婚丧嫁娶的馍，你长大后慢慢就知道了。"

文三耕是在饥饿清瘦岁月里长大的，对妈妈、奶奶、姑姑、婶婶们的蒸馍就特别留意和敏感，渐渐地，他弄清楚了家乡花儿馍有趣的品种和形式，那可是真有些说头呢。

就说这马上到来的清明节吧，为祭祖而做的祭品圆形馒头叫"蛇馒头"，它的底座是一枚圆形的司空见惯的馒头，不同的是馒头上面和周边，捏有一条蜿蜒的小蛇儿，虽说大多写意，但活灵活现。有的蛇馒头里面包一颗蛋，或半颗鸡蛋，这是在上坟祭祖之后专门送给小孩儿家的一种特殊礼物，是家族的长者对孩娃们的美好祝福，——清明祭祖的馒头里还有叫"吊吊馍"的，吊吊，吊吊，是凭吊之意，它用四层白面饼叠加而成。儿时好奇的三耕曾问过奶奶："咋把白馍做成这种样子啊？"奶奶耐心地对孙儿解释说："娃呀，咱这馍可不一样，一层层，就像是圆形的玉璧一样，一层一层加起来，是对咱老祖宗的恩德念念不忘，也是对老先人最诚心的怀想。"后来三耕才知道，晋南一带，只有农历七月十五这一天，才用这种吊吊馍祭奠前人。还有兔儿馍，兔儿馍是为中秋节专做的食物，馍的样子要酷似白兔的形状，家家希望自家的孩娃儿年年月月团团圆圆，且如同月空中的小白兔那样蹦蹦跳跳、活泼可爱。包子虽说现在是一种司空见惯的食物了，但这一带的人们却约定俗成地在农历七月初一午饭时食用，依然是思祖的一种形式。"油地地"就他们这一带这么个叫法，文三耕从没究根查底探寻过，为啥就叫个"油地地"或者"油滴滴"呢？是因为做这种馍时从油锅捞出时一点一滴掉油的那种诱人的情景而得此名么？这是小娃娃生日、满月时亲朋好友送赠的礼物馍，馍馍也有过油的，也有素白的，馍上都捏有龙、虎、凤、猴等图案装饰，那是祝愿娃娃们生龙活虎、吉祥如意的呵！最有趣的是"囫囵馍"，乡人也叫它"圈馍"，是娃娃们过生日和年轻人结婚用的一种礼品馍，它是环状的，圆圆的一个大圈。娃娃过十二岁生日时囫囵上捏的是牡丹图形，祝愿孩子长大后荣华富贵。结婚的囫囵上图案具有特定的含意，它一般是由龙凤和莲花构成的，龙凤是龙凤呈祥，是对龙凤之婚的一种赞美，而莲花则是喻并蒂之意，是对婚姻美满、长久的祝愿，也可以喻为白头到老、举案齐眉。至于囫囵的环状，文三耕曾问过村里的老人们，有人说是"圈"的意思，是希望孩子被拴住，平安地度过以后的日子，还有就是把孩子平安地套住，也把一对新人牢牢地拴在一起，顺利而幸福地生活一辈子……寿桃这一类的花馍更有其宽泛的意义，要知道在人们平素的生活意识和生活观念里，桃子有长寿之意，这一方水土在老年人的寿辰里献上用面做成的桃子形状的花馍，是对老人的祝福和愿望呢……最有趣的是家乡的"年馍"，人们对过年有多重视，对蒸年馍就有多重视，年馍有用红枣做成山形的枣山馍，有三层面饼与红薯与红枣叠加组成的年糕，有用面捏成的面鸡、面鸭、面鹅，还有将面卷成一卷儿，用竹黛在中间一摁而成的压卷儿，枣山是用来祭祀灶王爷的，希望他上天言好事，托福给人间。年糕的一层又一层，有一年比一年高的含义，自然是希望日子一天天、一年年越来越好了。面鸡馍肯定捏成雄鸡的形态，雄鸡司晨，啼唤农人早早醒来，荷锄下田，春耕秋收，雄鸡又是吃虫能手，可以吃掉天下所有的害人虫蝎，从而有安宁的日子，有太平的生活……

　　面对故乡形形色色的花儿馍，文三耕常陷入某种理性的思索里，他觉得无论喜庆或是祭祀，无论节日或是走亲串友的赠予，大都是以动植物为象征物，把远古的神话作为范本，表达当下生活的愿望，是远古部落图腾的延续。龙凤组合而成的图腾在他所生活的汾河西岸民间广泛使用着，这不正是原始文化的沉淀么？当我们这个民族要记录和表达某种情感和愿望时，花儿馍就成了最自然、最简洁的方式，这种以动植物的形式所附带的各种意味，体现了最原始、最质朴也最美好的动机，它们大多以谐音、象征的方式将人类对大自然和自己精神的祈求寄托在一种表象上，这是情感的抒发，是审美的表达，同时也是对古时难以解释的超人现象的崇敬……在一次次的婚丧嫁娶的供桌上面对摞成小山一样的花儿馍，文三耕总不免要感叹一番，他在形形色色令人眼花缭乱又漂亮无比的花儿馍前，找到了既成的、广博的"图腾活动"和巫术礼仪的活字典！

"下一项，展富——邻居亲戚旁边走，女儿孝子跟前来——"

是司仪一声嘶哑却粗犷的吆喝把文三耕从沉思中拉了回来，他知道，封口前重要的一项就要到了——洁面，女儿给老父擦洗脸，也叫展富。

这是孝子贤孙同死者的最后一面了，作为文老爷子的学生和同宗晚辈的文三耕，他没来得及多想就挤入那一圈儿子、孙子、女儿、孙女、外甥、外甥女中间去了，文老爷子是他的恩师，他得最后深深地看老人一眼。

揭开一层厚白的丝蚕绢，文老爷子的一张苍老得已苍白泛青的面容就出现在文三耕眼前了，昔日的威严、平和及慈祥的表情全部凝结在一片青黄里，那一头并不稀疏的头发和一蓬很浓密的胡须更显其花白了……凭着一种感觉，文三耕觉得老人家故去时并不轻松，也不平静，脸上条条细密的皱褶里似乎把一些模模糊糊的怨气一块儿隐藏起来了，把它们带到另一个世界去了……

文三耕的心怦然一动。

给文老爷子洗面的，是老人最疼爱的闺女文惠聪。后来文三耕知道，老人生病的一年时间里，一直是小女儿惠聪照料伺候着，老人一辈子疼爱这个老生女儿，女儿也对老爹百般地孝顺。在姊妹中，文惠聪不像她的哥哥姐姐们，她忠厚实在，本分善良。文老爷子病中一直有子女陪在身边，也可以说是周到细腻、无微不至了。文三耕这样想。

故乡有讲究，展富时，不能有泪水滴溅到死者的脸上的，否则，说是不吉利，其实是礼节中令死者亲人节哀的一种方法。过去，在一睹亲人遗容与亲人最后告别的时候，曾有人哭得昏死过去，也有人头撞灵柩、痛不欲生。渐渐地，为预防不测，就出现了展富时不准失声痛哭的规矩……

此时棺木周边有压抑不住的抽泣声，文惠聪眼睛红肿得厉害，眼皮眼袋已高高地隆起，仅剩了中间一条细缝，从那两条细缝里，涓涓地流出泪水来，从白净的脸庞悄然滴落在她的衣领里。

深情地端详着文老爷子的遗容，文三耕心里酸楚一片，老先生是他的启蒙老师，更是恩师。记得七岁刚入学时，他报名说叫文三更，那时已四十来岁的文先生摸着灰色的长胡须地笑说："这娃娃，你爸你妈也太省事儿了，三更时分生的你就叫三更呀，改为'文三耕'吧，古时文人讲究三耕的，读书为目耕，讲书为舌耕，写书为笔耕，将来希望你是个三耕人才。"这样"文三更"变成了"文三耕"。那时他懂什么呀，长大了才知道这名字的意义和蕴意，短短三个字里，包容了一个中国传统知识分子的所有作为和本分。文先生看出了文三耕在简单朴素的作文中的写作天分，从五年级开始就给他吃偏饭，那是"文革"中期了，文先生把私藏起来的四大名著分期让文三耕阅读，并抽时间在私下里讲解释难。人们都以为文先生是个只晓古董的老夫子，其实他很通晓外国文学的。等到文三耕稍大一些，他把《红与黑》《娜娜》《安娜·卡列尼娜》，还有《静静的顿河》一并让文三耕阅读过了……整个中学阶段，文三耕的作文已不是传统意义上的作文了，可以说每一篇作文已经成了很像样子的习作，有了一个小说的雏形。文先生除了循循善诱、耐心辅导外，他还把全校中学生的优秀习作一笔一笔刻在蜡纸上，油印成册，发往全公社的兄弟中学，几乎每一期都有文三耕让师生们颇为喜爱的作品……从那会儿起，文三耕的名字通过文先生辛勤刻蜡板的手，传到了全公社甚或外公社的学校里……

升高中的那年冬天，上面忽然传来消息，九年制的高中从此升学不考试了，要从应届生中直接推荐，而推荐的权力不在学校，在大队革委会里。

文三耕的老父1957年被打成右派回乡成了农民，一直在村里接受改造，属于"地富反坏右"五类分子的最后一类，之后由于人老实厚道、干活踏实，公社武装部就宣布把他右派分子的帽子给脱了。尽管这样，文三耕还是忐忑着，怕大队里不会推荐自己，因为在他们这一届，贫下中农子女太多太多了……学习再好，表现再好，家庭出身不成，成分高一些，推荐是无望的。

文三耕的担忧得到了证实，大队革委会果然没有推荐上他，理由是文三耕的父亲是脱帽右派，虽说脱帽，但毕竟戴过的，历史上是有污点的，故而不推荐。

那时的文先生虽说只是一般的公办教员，但他却是文曲村学校的创始人，是第一任校长，是最有资格的老教师。文三耕作为他多年来的得意门生和直系弟子就因为他老爹的脱帽而不去推荐，这让文先生愤愤不平。

那时候学校当然还在文曲山上的文庙里，校舍其实是文庙的一种扩建，倒也整齐美观，结构大方，有趣的是墙报和墙上的"批林要批孔，斩草要除根""把批林批孔运动进行到底"之类的大字标语，在文庙改建的村校里，这真有些黑色幽默的味道。

那时候，文先生正在整理毕业班的最后一期作文，他依然要把一些较好的文章批阅选择出来，再刻印装订成册，也算这一届毕业生留给学校的一个纪念。说也巧，文先生正津津有味地阅读文三耕的习作《乡村的冬日》，他被自己学生细微的观察和生动的表达能力触动了，小小文三耕能在习作中避开畸形的政治形势，把笔墨探伸到乡民的普通生活中，这让文先生喜出望外，甚或爱不释手了……正在这时候，学校革委会主任李主任进来了，他面有难色地把一张推荐名单递到文先生面前，有些无奈和尴尬地说："文老师，请你过目，这是大队领导一手把持的，我也没有更好的办法……"

校领导也曾是文先生的学生，根正苗红，人也还算正派。当时，学校的许多大事，还是要和文先生商量或者征求文先生意见的。文先生接过推荐上的名单，左右一遍，上下一遍，就是没有"文三耕"的名字。咋？让这么好的娃娃从此就告别了学校，到南岭北坡里去摸牛尾巴？

文先生气呼呼下了文曲山，走到村子中央的大队革委会，和负责推荐的村干部——理论，他心平气和地介绍，他感情冲动地力争，他甚至拍桌子摔凳子吵闹。1973年的腊月天，是文老先生最不平静的一段日子，文三耕至今不清楚，自己的老师是如何和村干部"磨"下来的，"磨"的结果是他文三耕的名字最终挤进了推荐者的名单里，也才有了他的高中生活……试想，如果没有当年文先生的坚持和力争，文三耕只得早早地成为一个农业社里的农民，也不可能有新时期考大学的能力和条件，他的人生、他的命运将是另一种不可想象的样子了。

　　想着文老先生早年间对自己的教诲，对自己作文的启发引导，对自己知识面的扩充和阅读视野的拓展，对自己的恩德，文三耕的心便不能平静。深情地注视着老人的遗容，他的泪珠，一个五十岁中年男子的泪珠，就涩涩巴巴地泅出眼眶，把两片高高的颧骨泅湿了一片……

　　在泪眼模糊里，文三耕见文天聪拿了一把司仪递过来的剪刀，轻轻地把文老爷子的寿衣撩起一角来，小心地把底襟剪下一块来，这叫"抽底财"，是乡村古时的丧葬讲究，意思是怕死者把家里的财富带走。这说法有些世故和不近人情的味道，后来乡人又延伸了一下，说是把剪下的那一小片衣角给子孙后代做衣服时配上，能让祖上保佑，还可以给小娃娃家避邪，成年人每每看到儿子或孙子衣服上配制的那一块或那一角，睹物思情，见物念人，勾起对逝者的怀念和追忆，常常会把逝者的生平事迹说给后人，以启佑孝思不匮……

　　接下来的小议程让文三耕颇觉新奇了，可以说在乡村几十年了都没见过的。文老爷子的子女们无论大小，每人用一根细红绳拴在自己的胳膊上，另一头呢，拴在文老爷子的胳膊上，等兄妹几人缠好了红绳时，文天聪忽地想起什么，对司仪说道："哎，对了，还得给三耕哥也缠一根，三耕哥可是老爷子的弟子里的代表人物哇——"司仪急匆匆过来，给文三耕和文老爷子之间，缠了一条红线绳儿，再由司仪拿了一把剪刀，把每人的绳子——剪断，每剪一根儿，司仪便要朗声嚷道:"老先生——安心去吧,尘世上已经了无牵挂——"

钉棺盖是封口的最后一项了,孝子贤孙们往后退了两步,帮忙的几个小伙子搬了棺盖,细细地盖好,由一乡村木匠掇了一把锃亮的斧头,把钉帽缠了红布条的五寸长钉顺了早已划了黑红的周边木棱开始钉起。

"爸——爸——不要怕,给你盖木房子,瓦木厦——"

"爷爷、爷爷,你别怕,给你盖小房子,瓦小厦——"

儿孙们哽咽着喊出了啼唤,怕那一声声斧头杵砸木盖的声响惊怕了老人的魂魄,就这么此起彼伏地啼唤呼叫着,直到棺盖完全钉好封好,院落陷入一片沉寂中。

前面说过,这进院子分南北两院,南院停放棺木搭建灵棚,也是和尚道士及鼓手班子吹拉弹唱的场所,而北院则立了炉灶,搭起了绿色的帆布棚子,可遮风挡雨,是这几天里帮忙者和下葬时来的亲朋好友、左邻右舍吃饭的地方,这会儿午饭时分到了,帆布棚子下面摆好十余张桌子,从墓地回来的工人以及其他帮忙人陆陆续续在桌子边坐好。文三耕此时被古校长拉到了北屋里间的雅座里了。

毫无疑问里间雅座肯定是村里的或者文天聪厂里的头面人物了,文三耕居然让古校长安排到座位中央的"尊者"的位置上了,文三耕执意不肯,他谦让着让年长的古校长落座,古校长谦和地按下他,连连说道:"这怎么可以呢,你可是县级领导呀。"村主任苗长林也说:"恭敬不如从命,你文局就安心坐下好了!"

八十六岁自然算是老喜丧,乡村风习喜丧就当喜事办,故而表现在气氛上便有一些欢快,人们的表情也有一些轻松,酒席的规格上自然是喜事的规格,很上档次的。无论是出殡当日的主席,还是平日帮忙者的散席,都很讲究的,尤其像文天聪这样的人家,酒席的质量关乎着面子和在这一带的影响,文天聪在这上面是非常慷慨的。

在乡间,如果有人家遇到其他祸事,如年纪轻轻出了意外,或早早病故等等,这类丧事的酒席是非常粗糙、非常潦草的。酒是劣质的白酒,馍是未蒸的凉馍,至于炒菜是常见的白菜、萝卜、土豆的大烩菜，或者干脆把豆腐、白菜、粉条子烩在一起盛在盆子里每人一碗两碗曰了吃，邻人亲戚和帮忙者绝不会有人嫌饭菜简陋的。因为，粗糙的饭菜也是表达人们哀悼的一种形式，家里有这等不幸的事情，谁还有心思讲究饭菜呀。

文天聪家的席面就不同了，完完全全是喜庆的样子，在一些哀悼仪式上亲戚与朋友们悲伤着一张脸子，仪式一旦结束，或者一离开灵棚几步，人们立刻就轻松了，就露出一丝两丝的笑容来……

席间就更是如此了，因坐在了里间，因远离了灵棚，也就远离了哀伤，气氛便是雅间酒席的气氛，先是肃穆一下，继之庄严一下，随后就欢快了，就热烈了，就放达地喝开文天聪备好的十年陈酿的坛汾了。

村委主任苗长林开始过酒圈儿的时候，人们已喝得兴起，眼圈红着，脖颈也红着，嚷嚷声也大起来。他一过完，文三耕在人们交叉说话的时候，问苗道："文老爷子的墓地送哪儿了，是祖坟地么？"

祖坟地在村南较平坦的地里，文家是同宗的大家族，尽管后来分了许多分支、小家，但坟墓相隔却不算远。每年清明，文三耕除了祭祀自己祖宗，还要到同宗的老祖宗的墓地上烧纸烧香、叩头祭拜。他此时想，文老爷子的墓地如放在村南的老坟地里，每年清明时节他都会给老人家扫墓除草祭祀的。

苗长林此时却将嘴巴凑到了文三耕的耳根下，敛了嗓子轻声说道："墓地选在老文庙地址上，是让风水先生看过的，晚上到我家，我再给你细细说道说道。"

"什么？文庙旧址？那可是过去的学校呀，怎可以就选在那儿？"

文三耕大惊，张开的口许久合拢不住，他万没料到，文天聪会把文老爷的墓地选在半山里的文庙旧址上。

三

下午文三耕朝自己的老屋子走去。

文三耕兄弟四人，大耕、二耕在外地工作，由于路途遥远，清明节一般是不会专程回来扫墓的。每年清明，都是他和小弟文小耕一家去自己家的墓地上坟祭祖的。

小耕一家就住在父亲留下来的老屋子里，因前面三个哥哥都有一份公家的工作，且都在外地，老父在世时就把老屋老院分给了小耕，也算对这个唯一务农儿子的一种照顾吧。哥哥们谁还会有意见啊，父母过世后，三个当哥哥的多多少少都给小耕一些接济。大耕、二耕一年半载的也陆续给小耕寄个千儿八百，三耕离家近，每到农时需钱时如要买化肥、农药之类的，他都及时给小耕送来一些钱。这三年，小耕又在文天聪的碎石厂里务工，一里一外，收入在村里，还是说得过去的。

院门半掩着，古老院落的亲切感像有一股无形的气场，把文三耕热烈地迎进去了。土院子宽阔、整洁，在院南边的空地上小耕还栽了一排排白杨和桐树，此刻里杨树的叶片鲜嫩翠绿，枝枝条条在春风里舒展着。

"三哥——你回来了。"

小耕的媳妇叫凤妮，和小耕一样是个实在又爱动弹的人，这会正坐在老屋的台阶下打纸钱呢。凤妮见他文三耕回来，忙进屋去沏茶拿烟了。

打纸钱是用一架铁模具在一摞白麻纸上随劲儿砸出和切割出纸钱形状却又一串一串相连接起来，纸有白色的，也有黄色和红黑等其他色泽的，五六束纸钱蓬松着穿了麻线孔，一吊一吊地串起来。凤妮把打好的暂时先挂在房檐下的铁钉上。砖台上，见一片用锡箔纸捏成的金元宝、银元宝，还有整沓整沓的冥票子，面额一沓比一沓大。墙根下，竖着一枚半人高的小花圈，看着点缀在圈架上一朵朵大大小小、色彩艳丽的纸花儿，文三耕的心忽地一动，这些七七八八的上坟前的物什，全部是弟媳一人准备的，她舍不得买成品，提前买好纸张原料，然后一人在家里细细剪裁捏制。弟媳的节俭勤勉和贤惠一直让文三耕感动，同时也内疚自己的粗心大意。这些东西，本该是自己回来时买的呀，应该提前给小耕、凤妮打个电话，不让他们在家里麻烦地准备这些了，光是蒸上坟的馒头和相关菜类就够凤妮忙活的了……文三耕心里歉疚，每回一次家就加重一层愧疚感，小弟人很实在，兄弟们就他一人留在了村里，在村里，日子就过出了几分艰辛。前些年，父母都年迈了，都不愿意到城里的三耕家养老，更不乐意到遥远的外省地的大耕、二耕家里去了。他们就想在自家的老院落里，天天见着左邻右舍的熟人们，度过在他们看来还算幸福的晚年。其实，这种幸福是小耕两口子带给他们的，孝顺、听话、知冷知热，凤妮同闺女一般侍奉着二老，老人生病期间，他们在外地工作的几个只是请几天假回来探望一下、安慰一下。他多次见小耕背着老父或老母出出进进，或让老人在晴好的日子里坐在院落里晒太阳，吸着新鲜的空气。文三耕的心里泛涌感激的热流，为了这个实心眼的弟弟、心地和善的弟媳……

一杯热茶端到文三耕跟前时，他掏出早已备好的五百块钱来，硬是塞到了凤妮的手里，算是春忙里对小耕两口的一点补贴吧。

凤妮说："小耕这两天没到碎石厂去，他和厂里几个本村的年轻人一块，给厂长文天聪家帮忙呢，给文老爷子打墓去了，就在文曲山上呢。"

"打墓？怎么吃饭时没见到他呢？"文三耕想一想，才知道他们是几班倒呢。

"三哥，我听小耕说，文老爷子的墓地可排场了，掏好宽宽大大的墓窑后，还要用砖砌好周边，再用预制板封顶呢，然后再上一层水泥，最后里面全部贴瓷砖呢……"

"哦！"文三耕只知道他们打墓呢，没想到文天聪会有这么大的动作，心想，这样做也太有些过了，太奢侈了一些，生前行孝比死后厚葬重要得多。

文三耕心里不平的，依然是听苗长林说的文老爷子墓地选在文曲山上一事，他困惑不解，还隐隐带了一些气。

文家老祖坟的地方多好，地势平坦，无遮无掩，祖坟周遭松柏浓郁，这是老祖坟哪，文家先人一辈一辈长眠于此，文老爷子这一去，真正是寿终正寝，到了自家永久的归宿了……可是，这个文天聪怎么想的，为啥把老人家孤零零葬到文曲山上？

文三耕静下心来，细一想，文天聪这么聪明绝顶的人自然有他的盘算，难道是看上了山腰里的好风水？

山腰里是文曲山腰的简称，也是对文庙所在地的代指，文庙已有了二百年的历史，而由文庙改建成的学校也有了近百年。过去，文庙曾享誉方圆几十里内的村落，到了每年的农历八月十八日（即孔夫子生日这一天），前来文曲山朝拜者真个叫络绎不绝，有家长领着孩子来的，也有先生引了学生来的，男女老少，各色人等。在文曲山的坡里，白花花的石阶路上一整天都点缀了黑黑的人流，他们向孔圣人焚香、叩首、拜谒，缅怀这位古代的文曲星，同时祈求自家的儿女学有长进，成为将来的栋梁之材……解放初，文庙改建成了文曲村的学校，文三耕、苗长林，包括文天聪他们这代人就是在那里从一年级启蒙教育读到九年制高中毕业。五年前，市里、县里撤乡并镇，不少乡村学校被合并在了一起。文三耕靠着他多年的人际关系，上跑教委下边联系镇政府，总算把文曲村这个戴帽学校（小学与初中班在一起）保住了。但是因为就读方便等各种因素，学校搬迁到山下村子的中心地带。山腰里的校址就那么空空地闲置着，想那一方方、一进进院落里，肯定也长满了半人高的荒草了吧。文三耕怎么也想不通，难道是因为文老爷子大半辈子在山腰里晨读夜吟的缘故，文天聪才将老人家葬在那里？在那一派荒凉凄切、野草丛生中，文老爷子的孤墓之魂未免也过于寂寞孤单了吧……

文三耕的心总被一缕不甚愉悦的情绪缠绕着，莫名其妙的，不可言状的，也如同长满了春日的杂草。

他和弟媳简单商定一下，因为有文老爷子的葬礼一事，他们家祭祖上坟的时间也提前两天，就是在明天上午。文三耕让弟媳凤妮给弟弟小耕说一下，就出了院门，一人朝文曲山的南端，也就是文天聪开办的碎石场地走去了。

村巷里已不再同往日那般幽静。步出深长的胡同，一接近属于村巷的大路，便看得见大卡车或是小四轮从村路上碾过，自然是拉着碎石而下，带着空车斗朝上，三三两两，不时穿梭而过，有装得过满或超载的车辆一颠两颠，就把碎石头子滚豆子一般落在村路上，再有车轮子从上面碾过，原本铺就的柏油路就出现了坑坑洼洼，坑坑洼洼无人及时修补，坑就越来越大，洼也越来越深，平坦的村路上已经是一片连一片的坑洼了。

文三耕在车辆喷吐着汽油或是柴油的烟雾里，向着文曲山的南端走去，他尽量避开烟雾扬尘的氤氲，想找一条田间的小路绕着走。记忆里的小土路已不复存在，眼前不是新盖起的一排排瓦房便是气派排场的二层小楼，村子在不断地向南边延伸，当然也向四周扩张，过去，这里都是一片片平展展的土地啊！

村子中心，有多少座废弃的院落，有多少处不住人的房屋，文三耕粗略一算，大致有个五六十处的，五六十处差不多就有三四十亩地的面积，过去的旧院落一般都很宽阔，这大多是老村子里的老房屋或是因全家人进了镇子、进了城后把房舍和院落闲置起来的土地。村委会无力把这样的院落再批给需要盖房的人家，那就只有一点一点向村外的土地开始侵占，人均土地就这样年复一年越来越少了。文三耕知道，他年轻的时候村里人均二亩半土地呢，二十年之后的今天，人均土地仅仅只有一亩，有的居民小组居然仅有八九分地了……他想起来便感到非常可怕，照这样速度锐减下去，靠土地吃饭的文曲村人，十年、二十年后怎么办？城市里的休闲广场和水泥路柏油上总不会生长出小麦、玉茭和高粱大豆吧……

文三耕想着就有些生气了，不是生老百姓的气，是生村干部的气，生他的老同学村委主任苗长林的气哩。想当初，他就给苗长林反复建议过，每一家新建房屋都不要轻易占村边的耕地，手续就批在村中心那一座座废弃的院落和园子里。可是，由于种种原因，村民总是不乐意把新屋盖在旧院里，考虑到胡同的深长呀，出路的不便呀，地势的低凹呀，没有村边耕地那样平展坦荡、视野开阔眼宽。第一家占了村边耕地后,这样一开头就难以刹住了,以至于到了眼下这样的境地。

文三耕尽量压抑住不快的情绪,步履匆忙地走出了新村,田野的风立时扑面而来,他无心观赏乡村的春景,便顺了村外的一条沙石路朝文曲山的南端走去。

远远看去,正如过去村里的文化人所说,文曲山像一个用隶体所写的"丘"字,又有人说像一个大大的"曲"字,真的,看得久了,有一种写意的神似,又有颇逼真的形似,这就很有意思也很有意义了。文曲山上建有文庙,是专用来朝拜祭祀孔圣人的,而那个意象的"丘"字,又正是孔夫子的名讳;"曲"呢,说来更有趣,孔夫子是山东曲阜人,古时文人骚客又有"曲永流醒"的文事趣话,这样一引申一联想,文曲山更显出几分文气和几多神秘。钟灵毓秀和风水宝地是人们形容和赞美文曲山最多用的词语。听老人们说,早在二十世纪二三十年代,文曲山自山脚到山顶那真是松柏苍翠郁郁青青,巍峨庄严的文庙点缀在山腰的翠绿之中。可恨日本人入侵晋南后,于1940年夏季的一天从山根下放火焚烧了文曲山,一时间大火烈焰从山脚四周朝山上燃去,山上的树木大多是松树柏树,风助火势,火借风威,松柏的脂油又成了可怕的燃料,熊熊大火包围了整个山脚,呼呼地朝山上烧去,眼看山腰的文庙将被火魔吞没的时候,说也怪,天空忽然间乌云骤聚,电闪雷鸣,倾盆大雨哗哗浇注下来,一时三刻浇灭了可怕的火焰,虽说自山腰之下的乔灌木丛被大火焚烧得遍体鳞伤,但文庙却完好无损。据村中的老者们说,那次一道闪电自山顶划到山脚之下,燃放大火的三四十号日本人即刻被雷电击中,当场死亡二十余人,未被雷击的日本鬼子一时惊吓得不知所措,弃了同伴的尸体和还在挣扎的伤者狼狈逃走了⋯⋯

文庙虽说保住了,但文曲山满坡的树木却被烧得伤了元气,之后多年来难生寸草。村人说,地气被烧坏了,得五十年才能恢复。如今七十年过去,文曲山近二十年来因人工绿化和植被保护,可以说是万木葱葱,郁郁青青了。无论乔木、灌木,一律蓬蓬勃勃,就连叫不上名字的杂藤野草也一起青绿了。

这青绿的山景让文三耕养眼、养心，他的心情随着满山坡的浓绿愉悦起来。

沿着文曲山的东南角拐去，一种尖锐的石头搅拌声引导他走着。越近，那声音越清晰刺耳。抬眼看去，只见文曲山东南方位那一片地带，上空飞扬着一团团似尘似雾的黄色气体，与蓝天和青山的背景极不和谐。文三耕正待快步前去时，忽然从山脚一侧跳过来两个小青年，拦了他的去处——

"不敢走了，要放炮哩——"

"放炮？放什么炮？"

文三耕一时不解。

"炸石头的炮，没看见后面的车都停下来了吗！"

青年已很不耐烦了。

回头一看、文三耕果然见路上有四五辆拉石子的车辆都停了下来。

"轰——轰——轰——"

"轰——轰——轰——"

一连十余炮放过，斜对面的山崖上腾起一团又一团黄雾，从黄雾里溅出挟裹碎石的黄土。

大约五分钟过后，腾起的黄尘落下，被炸开的石头也已滚落下来，那条走车的路被放行了。

一拐过山脚就看到文天聪碎石场的全貌了。近二十台大型碎石机在运作着，每一台机子都爆发出一连串打雷一样的声响，石头与碎石机里的钢器不断碰撞和生硬粉碎的声音听得人心里难受、脑仁发疼。工人把从山崖上炸下来的块头硕大的石头用锤头击打，一分为二或一分为三，直到能装进碎石机里为止。再看那一面取石料的山崖，山体表面的植被早已不复存在，在大山的浑厚翠绿中出现了极不和谐、极刺眼的土黄色的豁壑，而这片大面积的豁壑还在加快速度蔓延着，如同一张可怕的魔嘴，在一点一点吞着青绿的文曲山。

文三耕浑身一颤。

他忽然想到1940年日本人燃放的那场大火，大火只是焚烧了文曲山的表皮植被，但恢复植被、复原地气都用了整整半个世纪，而今这种毁天灭地的开掘和粗暴的获取，那毁掉的是文曲山的元气哪，被不断炸裂的山体得多少个世纪才可以恢复她的原貌呢？

文三耕的心一阵阵抽搐。

碎石场的近二百号工人，文三耕粗眼看去，一个个都觉得眼生。他颇觉奇怪，他走近一个和他年纪相仿的民工，掏出一支烟来递过去，笑着搭话道：

"来，吃根烟，老哥，歇会儿吧——"

被称作老哥的汉子胡子拉碴一身石粉，有些受宠若惊地接过烟去，送他一个自卑的笑。

"老哥，咋不见本村的工人呢？"文三耕问。

"哦，他们都给老板帮忙去啦，老板的老爹死啦，他们都去巴结啦。"

"是这样。"文三耕想。

"老哥，你在这里每月能领多少工资？"

老民工有些惊怕地看看四周，直到有些放心时，才低声说道："去年元月给我发一千三百块，年后已三个月了，还没见到一分钱，老板一直欠着我们的。"

"其他人也这样么？"文三耕很惊讶。

"老板给本地的民工月月结算，给俺们外地的就这么拖欠着，他知晓俺们也不敢咋着他……哦，俺得干活了，那边有老板的眼线在注意我和你说话啦。"老民工匆匆扔掉烟头干活去了。文三耕掉过头看去，果然见到方才拦路的两个小年轻在鬼头鬼脑地朝他这里张望。

这个文天聪，怎么会使眼线？文三耕微笑着摇摇头，没去在意。

他走往一个刚刚从山崖走下来的黑脸壮汉身边，壮汉显然是从山崖上安放了炸药和雷管并放了炮之后下来的，他的身上满是爬地时的黄土。

"这位小哥，你好，在这里干活够累的了吧？"说罢文三耕依然恭敬地递过一支烟去。

好汉是山东民工，倒也爽快利落，他说他除了炸山崖上的石头，还得破开滚落下来的石头，不是所有的石头都能用的，他得把一些不能破碎的杂质石头挑出来，装满车子倒在另一面的山沟里去。

文三耕顺着黑大汉手指的方位看去，另一面山沟是文曲大山中的上百条沟壑之一，满是用了几十年光阴才努力生长起来的乔木和灌木丛，可是眼下，他看到碎石场的废弃的石头和无用的石粉杂土从沟顶倒了下去，把整个青青的沟坡覆盖了大片大片的坡地。许多粗粗细细的山树已被石头和杂土压得倾斜了，一律朝沟底倒去。

"俺这么累的活计，老板发俺工资是一千五，今年一分钱也没给呢，说是还没贷下款子……可是天天上来的车辆一趟又一趟拉走石子，交付了现金，这些钱都干啥了，老板咋就不贴体俺民工的难处，咋就不把俺们当人待？"

黑大汉气咻咻地说着，喷吐着一口又一口烟雾。

文三耕一阵沉默，他不知该讲些什么好。他忽然看见不远处的那两个小青年又在鬼鬼祟祟打量着他这边。

文三耕不解。他被更大的担忧困扰着，再有三年、五年、十年，文天聪的碎石场会扩展成什么样子？虽说现在毁坏的仅仅是文曲大山的一角，但看这气势，看这规模，那肯定是一年大于一年了，十年后的文曲山会被挖掘侵占成什么样子？文天聪能不能在积累了一些资本或者说拥有了一笔收入之后改换另一个项目呢，只要远离文曲山、不打文曲山的主意，不在文曲山身上动脑筋就行呵。

他想到了晚上和村长苗长林的见面，他得站在一个公允的角度，一个文曲山守护者的立场，好好和村里这位当家人谈一谈了……

四

村委会设在村子中央的大舞台上。大舞台高大宽敞，多年来村子里很少唱戏，舞台的后半端就隔成了十几间平房，权且成了村委会村支部的办公所在地。

村支书和村委主任都是苗长林一肩挑的，苗的担子重，苗的权力也大。

别小看由戏台后半端隔成的办公室，房间里应有尽有。苗长林的办公地方一厅一室，厅宽大，小型会议也可在他的厅里开，室较小，还兼了休息室，里面却应有尽有，电视、电脑、电话、电扇、空调、茶几、沙发、木床、大办公桌。

茶几上是一套气派的木茶具，纯净水开了的时候，苗长林嬉笑着说："老同学喝什么茶，我这可是有龙井、普洱、铁观音哩。"

文三耕说："你这大村主任的待遇，赶上市委书记、市长了。"

苗长林露出几颗黄板牙，连连摆手道："看你说的，这都是去年腊月里村里拥政爱民活动中，人家文天聪给村里配备的，咱村委会哪有一分钱呀，咱这摊子，你又不是不知道。"

文三耕沉思良久，终于换了另一个表达方式，把他在碎石场的所思所忧以及如此下去对文曲山的毁坏一点一点说给苗长林听。苗长林一边给他续茶，一边笑起来，笑得轻松而又成竹在胸。

文三耕沉重的心绪被眼前这个村里一把手的轻松的样子弄得一头雾水。

"哈哈，就知道你会这样，我知道你会心疼那一片片被炸毁了的树呀、草丛呀，要发展就得有牺牲么！其实，人家文天聪早想到这一点了，企业家还能没这个眼光？正因为要好好保护文曲山，他已有了企业转型的新打算呢。"

"转型？新打算？这当然好了！"文三耕面露喜色，有些急切地要知道文天聪是如何转型的。

"这就是这次要你回来、同你商量的事情，别急，你得有个心理准备的，转型转型，不仅仅是人家企业家企业的转型，咱们这些老家伙的思想也得转型哩，也得进一步解放哩，也得打破一些陈规陋习哩，怎么说呢，也得全方位地脱胎换骨哩……"

苗长林此时像在给村委委员做报告一样，喜悦得眉梢都跳动起来，他说："这个文天聪真是天赐聪明，他的思维一般人真是赶不上哩，他就能想到那个上面，这以后，咱文曲山真是变废为宝，科学利用啦……"

见苗长林如此眉飞色舞，文三耕也急着问："快别卖关子了，到底是什么项目，你倒是说出来呀！"

"这个项目是人家天聪考察了很长时间，也和咱村委会商量研究了好长时间才决定的，那就是把咱文曲山改建成全市唯一一家私人性质的墓园，也就是公墓。"

"什么？"

文三耕大惊，他此时惊疑自己是否听错了——

"什么墓园？什么公墓？你是说他文天聪要在文曲山上建墓地么，而且是公众墓地？"

由于惊讶和激动，文三耕一下从沙发上跳起来，把身边的茶几碰得摇了几摇。

"是啊，你别激动么，传你回来，就是慢慢商量的呀——"

苗长林轻轻拽了一下文三耕的衣角，示意他坐下来。

文三耕此时哪里能坐得下？他做梦也想不到这个文天聪会把文曲山建成一座公墓，而且还是面对全市几百万人口的公墓，这让他一时难以接受，他冲着苗长林吼道：

"这有什么好商量的，作为咱村的一把手，他文天聪冒出这个念头时你就应该掐死它，像掐掉花盆里一棵杂草一样，这值得你商量么？"

"话不能这么说，人家文天聪当初萌生这个念头，也是从社会效益和经济效益两方面去考虑的。从社会效益讲，这比他在山南端开碎石场要环保得多，不会用炸药炸石料，不会弄出碎石的响动，不会扬起尘土石粉，不会破坏植被，不会作践一草一木的。相反，大家还会主动去栽种松柏甚至养花植草的，这在客观上反而绿化、美化了咱们的文曲山。再从经济效益上讲，文天聪把墓地根据地理位置、地形地貌分为四个等级，一等是针对要土葬的地厅级县处级领导的，还有故去的企业家，自然位置绝好，面积宽大；二等是针对科局级领导以及有钱人家的，条件比一等稍次；三等是针对一般国家干部的；四等是面向各村村民的，如果人家愿意到公墓下葬的话。不过现在是市场经济了，就是一般人员肯出一等墓地的价格，同样可以享受这样待遇，这不仅仅是对死者的安置，更主要的是对活着人的安慰……"苗长林娓娓而谈，似乎有些陶醉。

文三耕有些奇怪地盯着他，看苗长林硕大的鼻头一耸一耸，看他宽大的嘴巴一张一翕，他那阔大的脸盘此时陌生极了，这还是以前那个他熟悉的苗长林吗？

忍了几忍，文三耕还是不能忍住，这会儿，他已没有平时那种温文尔雅的做派了。

"你给我住嘴，要把一座好端端的文曲山变成一座阴森森的墓地，你还光荣地炫耀哩，还社会效益哩，还这个那个哩，你可真能行。在你苗长林执政时期，终于把文脉旺盛的文曲山，把享誉八方的文曲山，弄成一座磷火燃烧、纸钱横飞的大众墓地了，你苗长林真是功高如天、恩大如地呀！看来全村子的人，包括以前的老祖先们，都得给你三叩九拜、感恩戴德哩！"

"你，你，你这不是挖苦我哩么，我也有我的难处呀，你设身处地想一想，咱这里一无企业，二无资源，就有些土石头，人家文天聪弄个碎石场还招来争议，今儿个说是环境污染哩，明儿个又说破坏植被哩！人家四处考察，八方打探，终于想到了既利用本土资源，又不破坏植被，还有一定效益的文曲山公墓这一项目，这不，又遭你文局长的热讽冷嘲，那你说，你要是我这个村委主任，你该怎样干？"

苗长林摊开双手一脸无奈。

文三耕毫不退让，开口便道："我要是你这个文曲村的掌门人一把手，我首先把碎石场关掉，立即停止这种带有野蛮开采式的生产作业。第二决不允许在具有悠久文明历史的文曲山上弄什么墓园公墓，弄公墓是对文曲山以及文曲村文脉的巨大亵渎和破坏，是对文曲村人民的犯罪。当年日本人只是放火烧了地气，而如今这么做是彻底毁了文脉，不要说实施执行，就是有如此念头也绝对不可。文曲山应当全方位退耕还林，让它自然生息，并有计划地、分片分段地人工绿化，并且在有条件的情况下，在能活动下资金的情况下，重修文庙，重塑孔子圣像；恢复以前的孔圣人生日的朝拜日，把文庙以及对孔圣人的朝拜纳入全市旅游业的大范围之中，使风景秀美的文曲山以及山上的文庙成为市里旅游线路中间的一个环节，这样既保护了自然生态，又高扬了孔子文化，还有一定的经济效益，何乐而不为？"

"好好好，我说不过你，我没你那么长远的眼光，我没你那么高的水平，你是谁呀，你是文三耕呀，你是文大局长呀，你是大文化人呀。只可惜，这是人家企业家文天聪的事情，人家已经决定了，人家已经办好了相关手续，人家出于尊重咱，才让咱议一议、商量商量哩……"

此时的苗长林已经有些气急败坏了。

文三耕一愣，明白了过来，他也气咻咻地说："既然是你们早已经私下里决定了的事情，还召我回来干什么，这是商量吗，是征求意见吗，这分明是耍人么！"

这样说罢，他干脆摔门离去了。

文三耕是拨开春日的夜雾离去的，走出一二十米了，他听得后面传来苗长林的声音——

"三耕——，你回来，咱坐下来再心平气和地议一议，沏好的茶还没开喝呢……"

<h1 style="text-align:center">五</h1>

夜风刮来一个晴美的早晨。

天是蓝的，田野里已泛了浓郁的绿，大片的绿里却跳跃出几处耀眼的金黄来，那是麦田中间点缀着的油菜花儿。

春日已呈现出一些欣荣和葱茏的气象。

文三耕和弟弟小耕、弟媳凤妮、正读高中的侄女一家人提了食盒，举了花圈、纸钱串儿，拿了锡箔金银元宝、色彩缤纷的冥票儿，走进乡野一派葱茏的气象里。

晋南汾河以东的乡村里历来有一种风俗，清明节前几天上坟都是有讲究的，新坟与旧坟的时间不同，一般人家与和尚道士的时间不同。文三耕家属于上旧坟，因清明那天和文老爷子的出殡重合，他便把上坟日子提前了两天。

放眼看去，有更早的人家已上坟了，瞅不清远处的一座座坟头，却能看见坟头上插着红红绿绿的花圈儿，花圈有大有小，却一律色彩鲜艳，在太阳下面泛出亮亮的闪光来。文三耕吃惊地发觉，有的人家居然在坟头插着专门从城里的鲜花店里买来的真花花圈，那可是缀满了黄菊花的真花花圈，好几百块钱一架呢，那是在城里上班的子弟儿孙们上坟带回来的，在格调上就高了一筹。文三耕忽然意识到自己的粗心，回来时咋就没给文老爷子带一架真花圈呢！

整整一夜文三耕难以入眠，他且恨且愧，恨的是文天聪居然能想到把文曲山作为公墓大力开发，恨村主任苗长林非但不制止反而十分支持这种做法，愧的是作为一个文曲村走出去的人，作为在文曲学校毕业的人，对自己的母地，对养育过自己的大山眼看就要遭到如此境遇，无能为力。他想等到文老爷子丧事过后好好和文天聪谈一谈，或许还有让他放弃墓地项目的可能，有谁愿意为了一些利益而把自己故乡的大山弄成阴气森严、坟冢遍野的墓园呢？文三耕也十分生气，气苗长林的助纣为虐，退一万步说也是无有作为，掌门人和当家者掌的什么门、当的什么家？

可是，文三耕又返回来想，我是不是管得太多了，太宽了？我是谁呀，我只是年长于人家，在城里工作而已，我有什么资格制止和阻挠人家精心思考和悉心策划的这个新项目呢？我要一意孤行，岂不成了人家的绊脚石或是拦路虎了么？

远处一阵铿锵的锣鼓声把文三耕从沉思里拉了回来，他一片困感，锣鼓声是从不远处的地里传过来的，他便问小耕怎么回事，小耕笑着回答："从去年开始，爱热闹的人家上坟也要雇锣鼓队敲打一阵子的，这两年村里成立了锣鼓队，有男队、女队两个班子呢，大都是喜欢锣鼓的中老年人，在家没事儿干，这样敲打着，有干的了，逢年过节、婚丧嫁娶、生日满月，都有人请的，现在上坟也有人请敲了……"

"那有报酬没？"三耕问。

"敲敲锣来打打鼓，热闹红火吃饱肚，以前是管一顿饭，也有给钱的，每人十块二十的，不等。"小耕答。

"哦。"文三耕笑一笑，说："上坟放炮都不满意了，还要敲锣打鼓闹红火哩，也不怕把老祖宗吵醒了，约定俗成，约定俗成，时间一长，大家都这样了，就慢慢形成一种风俗啦。"

这样说着，他们家的坟地就到了。

坟地是他们文家这一小支脉的，其实是一片小小的墓园，坟茔周边和坟头之间有十余棵柏树，像给坟头举起十余把绿伞。自东向西，依次立了三个小却精致的碑楼。它们分别是文三耕曾祖父一辈儿的、祖父一辈的和父亲一辈儿的，是前几年文三耕自己出资盖起来的，也算是表达自己的一片孝心和对祖辈的敬意。这样文家三代就有了明显的标志，清明上坟的时候，即使晚辈一代也知道是从老爷爷开始祭起。

先是文三耕、文小耕开始在碑楼前祭祀，接着是凤妮和侄女儿祭拜，碑楼拜过，再分别从曾祖父的坟头前磕头，从大到小，一排磕过去，之后又燃香，插花圈，烧冥钱。这一切程序做过后，文小耕提了一挂鞭炮到离墓园有二十余米远的地方燃放去了，凤妮和女儿则从食盒里拿出祭品馍菜一类食物分放在坟头、坟侧。馍是典型的上坟供奉的蛇馒头，以圆馒头为底座，上俯一条用面团捏成的小蛇，其形状多写意，但活灵活现。蛇馒头里凤妮都包了一颗或半颗鸡蛋，这是上坟祭祖之后专门送女儿的礼物，以示她在其后的一两年里考上理想的大学。

蛇馒头是让女儿拿了从每一座坟头朝坟脚轻轻滚动的,而食盒里的菜食则被凤妮用一瓷碗乘着,放在每座坟土一侧,那菜肴无非是莲菜、粉条、豆芽、肉片、黄花菜、金针菇之类。

这时的文三耕便把带回来的两瓶酒洒在祖先的坟头,在老父的坟头,他多洒了一些。老父在世时,除了整天劳作外,任何爱好没有,就是喜欢饮几杯酒,那时家里贫困,没有好酒,喝的就是供销社里那散装的劣质白酒,除了逢年过节喝几杯,就是天冷了和劳累之后才喝几杯,老父用几杯白酒来舒缓自己的疲倦……

在老父坟前,在远处爆炸和锣鼓的隐约声里,文三耕静静坐着,他忆及老父勤劳艰辛、木讷、朴素的一生,在春风里和老父进行着无言的交流,两颗泪,两颗中年男子酸涩的泪,不觉间涌出了眼眶,在他还有不少皱纹的脸上爬着……

这时放鞭炮的小耕轻轻走过来,说:"三哥,天聪妹子天慧有事找你哩,她就在那条村路上等着你。"

文三耕有些吃惊:"天慧找我?有什么事吗?怎么会来到村外?"

文三耕想着,他了解乡村的规矩,知道殁了老人的家人是不可以随便到其他邻居家的,怕给人家带去晦气,但可以到路外,到野外找人也合乎情理。

文天惠在田野中间的一条小路上等着文三耕,这个贤惠内向的女子自文三耕见她那天起就一直红肿着眼睛,文老爷子病重的整个一个冬季和春季里,一直是文家这个最小的女儿侍候着哩,现在这个时候找到文三耕,难道是有在家里不便讲、不宜说的事儿吗?

文三耕有些狐疑,他让小耕一家先回家去,径直朝文天惠走去。

正如文三耕所料,文天慧找他,是要去告他一些有关老父亲文老爷子和她哥文天聪的事情的。

"三耕哥,我想了几天,一些事情,必须告你,不说给你,我心里憋得慌,不说给你,老爷子在地下也不会安宁的……"文天惠说着,泪水从那很好看的脸上流下来。

在文天惠的讲述里,文三耕知道了许多内情。是文老爷子的家事，但又不仅仅是一些简单的家事。好多事情让文三耕惊讶不已……

盖家门楼时，文老爷子是让在门楼上刻写"耕读传家"的字样的，文天聪却没有照办，而是擅自刻写下"文府"二字。老爷子生气而无奈，很长一段时间，老爷子不愿走出院门，他怕村人笑他文家猖狂。

病重的日子里，文老爷子曾把天聪兄妹召到一块儿，也算是安排了自己的后事。他反复强调，把自己葬在祖坟里，躺在祖辈几代人的身边，在那个世界里也不会孤独的……可是，文天聪只是含糊地答应着，其实他早有迁移祖坟的打算，把文老爷子葬在文曲山上，只是第一步，这是他在文曲山修建公墓的一个引子。

文天惠侍候老爷子时，就常见到村干部苗长林到他们家和文天聪反复筹划公墓的事。建文曲山山地的手续，由苗长林办理，其他关系，则由文天聪打点……文天惠从他们交谈的点滴中悟出来，原来他俩是联手经营公墓的，而对墓园的投资，则是碎石场几年来的收入，碎石场也是由他们二人一块儿经营的，只是，明面上由文天聪任总经理。

文天惠之所以要说这些事，主要是对他哥文天聪违背老爷子遗愿不满，这气愤她深深地埋在心里，她终于选择了这么一个机会，说给文三耕。至于涉及苗长林、文天聪私下联营开发文曲山、修建大墓园的事情，只是由上一事件牵涉出来的，老实贤惠的文天惠是无意中说出一些内情的……

文三耕大惊，他实在没想到，文曲山碎石场和即将修建的文曲山大墓园并不仅仅是文天聪一人所为，村支书兼村委主任的苗长林也暗中插了一条粗腿，他感到事情远比他想象的复杂和严重。

清明前的风在耳边刮过。

天，忽然间就阴起来了。

六

　　文老爷子的下葬日正好是清明这一天。

　　文三耕起了个大早,他得和总管古校长一起,料理发葬前后的一切琐碎事宜。

　　天阴沉沉,也没有风,文三耕担心雨下得大了。下雨固然是苍天在为老爷子掉泪,为他做最后的辞行。可是,老人家的棺木要在雨中抬到文曲山上,即使人多,也有很多的困难。

　　雨点从阴沉的云层里挣脱出来,一丝一条地抽到地上,像这清明时节人们伤心的泪。还好,这泪水很节制地洒了个地皮湿,一阵风刮过,天很快放晴了,帮忙的人都舒了一口气。

　　"嗨,文老爷子活着时,积了大恩大德,这一去,天公也方便哩!"

　　"可不是么,文大爷这人缘,天公地母都显灵哩!"

　　由于夜里有风,方才又下了雨,棺柜前供桌上粗大的蜡烛早已换成了一盏不息的长明灯,天亮了,长明灯灯焰就显得弱弱的,若有若无的样子,如同文老爷子衰微的魂魄。

　　宽大的灵棚底下铺一层厚厚的稻草,文天聪、文天惠以及媳妇、女婿、侄子、侄女、孙子、孙女、侄孙、侄孙女、外甥、外甥女跪了一地,他们是守灵者,守灵的同时,还接待前来吊孝祭奠的人,前来祭奠的人烧香鞠躬时他们便下跪叩首以示还礼。如有乡间近邻或远房亲戚的妇人家来到灵前吊孝,那守灵者就得陪同着再号啕一回。

　　太阳在东天露出脸来的时候,大院里的人就多了起来,白的孝服和衣襟上别了红条子,袖管上戴一圈"孝"字。大家在院子里忙碌走动,各司其职。

　　灵柩前供桌两边摆放着挚爱亲朋送予老爷子的陪葬品。文三耕能叫上名堂的,就有典型的童男童女,那是为了死者在阴间有人侍奉,亲朋们用纸糊的童男童女各一人，纸人有一米高左右，男童手端脸盆、毛巾，女童拿着木梳。之外还有金斗银斗，那是为死者存放金银财宝的箱柜，一律用锡箔纸糊就约二尺高，下窄、中宽、上尖，外贴金银锡纸。再朝外延展，则放着不可或缺的装饰品，由女儿天惠准备的香串、花串、纸串。用竹条做成直径一尺五的圆圈，用白纸包住。香串：用白纸条包许多炷香糊在圆圈上，然后把几个圈每隔一尺多连接起来，用竹竿挂起摆在灵棚前，待到下葬时再将香点着。花串：用纸做成莲花状或其他花卉的样子，再粘成纸飘带。而纸串完全是用白纸条剪成花边吊于其上，每种一对。文天聪挺气魄，定做了高大的纸鹤、花瓶，陪葬品有纸糊的四合院、汽车、电视机、影碟机、组合柜，还有一架硕大的水烟袋，文老爷子生前手不离水烟袋，那枚古旧的铜水烟袋早已装入了他的棺柩，还另糊了这硕大的一枚。

　　此时，帮忙的人们又添增了灵前的供桌，是为了摆上愈来愈多的祭品。

　　两天来，凡来悼念的亲友按亲疏关系和辈分排列，奉祀花样不同的祭品，闺女和侄女们拿了"全猪祭""猪头祭"，近亲者有"食果祭""罐儿祭""鱼儿三祭""食桌祭""果合祭""刀盘珍""八盘珍"，街坊邻居一般是五个花馍的"盘子祭"等。晋南汾河以东的礼节是，对所有祭品，在礼房登记时留七剩三，三分礼还给送祭者，如果是五个馍呢，便留下三颗半，要把一颗馍分成两半，分时须用刀切，不可用手掰，叫一刀两断。这大大小小的祭品需要懂得礼数的人帮忙，他们分门别类又有所选择地挑出一部分精致祭食，呈品字形状摆放在供桌之上。

　　做这一切的时候，作为总管家的古校长要一一指点又分盘统领的。

　　不到早上七时，鼓乐僧道班子就全来到了文家大院，按照这七日的安排，每天文家都要请鼓手、和尚和道士三家来吹奏、敲打和念经文的。这些人不像乡村其他来客一样，来了转一圈，看一看，便坐下来吃第一批酒席，他们要等到来客吃完第三批酒席之后才可以入席吃饭的。他们来后就开始了自己的吹奏和敲打，今儿是出殡的日子，今儿的敲打比前几日要更投入、更激烈。

村委主任苗长林这会儿安排他们吹奏敲打，因是特殊的日子，和前几日略有不同。

鼓手班子还是被安置在大厅旁边的一小片空地上。今天迎送祭奠的客人很多，一拨未走，又来一拨，故而鼓手的吹打便格外忙碌。鼓手班子里，文三耕看到了一两张较熟悉的脸庞，细细一想，原来是市蒲剧团的两个演员，他很惊讶，他知道蒲剧团近年来不太景气，可是，再不景气也不能沉沦到民间鼓手班子里面呀，他们可能是临时组合的，也可能是一个较固定的班子，人为了挣钱，观念已是大变了。和尚、道士班子都安排在南院，离灵棚有一段距离，几天来，在移灵、送灯、转道的吹奏外，几个和尚、道士还得在神子前念经，替死者忏悔赎罪超度亡灵，从灵柩前到村子过去的土地庙神前，只剩下了遗址，一个土台，一片砖瓦。从早晨到出殡的这段时间里，文天聪要求和尚、道士往返六次。

这几日，文曲村人真是开了眼界，上了年纪的人如同又回到了从前，而年轻后生家则见识了大户人家殡葬的旧时礼仪和过场，那可是新鲜又过瘾哩！

先是和尚、道士们的"坐夜"。夜色把村子封严的时候，文家大院里灯火通明，在灵棚的南北西侧，僧、道两家齐扎起经坛和道场，十余个和尚和十余个道士各自坐在属于自己的地盘上，起先是正襟危坐，音乐响起来便念上几段经文，吟唱一些曲目，一直到深夜时分。虽然听不懂也听不清那些经文的内容，村人们还是要集中在文家的院落里，听那种乐器声、那种哼唱声，看一看和尚、道士吹奏时的做派。

让乡人新鲜的是"送灯"，这当然是殡葬过程中的一项主要内容，可是早在多年前就取缔了，后生家只是从老人的口中知道有"送灯"这回事，文老爷子的葬礼，着实让文曲村的人们饱了送灯的眼福。

送灯其实是一种忏悔仪式，一方木桌，由帮忙的四人抬着，木桌上有香表、蜡烛、供品，鼓手、僧道在其后吹奏吟唱、游行、散道……哭丧的亲人跟在后面，男性在前，女性在后，挚亲在前，稍疏在后，往往男人拄着棍，而女人家则被搀扶。有吹有奏，有敲有打，有哭有吟。在村中转一周之后又到土地庙，祭天、祭地、祭土地神。傍晚和深夜的送灯时分，天已黑暗下来，文家买了许多二寸大小的瓷灯盏，添加了棉籽油，点燃之后，沿村路两边每隔丈余一盏，好给送灯祭的人照明行走。

闪闪烁烁的明灯，吹奏吟唱的僧道，哭哭啼啼的亲人，把这几天里的文曲村渲染得一片肃穆，把文曲村的夜点缀得神秘了。

太阳升高了的时分，第二批吃早饭者已经吃完。吃早席在文曲村也很有讲究的，往往第一批安排丧者家人的亲戚入席；第二批是本村里来上礼者入席，礼待上客，先客后主的风习一直在文曲村里传承沿袭着；第三批才是本小组的邻人以及帮忙者。文三耕作为乡邻，作为晚辈学生同时也是帮忙者，自然是第三批入席的。出殡的日子，人多，事儿多，活儿也多，文三耕和总管古校长忙得简直不可开交，他们是有分工的，文三耕协助古校长打理出殡前的一切事宜，而村主任苗长林则负责出殡路上的过场和下葬的全过程，心里有事儿，眼里有活，吃早席就显出了几分急切。

尽管急切，整个席面还是让文三耕惊讶了一下，他没料到早席上的是这一带最高规格的十全大席，十枚大盘，十枚大碗，有荤有素，丰盈充实，色香味美，可以说把早席规格推到了一个最高水平。文三耕经常回来帮忙，不要说早席，就是午席，大多的人家也无非是八八席（八小碟八大碗）、六六席（六碟六碗）；较困难的人家早午都是一品菜；平平常常的人家，大宾、礼宾等贵宾席也就是每顿饭四个盘子，一壶酒，其他人吃个臊子面就可以了。出殡这天的早饭大多是黍米、枣儿、金豆蒸饭和臊子面，像文天聪家早饭便上十全席的，还真没碰到过，别说在乡村，就是在城里的富贵人家，这样的席面也够高档的了，何况每个桌面上各放有一盒软中华、一盒硬苏烟，也全是名贵烟卷，酒呢，一律上坛儿汾酒还不算，还都是十年陈酿。这在乡间，又是绝无仅有的。

昨天晚上，就文老爷子出殡一事又开了一个会议，苗长林召集，古校长安排，文三耕补充。文家这次丧事没有让村里的红白理事会出面，这是文天聪的意思，理事会出面，显得机械呆板，公事公办，没有人情味儿，全显不出文家在村子里的影响，显不出文家现时的个性和气派，他就是靠乡党邻里帮忙。昨晚，他们又重新把出殡日所增加的桌凳、锅盔缸盆、棚布、抬棺的老杠、小杠、绳索、钢铣、络罩用的花布统作安排，又安排了总管、账房先生、早午厨师、借送东西的人员、络罩者、陪祭者，后备酒席相传等等事宜又一一落实到人，精密周到，万无一失。

尽管早席丰盛，文三耕还是吃得草率，饭后和祭灵之前的这段时间里，他得和文天聪在一个安静的房间里听大聪宣读一遍由他执笔的祭文，也算是一个预演吧，看还有哪些地方生疏，哪些句子念起来不顺当。祭文写得情感深切，文大聪也念得情感投入，预演是成功的。文三耕就安顿文天聪在这房间里权且歇息一会。其实，文三耕是想利用这个工夫给天聪说一说文曲山墓园的事，劝他放弃修建公墓的打算，可是他发觉文天聪木然着一张脸，对他，也不像前几日那么客气和殷勤，他这几天肯定是困了、累了、疲了，便没有说出心里装着的话，他想等到过了今天出殡的日子后，再同天聪细细说道。

十时正，祭灵开始了。

司仪汉子扬起一张硕大而粗糙的脸子，对着全院子大喊一声："老少爷们注意啦，现在祭灵开始——"粗壮响亮却有一缕沙哑的嗓音像村里电源有些问题的喇叭一样，一时嚷得大院里一下静下来，人们下意识地朝灵棚走去。这是出殡前的最后一番祭祀，这最后祭祀的规矩较前几天要求更严密，阵势也更大。从司仪宣布开始的嗓音从院子的每个角落里落下的一霎时，大厅外的鼓手班子和院子里的僧道班子，几乎同时响起鼓乐，乐器声中，祭奠按血缘的疏亲、按辈分的大小进行。先疏先小，最后是近者亲者。司仪对程序烂熟于心，看来他是乡间半职业化的司仪了。他先从小外甥、玄孙吆喝起，之后是大外甥、玄孙，疏者与小者磕头较少，亲者近者磕头较多，一般为三跪九叩首——在灵棚外叩四头，再逆转到灵棚内灵柩前叩一个，出来后在灵棚外磕四个头。儿子女儿叩首最多，年纪轻些的有叩十二或二十几个头的，年纪大些的则适量减少，司仪在这个时候是要根据死者儿女们的身体状况来临时决定的。

司仪是个极精明的人，他知道文三耕的身份以及在村子里的影响，故而把文三耕的祭奠安排在亲侄儿子们祭奠的行列里，使得文三耕的祭祀显得庄重而体面起来。

文天聪两口和文天惠两口哭祭时，早有帮忙的人把地下铺的那层稻草和灵柩前的垫子抽掉了，孝子哭跪时要直接接触土地的，对天对灵柩，表达对老人的真诚孝心。

文天聪哭拜时声音已经嘶哑了，跪地起立时挣了几挣，浑身已有些瘫软了，多亏有帮忙者搀扶，才没有倒下去。

文天惠最后一次灵柩前叩首只哭号出一句"我的爸呀——"，便一下晕了过去，几个帮忙的婆娘家赶紧把她扶到灵棚里的稻草上，掐了掐人中，用毛巾擦了擦脸，她才慢慢缓过神来。

文天聪最后一个头叩过之后，司仪大喊一声："孝子谢礼——"

孝子文天聪向所有祭灵者叩一头，向围观者叩一头，最后向今天的帮忙人和抬棺人叩一头，众祭者齐齐到灵后哭丧，司仪掏出手机看一眼时辰，便大喊一声："出殡开始——"

此时鼓乐成了另一种敲打和吹奏，哭丧者都炸起更为强烈的哭唤，院子里一时间显得有些紧张和忙乱，因为棺柩放在了绑好的架杆上，抬棺的十六个小伙子已经跃跃欲试了，文天聪这时候双手举起灵盔用劲一摔，随了一声沉闷的破碎，起灵了。

文天聪的小儿子拿了领骨幡在前边领路，鼓乐僧道在前边敲打吹奏，十六个小伙子一边八个，抬了灵柩快快地走开来，边上还有指挥者和帮忙者一并快快地跟了走，哭丧的亲朋后人长长地排了一列队伍，白煞煞很是肃穆壮观。文三耕自然也在这个队列里，他一细看，见前面的文天聪居然拉着纤。乡人也叫扯纤的,用两丈多长的白布,一头拴在抬棺的架杆上,另一头文天聪拉上,这叫作"孝子扯纤",文三耕还是小时候见埋人时这样扯纤的,之后多年不见了,今儿又在文老爷子下葬时见到,心里就佩服古校长的心细和周到,还有对旧礼节的周知。

在文曲村转着,一行送葬者还得不时地进行路祭,在旧时的庙前或遗址前摆上祭品和牌位,由陪祭人文三耕宣读祭文。当然是第三人称的另一篇祭文了,路祭文比较短小精炼,是文三耕用半文言写成的,写的是文老爷的功德、人品、人缘和对教育的贡献,文三耕读起来流畅,一待读毕,文天聪当即叩祭。

每到村里的十字路口,看热闹的乡民总是要拉鼓手、僧道敲打,僧道打开场子,仍把圆圆的木球抛到空里,再用双肩接住,有的鼓手扔锣钹,即三把刀子,三把刀子向空里抛开来两手轮番接扔,还有的打起三节鞭,打开一片开阔场地,更多的时候还是花样翻新的敲打,旧调新曲一起上。

好不容易走出了村子,这时候一部分哭丧者返回,一部分则跟了棺柩,朝下葬的文曲山山腰走去。

敲打与吹奏暂时停了,哭丧也暂且告一段落,四下里一时静寂起来,能听得到的,就是抬棺小伙子不断吆喝、不断换人的嚷嚷声。

自古文曲山,石板路一条,现在,三十几个小伙子抬着棺木,每人累出一头汗水来。

文三耕踏着石板路,这是他再熟悉不过的都钻出青草的路了。这条路上,承载了他艰辛而不乏甜蜜的中学时光,青白色、青灰色的石板曾和他们少年时穿的布底鞋有过多次亲切的磨合,他多次坐在洁净的石板上,构思他的不同凡响的作文——他那用文老爷子的话说具有小说型的习作。那时候生活清苦,他却单纯天真,文曲大山和山上的文庙,生发着一种浓郁的文气。如今,经过几十年的生息滋养,原本山上的小树已经长成了大树,原本稀疏的林木已成为可观的树林,原本的赤裸荒坡已郁郁青青,茂密着乔木灌木和各种青藤草禾……

文曲山美丽了，迎来她的又一个清秀的轮回，乡人尽可以在退耕还林的基础上，继续让她生息滋养，并有计划地绿化美化，且用长远眼光将她纳入市自然风光旅游的一个景点……

可是，可是，现如今，文曲村里的头号企业家和文曲村的头号掌门人，却联起手来，要在南端办一个对文曲山伤筋动骨的碎石厂，并以碎石厂的赢利为资本，再把整个文曲山修建成一座全市最大规模的墓园，那时的文曲山将成什么模样？满山遍野点缀了大大小小、规格各异的坟墓，文曲山将被掏挖成上千上万个墓洞，墓洞里面全是水泥抹孔，而墓洞上面又各自矗立起高低不一的坟身和石碑，这无疑极大地损害了山体表层的植被，人为地破坏了现已形成的绿化体系……

每年的清明时节，文曲山上尽是摆放的花圈，尽是燃烧的纸钱，是撒得遍地都是的金银锡箔，是四处飘荡的白纸飘带，是余烟袅袅的高香，是此起彼伏燃放的鞭炮，是敲打得山野小产的锣鼓声，是哀哀凄凄的哭啼。

作为一座公墓墓园，文曲山上上下下滚动着阴气，她原有的文脉地气被千千万万个阴魂所取代。

我的文庙，我的文曲山哟……

文三耕只觉得心如刀绞，红豆大的汗珠爬满了他瘦小的面颊……

他上山的脚步比带了镣铐还沉重。

出殡的人群在吃力地爬山……

上到山腰时，清明时节的山风忽然就大了，把人们的孝服呼呼地兜起来，山坡上荡起了一片游动的白色……

谁都没有想到，这时候会出现状况；

这状况在文曲山的半山腰里突然而至。

一群人，确切地说，一群愤怒的人们显然是早有预谋地等候在山腰石路两侧的松树柏树之间，等着出殡的人们，等着抬了棺木的人们走到这个地界。他们如同昔日的草莽响马一样，忽然间黑压压出现在石板坡上端，拦住了出殡者的路。

果真黑压压一片，有二百多号人。

这让出殡者惊慌不已，抬棺木者不得不停下棺木，呆呆地看着这青天白日里的天兵天将将欲何为。

哪是什么天兵天将，分明是文天聪碎石厂的外地民工，这些人一个个手持铁锹、木棒，拦了去路。

在乡村，人们要为出殡者让道的，要千方百计提供便捷，即使是仇家，也不会在出殡时间设障碍，出殡者遭遇拦道，那将是莫大的屈辱，何况今儿个是乡村德高望重的文老爷子的殡葬，送葬人又是享誉一方的企业家文天聪，这——怎么会这样？

此时送葬人包括挚爱亲朋、乡邻乡里、帮忙者以及鼓手僧道等等，一起呆鸭一样杵在弯曲高耸的石板路上。

文天聪此时在棺柩之后，他没有动，遇到事情还有帮忙的哩，他不可以急于出面。

解决这等事情，责任落在村主任苗长林身上，苗长林毫不犹豫就走上去了。

文三耕自从登上石板路，心情便平静不下来，他回忆往昔的日子，回忆他和他们这一代人对文曲山的种种依恋，许许多多的发生在文曲山上的有情有趣的事情让他一时难以释怀，他的脚步慢下来，最后由于心慌气喘，索性坐在石板路的旁边一块大青石上歇下来。

由于拐了一道山弯，出殡者被人群拦住，他还不得知。

文三耕不急于上山，他熟悉乡间规矩，知道抬棺人到了墓地要歇息很长时间，还要等到风水先生看定的时间才能下葬，而现在离那个时间还有一个多小时呢。

这边的拦道者确实是文天聪碎石厂的外地民工，本地民工都给他们的老板帮忙了，这些外地打工者酝酿了几天，在几个头领的组织下，最终决定冒一回风险，选择了在半山腰的石板路上拦棺索薪。

此时对峙双方到了白热化程度。

"好狗不拦道呢，你们怎么可以干出这么伤天害理的事情？"

"和死者过不去，你们就不怕遭报应吗？"

"你们家将来就不葬老人？你们这样会天打雷劈的！"

……………

送葬人群中的年轻人大都是抬棺的小伙子,而这些小伙子又大多是本村人,是在碎石厂打工受到文天聪照顾的人,他们不仅仅能在当月领到工资,且工资要比外地打工者要高出许多。

这时候在村主任苗长林劝阻无望的前提下,他们率先破口,大骂这些外地来讨食儿的民工,同时也在文天聪面前落个好。

拦道者显然是有充分准备的,他们人多势众,但并不紊乱,有五六个民工代表站在人群最前面,对抬棺者的谩骂并不理会,一个带有山东口音的黑脸汉子说道:

"你们站着说话不腰疼,饱汉子不知饿汉子饥,三个月不发给你们一分钱工资,试试看,还抬棺材哩,路也走不动了,喝风去吧!"

"只要老板今儿个给我们工资,我们立刻让道,立马走人!"

"是呀,俺们和文老爷子前世无怨后世无仇,俺们干吗难为他,这是被逼无奈,今儿个一手给钱,一手放道!"

"井水不犯河水,隔手不搭人的,俺们和文老板说事,他得答应俺们条件——"

"是的——文天聪得出来和俺们说话。"

人群已经大吵大嚷起来。

苗长林此时尽量不让文天聪出面,文天聪在这样的非常时期出面,显得他这个一村之长太那个了。

"工资的事情咱们过了今天说可以么?明后两天给你们解决,我以人格担保!"

苗长林在与民工周旋交流。

"不行,不行,这样的话老板说太多了,左一个解决,右一个解决,结果三个月了俺们两手空空,今儿个必须见到工资……"

此时文天聪安排在碎石厂的两个眼线才惊慌失措地跑到文曲山的石板坡上,给老板文天聪汇报,他们把外地民工的罢工闹事、拦棺索薪的事同那天下午文三耕神秘暗访石厂联系起来了,他们猜测是文三耕暗中鼓动民工如此干的,两个眼线告给文天聪更多可怕的事情,另有一百来个外地民工在厂里等着山上这边的消息，如果工资今天到不了手中，他们将砸毁碎石厂的所有设备……

文天聪心惊胆战。

"啊——"苗长林脸都吓白了。

"这么要命的事情，你们为啥现在才告诉我！"文天聪气急败坏地质问眼线。

两眼线一脸无辜："我们打手机你一直关机，厂里那边真怕工人砸了机器，所以不敢贸然走开啊。"

文天聪和苗长林几乎同时下意识在寻找文三耕，文三耕这会儿却不在送葬人群里。

那晚文三耕在村委会同苗长林争执之后，摔门出去，苗长林就急切地告给了文天聪。当时他们有些担忧，担心文三耕给有关上级做工作，阻碍了文曲山公墓的正常运作，万没料到他会到碎石厂鼓动民工，二人一时气得颤抖起来。

恰此时文三耕一步步走上来，他已经觉察到事情的不对头，远远地听到两方的吵嚷，极力思索着，等走到文天聪和苗长林身边时，他已明白事情的原委。

"文三耕，你，你可真阴毒，你不同意公墓这档子事儿，咱再慢慢商议，你咋能出了这样的损招儿，你对得起天聪、对得起文老爷子么！"

苗长林把愤怒的脸对着文三耕，唾沫星子白白地在石板坡上飞溅。

文天聪也在怒视着文三耕，红肿的眼睛里燃烧着火苗。

"怎么，你们怀疑是我暗箱操作？你们可真有想象力啊，我文三耕孤单一人到厂子里看了一圈，待了十分八分钟，我居然就能策划这么大的行动？太高估我了吧。"文三耕转脸看到他在碎石厂见到的那两张鬼鬼祟祟似乎在盯梢他的脸，他顿时明白了一切。

"天聪——"文三耕朗声教导："眼下的首要问题不是怀疑我文三耕是不是幕后指使者，马上要做的是赶快答应民工的条件，然后让开山道，难道让文老爷子就这样在半山坡里，误了时辰吗？"

"答应？可是，马上哪能提出那么多现金？"文天聪有些为难地嘟囔。

"那现在可提一部分给他们，先安抚一下，让他们先让开道路，明天把工资款全部提出来和工人结算，怎样？"文天聪这时候只能闭了眼睛点点头，文三耕说道："我现在就与他们交涉去。"说罢，他大步朝石板路的坡上边走去。

拦道的民工人群里，果然有那天他去碎石厂时见到的老民工和那位放炮的黑脸汉子，文三耕与几位领头的民工蹲在一块儿，如此这般商量起来。

无论怎样地动之以情、晓之以理，无论怎样地磨薄了嘴皮，这群外地民工还是要在今明两天拿上工资，要让道可以，不过先要把文三耕作为人质带回到厂子里，等到明天拿到了工资款，再放他这个临时人质。

当文天聪、苗长林为这个人质条件迟疑犹豫的时候，文三耕果决地答应了。

民工忙忙让开了山道，抬棺人员准备重新起抬的时候，文三耕一下跪在棺木前面，连叩三头，说道："文老师，恕你的不孝弟子不能最后送你，你老人家一路走好啊——"

言罢，他跟了一群黑压压民工，朝山南端的碎石厂方向去了。

这边，文天聪、苗长林则安排厂里的会计员先到市内建行去提款。

文曲山又归于平静了，送葬队伍又匆匆沿了石板路前行着。

清明时节的风，在文曲山上居然打起了漩涡。

国画达人

上

这时候,山水画家畅放达被一件不可告人的事情纠结着。

他是九点多钟起床的,还没来得及洗脸呢,刚打开的手机就急匆匆叫起来,一接听,是市委宋秘书长打来的。宋说:"我的好畅画家,起这么迟,昨晚又熬夜作画呢?我从八点打到九点,急死人了,近日市委公事急用,需要施老的一幅大画,你得赶快联系施老啊!"

"大画,多大?"畅放达问。

"横幅丈二的,必须是山水,你手头有施老现成的最好,没有,还得尽快联系老人家,联系好喽,咱派车去拿。"宋在那边说得有些急切。

听说是丈二大山水,畅放达的心紧跳几下,随后他还是稳住了自己,顿了一下,声调平缓地回话道:"哦,我手头正好还有一张丈二横幅的,又是山水,是施老爷子去北京前专门给我的一幅,留作纪念的。那可是精品之作啊!你有急用,就按施老平常的价格先拿上吧,不过画在大儿子手里,他后天从太原回来,我让他带上就是,误不了你宋大官人要务的……"

"好好好,还是老朋友,关键时刻能解燃眉之急,大后天我和你联系，画酬你放心，三两天打到你账号上。"宋秘书长在电话那头有了感激涕零的意思，语气也轻松许多，在他看来一件十分重要的事情，简单的通话就落到了实处，紧悬的心也踏实下来。

畅放达的心却不踏实，放下手机，额上居然渗了一层密集的汗珠，他庆幸自己刚才急中生智，找了一个连他自己也没想到的托词——画在大儿子手里，后天才能从太原拿回来。其实，画就在自己手里，儿子也不会后天回来。是一个模糊的、混沌的、说不清道不明的意念，让他在那个短暂时间里说了一个小小的谎话。如此看来，大后天，宋官员就会同他联系，购买他手头那幅山水画的，换句话说，他拥有那幅丈二的大画，仅有三天时间了……

他匆匆忙忙地洗了把脸，却特意在两手上打了肥皂，搓了又搓，这叫"沐手"吧，每每看一些收藏的画作和名家珍品，畅放达会事先洗手的，这来不得一丁点含糊。

在叮当作响的一大串钥匙里，他毫没费事地拿到最精细的一枚，打开书柜最靠里边放着的旧式木箱，一颗脑袋埋进箱子里，在层层叠叠的未曾装裱的书画作品里，抽出了一块绵软细滑的缎子小包裹，拿到他宽阔的画案上，小心翼翼地打开来，铺展开去。立时，一股特有的墨香和宣纸的奇香弥散开来，在这种熟悉的异香里，畅放达带着惜别的目光深情欣赏他的恩师大画家施逸墨先生临去京城之前留给他的这幅墨宝，这幅老师留给弟子作为念想的精品长卷。

立时，他宽阔的画案上出现了具有浓郁的地域风情的太岳山水，从运笔用墨上，能看得出宗法董其昌、兼学黄公望的风格，却又吸取清初四王的笔韵，皴笔独特，干笔、湿笔灵活互用，且施以醇厚的墨色。同一幅画作上，时而用笔清淡，时而落笔浓重，墨色丰润，远观近看，效果毕显。单看某个局部，意境疏简，浓丽清润，纵览整幅画卷，则苍劲浑厚，古朴沉雄。

这是施老最为擅长的青绿山水，也是近二十年来市场最为走俏的青绿重色，施老也多作浅绛，非但勾勒填彩，还将石绿、淡赭、润墨融和于一体，很好地起到了雅而稍艳的艺术效果。"雅"是针对作品的品质和格调而言的，这是他每一幅画作的底线标准，而适当的

"艳"则是因大多数人的审美而设的，某种意义上说，也是面对市场和购买者选择的……

畅放达埋下脑袋，凑近画作的局部细细观看，只见老师皴法细密，多用笔尖，布景繁茂，墨色尽显层次，山岭沟壑，繁复多变，瀑布山溪，自然明爽，探山色奇峻，领林木清幽，得其胜趣，古味盎然……畅放达不由得出声叹道："师古而不泥古，传承更富新意！从笔墨收放到绘画意识，又有一种潜在的新蕴含在其中，施老师真个了得！"

畅放达此时与其说站在他的画案之前，不如说已经完全走进绵延沉雄的大山里，在清秀繁茂的山林中漫游，朝意境俊逸的深远里步去，穿越土丘山峁，涉过山溪飞瀑，与农夫对话，看顽童牧牛，感受茂林芳草，夕阳归鸟，置身浓郁的田野气息……老师在他的山水画作品里总是恰到好处地点缀一些动物，或牛羊马驴，或飞禽走兽，牛羊们大多是细笔勾皴，体毛逼肖，农夫牧童则线条洗练，神态生动……

畅放达看得入迷，对这幅画卷就更喜爱了几分。

他可以信手拿起座机，给远在京城的施逸墨先生打一个电话，说一下宋官员欲购买画幅的意思和其他要求，如老师手头有合适的，三两天便会特快寄来，如手头没有，只要老师答应下来，三五日也会按其要求画出来的。这样的事情说来很简单，就凭他畅放达是施逸墨的弟子，就凭他畅放达曾，大大小小卖走自己老师的上百幅山水画作。

畅放达是那种社会型的画家，性格随和，交际广泛，各色朋友众多，三教九流，行业各异，特别是政界和企业界，交结了不少头脸人物。这些人物出于各种目的，需要著名画家施逸墨的画作，很自然会事先请教畅放达，问施老画作最近的行情，一平尺市场价是多少，对外价是多少，而通过畅放达这个朋友联系的内部价又是多少。畅放达会热情地从中周旋，玉成此事，既考虑到自己老师作品的底价，维护老师在画坛和社会上的声誉尊严和不可撼动的地位，又让购买者心理平衡，觉得花了内部价格的钱都购到了上好的画作、名家精品。这样一来，双方都满意，都在心里感激畅放达。畅的诚信度也愈来愈高，影响也越来越大。像施逸墨这样的著名画家，无论在大中小城市，他们的作品在书画市场上的营运一般都要靠经纪人动作或者适当炒作的，有的干脆让经纪人操作着。施逸墨却没有经纪人，但多年来他的画作买家很多，很受各个阶层人们的喜爱，弟子畅放达就成了某种意义上的经纪人。

畅放达却不是经纪人。

他既没有一个经纪人对书画家进行包装、筹划和市场运作的能力，又不和画家按规定去分享那份应得的酬劳，他只是个不费多大事儿的联系者与现成的牵线人。

这牵线人却给他带来了不错的声誉。

绘画之外作为业余牵线人的畅放达并非一无所获，每次经他联系的购买者将画酬打到施逸墨的账号，或由畅放达将现款谨慎地交于老师的时候，施逸墨便将刚刚完成的作品铺展开来，笑吟吟让自己的弟子观看，就眼前这幅作品的笔墨关系说起，谈到整幅画的结构安排，画面造型，何处该谨严精细，何处又需放纵笔墨，怎样使画面有静有动，静动相宜，如何充分利用两种不同的笔墨对比，才可以使画面动感起来，面对云峰树石，若要纵恣苍莽，那么，人物屋宇就必须精细整饰，只有这样，才可收到静动有致、实虚分野的效果……

像施老如此现身说法，以刚完成的山水画作作为个案范例，客观评价，局部剖析，大到构图，小到细节，得当处自己褒奖，缺憾处也绝不护短，等于给作为弟子的畅放达开小灶、吃偏饭。畅放达自然是受益匪浅的。临别时，施老会将自己一幅精致的小扇画或小斗方送予他，作为酬谢。款项大的时候，如是六尺以上的大幅画作，施老还会拿出一幅四尺对开或四尺三裁的作品，让畅放达转交购买者，作为一种赠送。

多年下来，畅放达在恩师心里有了绝对的信任感，在各色朋友中留下了上好的口碑，同时，也陆陆续续收藏了施老的几十幅国画精品（这是他最为欣慰和暗自喜悦的），可以说，在平都市，他是拥有施老画作最多的一个人。要知道，多少圈内人士以拥有施老的作品作为一种荣耀，多少书画收藏家也以收藏施老画作的多少作为一种资本。同是施老的门生和弟子，畅放达的师兄叶之隐就没那么幸运了，他的手里，充其量也就有施老三四张画作而已，况且大都是扇面小品。不过，叶之隐也拥有一幅丈二大的山水，那是施老离开平都之前，送给作为弟子的叶之隐的。

半年前，著名山水画家施逸墨举家迁往北京。说是举家，其实只是他和老伴俩人离开平都赴京城，唯一的女儿在80年代中央美院毕业之后，被分配在中国美协工作，早已成家立业小日子过得滋润。闺女早就想把老两口接到京城，年纪大了也便于随时照应。施老前些年就在北京买了房子，中央美院附近的黄金地段，那可是中西合璧的豪华别墅。别墅装修一新，等着主人去居住呢，施老却不愿意离开他生活了大半辈子的都市，不愿意离开他艰辛奋斗、成名、辉煌和倾注了一腔艺术心血的这片平都土地。从一个学子到平凡的美术工作者，从小有名气的地域画家到名扬全国的著名画家，是这片开阔包容、积淀深厚的土地成全了他，成就了他，他难以割舍平都市的一山一水、一草一木，还有他多年累积下来的人脉……女儿一次次动员、催促，施老也一次次搪塞、推托，终于他在过了七十寿辰之后，恋恋不舍地离开了平都市，到京城那闹中取静的天地里安享自己的晚年。

走之前的那个月里，圈里圈外，各行业喜好施老字画的头头脑脑请施老吃饭，为施老饯行，一午一晚，大家排起了长队，把市内几十家豪华酒店都吃遍了。作为弟子的叶之隐和畅放达，一次次要求为老师饯行，施老把他俩的时间安排到最后，即赴京的前一天晚上。施老说："你俩买些榨菜、花生米等可口的小菜来家里，咱师徒好好喝一壶，我存有两坛百年老白汾，那可是80年代在汾酒厂笔会时董事长赠送的，存到现在，是该开喝的时候了，再让你师娘给咱包饺子，咱三人好好唠唠……。"

二位弟子就急了，忙说："师傅，你好歹给我俩一个机会，这就要离开平都了，也不让我们献一回殷勤么？"

施逸墨摆摆手说道："这些日子我在外应酬累了，咱谁跟谁啊，还外道什么？在家里多好，酒醇茶香话贴心，再说了，还要送你俩每人一幅儿的，是我最近为你俩精心画的，也好让你们点评点评，也好留点念想啊！"

二人还有什么好说，忙到超市买了先生平时最喜吃的酱驴肉、烧鸡、牛肉条和其他小菜儿，来到先生家里。

贤惠的师母笑眯眯地迎接了他俩，就到厨房包饺子去了。

茶是明前龙井，酒是百年库存老白汾，下酒菜还有先生满腹的话语，那晚师徒三人好不尽兴，要不是师母阻拦，先生还要开启第三瓶呢！

没有开第三瓶老白汾，先生却先后展开了送予他俩的丈二巨制，他俩万没想到，先生会送给他们如此精美大气、自然天成、意味深醇的精笔妙墨。

送给大弟子叶之隐的同样是太岳山水画，但与畅的那幅却不尽相同，可能在创作之时，施老想到的是叶之隐的性情吧，这幅画画得笔墨平稳沉实，无剑拔弩张之态，清雅、沉静、细密、雅逸华润而无浮艳，缜密又无琐屑，有精工而大气之美也！

师兄叶之隐连连说道："恩师如此厚礼，学生无功受禄，内心诚惶诚恐呢！"

师弟畅放达早已惊讶得张大了嘴巴，同时也喜上眉睛，对着仍在画作前发呆的叶之隐说道："师兄，咱什么话语也难以表达对恩师的感激之情，俗话说跪天跪地跪父母，咱老师是再造父母，想当年咱拜师时也没对恩师跪过，今儿，咱就跪拜一回。"话没说完，畅放达把师母也扶进了老师宽大的画室，让二老并排坐着，他率先双膝着地跪了下来，且将脑袋深深地埋下，额头已经触跪到木地板上了，却从木地板上弹上一句话来："师傅、师母，请接受弟子一拜啊——"

叶之隐依然被画作吸引着，只感觉到师弟用劲拉了一下他的衣角，他慌忙对面前的师傅、师母歉疚地一笑，依在师弟身边也跪下去。

等到施老和师母扶起他俩时，畅放达的脸上已满是泪水，灯光下一片湿亮，那是感恩和激动的泪水啊。

不可否认，酒是感情的催化剂，正因了百年老汾酒的作用，才使得畅放达如此激动，也因为恩师的明日赴京，这不同于往常的赴京——那大多是去中国美协开年会或者是去中国美术馆参观美展，为老师饯行一下，三五日就回来了。这次不同，老师是离开平都，定居京城了，以后要回来一次，还真不容易。依依惜别，情感丰富的畅放达泪流满面。他们也没想到居然是丈二巨幅，有一个细节他俩心里都明白，老师在画儿的题识和落款上，没有写上"弟子畅放达惠存""弟子叶之隐雅鉴"，只是署了施老自己的名字、创作年月，盖了名章和一枚施老喜欢的闲章。

这样的画作，以后是可以转手倒卖的呀，而施老的山水画，现在市场行情是一平尺一万二千元，丈二大画为三十六平尺，计约四十三万两千元。四十三万，那是一个什么概念！

何况施老的画作，还有很大的升值空间呢！两位弟子的心，此时怦怦直跳。

在平都市，甚至在全省的美术圈子里，人们都清楚，施老的画儿太难求了。

二十多年前，作为全国百杰画家的施逸墨就已经蜚声画坛，享誉全省了。作为全市第一个中国美协全委会委员的他，也早早成了国家一级画家，是享受国务院津贴的有突出贡献的高级专家。就这么一位艺术人才，在市文联连副主席也不是，施逸墨行政上仅是一位美术科长。政治体制就是这样荒诞而无理。那一年市委宣传部新来了一位部长，少年得志，年轻气盛，不知从哪里知晓施逸墨的大名儿，仗了自己是文艺文化部门的顶头上司，便贸然派了办公室两个小青年找到施老的家里，欲求得一幅山水画儿。那会儿施逸墨在为中国美协筹办的一次大型美展，创作一幅竖条八尺山水作品，刚勾勒了草图。他正坐在沙发上闭目养神呢，听两个小青年奉了部长之命前来索画儿，心里颇有几分不快，本想说几句不客气的话打发两个办事员，但又不想难为他们，想了一想，到画室铺开宣纸用他擅长的行草写了一四尺横幅，内容是一句名言，却让人颇多思索：

反抗诱惑吧，那样你才能有更多的机会做出高尚的行为来，一个没有受到贡献的热情所鼓舞的人，永远不会做出什么伟大的事情来——恭录车尔尼雪夫斯基语录，施逸墨甲申年于平都。

施逸墨将写罢的作品折叠好了装入一个印有"施逸墨书画"字样的大信封里,交给年轻人,摆摆手示意让他们拿走,心里方觉得轻快了许多。

小办事员哪里看得明白龙飞凤舞的行草?部长也辨识不清,他原本是想求一幅山水画的,结果得到了一幅字,也罢,施逸墨除了是名画家外,也算一位知名书法家,总算给了他这个当部长的面子。那幅字就装裱了,悬挂在部长的办公室里。时间长了,书画界的人士免不了要去找部长的,见到施老书写的如此内容又是给部长留的墨宝,便暗自里窃笑,一传十,十传百,在书画圈子里成了一大美谈。

之后,再有官员或派秘书或派办事人员前来索画儿,施逸墨会冷淡地对来人说:"你们领导可算是官人了,我呢,就是一个画画儿的,我不管他李书记、王市长,都与我不大相干,喜欢我的画儿,可以购买的,我热烈欢迎,如白白索要或以其他手段变相索取,对不起,我没有赠送的义务。山水画是作品,作品是创作的产物,而创作是一种身心劳动,当官儿当大领导的,应当尊重人民的劳动,这个简单的道理,领导那么高的水平,难道不明白么?!"

如此这般回绝了无数官人的索画儿,社会各界也渐渐知道了施逸墨的个性和他作品的行情。

最令人称道的,还是《平都日报》报头题字的那场风波。

平都市要创办一份《平都日报》作为市报。主编与社长研究后决定让著名书画家施逸墨题写报名四字,这个方案请示了当时的分管书记和宣传部长,得到同意的答复之后,报社总编来拜访施逸墨,拿了上好的烟酒茶,并在全市最高档的文房四宝翰墨轩购了十刀宣纸,作为施老的润笔费。

施逸墨欣然答应,一连书写三种"平都日报"的字样,让总编比较和选择,总编对施老的书法大加赞扬,言语中不免有奉承巴结的意思,末了总编辑有些吞吞吐吐说出自己如何喜欢施老的山水画,做梦都想收藏一幅,并且,市委书记也想通过他这个总编辑求得施老的画作为荣幸……

施老听出总编辑今天的造访不仅仅是让他题写《平都日报》的报头，送来的烟酒茶包括那十刀宣纸后面是有两个要求的，一是送总编一幅山水画，二是通过总编转送现任市委书记一幅画。他略作思忖，觉得让他题写报头，是报社和市里领导看得起他这个书画家，赠总编一画也说得过去，总编又转送市委书记一幅，他也理解，谁都有求人的时候，总编也不例外，总编也还想有进步，还想有发展呢。想到这里的施老便拿出两幅横条四尺的画儿，分别装了信封，信封上分别写了总编和市委书记的大名儿。

总编好不感动，没想到施老会如此慷慨，送了两幅四尺大画，他话音颤抖着，千恩万谢地离去了。

酝酿已久的《平都日报》是在两个月之后发行的。一直关注着报纸，确切地说，关注着施老给题写报头的畅放达第一眼看到报纸的时候，就非常惊诧了，报头四字居然没用自己师傅题写的，用的是一个爱好书法的副省长的题头，因为"平都日报"四字下面有"副省长某某某"的字样。他心下一时恼怒，为自己的师傅不平。但畅放达还是忍耐了一下，以为报纸的第一期是用副省长题写的报头，是报社要借副省长的头牌，后来出的就会用施老的笔迹，这样等了一个星期，第二周报纸出来依然如故，畅放达就沉不住气了，拿了这几天的报纸，到了老师的家里。

施逸墨平时很少看报纸，当然除了他自己订阅的几份专业性报刊之外。弟子畅放达拿来几份《平都日报》时，他这才想起前一段总编来家求字求画儿一事，且拿去了两张四尺山水，总编一幅，还为市委书记要了一幅。再看新创办的《平都日报》，分明用的是副省长的题头，那字迹是不入书法之流的"领导体"，一股火气便直顶脑门，施逸墨有一种上当受骗且受了污辱的感觉，他在画室里转了两圈，便拉开抽柜在一摞名片里翻寻出总编辑的那一张，直接把电话打了过去："是刘总编么，我是施逸墨，我见报纸没用我的题头呀，怎么回事，你们不该这样耍弄人呀，你们要巴结省长，直接巴结好了，干吗在我这里插一杠？拿了我的字，拿了我的画儿，连一句回复都没有，这就是你们的处事原则？这就是你们坑蒙拐骗的手段——你们用这种下三烂的做法骗去了多少字画？坑骗了多少善良的书画家？"

电话那头分辩道："施老，您别生气，您听我解释，有些事情由不得我啊！我有我的苦衷和难处呢——。"

施回话道："不听你的解释，少说你的难处，你们不是上上下下商量过后才来我这里求字索画的么，要画时你就能当了家？给书记要画儿你也能作了主？你给我听好了，你给我送来的烟酒茶纸，我原封不动，完璧归赵，我写的三幅字和被你拿去的两幅画儿，你也如数归还，我就当作没有过这码事……"

电话那端忙说道："施老息怒，施老息怒，咱还可以通融一下的，可以通融——"

施逸墨加重了语气："没通融的必要，通融什么，通融不还画作吗？我不想和你通融！"

电话那端声音有些生硬了："你的字和我手里的这幅画可以还你，可是，送给书记的那幅我没办法再要回了。"

总编以为话这么一说，施逸墨会折中一下的，会考虑一下的，不料施老倔倔地对他说："我马上给书记打电话，追回我的作品——"

总编弄巧成拙，自以为搬出市委书记的大牌，施逸墨会偃旗息鼓，哪料得倔老汉不吃那一套，偏偏要给书记打电话，他慌忙再给施老回话服软，施老却不再接他的电话，直接拨通了市委书记的手机。施老是通过畅放达拨市委办公厅的电话的，办公厅听说是大画家施逸墨要和书记说事儿，不敢有误，提供了书记手机号。

施逸墨在电话里叙说了事情原委，重点提及刘总编通过报纸题头一事，代为书记索要山水画一幅，末了施逸墨说道："我这人一直讲究无功不受禄一说，更不可以无功而索取，这道理，想你书记大人也会明白，今天的意思，让他姓刘的总编辑怎样从我这里把书画拿走的，再怎样给我如数归还回来，不然，我老夫可以上告你们勒索罪！"说罢他扣了电话。

一边的畅放达听得目瞪口呆，多少年来，面对市里的当权者，多少书画家们卑躬屈膝、献媚奉承，想方设法求人托关系把自己的作品往人家手里送呢，如此这般理直气壮往回索要自己的作品，真叫他这个当弟子的见识不少。

当即施逸墨便派畅放达拿了烟酒茶退给报社那个刘总编了。

谁也不知道市委书记是怎样给报社刘总编打的电话。想想看书记哪受过这等羞辱，自己收受比字画更值钱的东西无计其数，一张山水画哪里能记得起来？书记的气恼不仅仅冲着画家施逸墨，也是对自己的部下刘总编的，总编不知在接受书记怎样的训斥和臭骂，或许他压根就没送书记，而是找了个借口给自己多索要一幅施老的山水画呢！

第三天，报社派人把字画如数送回，那时候施逸墨才长长地舒了一口气。

归还字画的那天，两位弟子正好在施老画室，想想前因后果，二人就为政界的恶行气愤一回，感叹一回，也为先生的气节和胆量激动一回，骄傲一回。

这件事不知怎么也给传了出去，特别是施老打给市委书记的电话内容，被人们传说成了施老教训和痛斥、臭骂书记，传得形象逼真，栩栩如生，这成了平都市社会各界的一大谈资。

自此没有官人敢凭借官职或耍些小手段、小聪明索要施老的字画了。

深知师傅者，弟子是也。叶之隐和畅放达跟施老学画二十多年，深知先生是一个纯粹的性情中人。

十多年前吧，师徒三人赴太岳大山采风写生，傍晚，下起了大雨，坡陡路滑，他们回不到原计划的住宿地，就近在山区一个乡办中学里住宿过夜。风大雨急，校舍处处雨脚如麻，那是"文革"中盖的学校，简陋粗糙，质量低劣，除了边角的砖碇之外，内墙里一色的土坯，而且是山墙扛檩的那种，没有框架的支撑，土墙稍有移动，整个屋顶就会全部坍塌，已经是十足的危房旧舍了。十四五岁山里娃娃哪里敢睡呀，塑料布子盖着土炕上的被褥，脸盆、饭碗摆了一地接屋顶漏下的雨水……

施逸墨的心被焦虑和担忧绞痛着，看着娃娃们被淋湿的脑袋和一张张稚气的脸，他的泪水和着雨水一起流淌。在和校长的交谈里，他得知，学校通过乡政府给教育局和县政府打了五六年报告，盖校舍所需的二十万就是迟迟批不下来。校长一脸愁容说:"批下钱来,不知要到牛年马月,那时,我就该退休了吧!"校长四十出头的样子,要退休,还得二十年吧,校长无奈的话语让施逸墨惊心动魄,他难以想象漫长的二十年,对这个乡办中学是个什么概念。

一个决断,倏忽间,却又是从容万分地被施逸墨做下了,他和校长细细地算了一笔账,二十万,盖几排校舍,包括几所教室,多少间办公室、学生宿舍以及厨房、边角的卫生间……

校长就疑惑这个留有一头长长灰发和短短连鬓胡子的老画家如何热衷于盖校舍所需的全部费用。

答案是七天之后知晓的。

七天后施逸墨带了二十万元现金,引了叶之隐和畅放达两位弟子来这所山区中学,他让校长叫来了乡党委书记和乡长之后,就拿出自己捐款盖校的二十万元,当即拍板定夺招施工队,要在半月之内盖起一所全新校舍,他要让砖瓦民工们作为他和两位弟子笔下活动着的模特们,一直写生到半月后新校舍落成。

其实,施逸墨是半写生半监工的,他要亲眼看到从根基的夯实到一砖一砖地砌起,直到现浇水泥顶的打起。

乡党委书记、乡长面对平都市来的这个好心的大画家,几次三番要把县、市、省三级电视台的记者请来报道他的义举,还要把落成后的中学更名为施逸墨中学,这一切,都被施老坚决地回绝了。他淡淡地笑笑说:"赠人玫瑰,手有余香,我手里有了翰墨之香,再有玫瑰之香,老夫终身无憾事了。"

太岳山采风写生的成果,是师徒三人之后在省城和平都市举办的"三人太岳行采风录"大型画展。画展轰动省城美术界,这是众所周知的,还有一大成果便是矗立起来的两排乡中学的新校舍,这,只有师徒三人知道。

两位弟子知道的,师傅还有许多生活中的小情趣,当然,都和他的"画事"有关联的。

施逸墨有次在街上散步,一只皮鞋的鞋跟有些松动,不得不到一家钉鞋摊去修理一下。他坐在一边的小马扎上,忽然就看见鞋匠黑黄的茶缸边，居然放有一本自己早年间的画册，封面已陈旧，自己的头像已模糊，但依然能看清册名《情系太岳》的字样，就好奇地打量一阵，那本画册是用来垫茶缸或其他用具的，看得出是鞋匠闲时翻阅的，再端详鞋匠，五十来岁的年纪，黑黑黄黄的瘦脸。难道鞋匠也喜欢画儿不成，他探手拿起画册翻着便问："师傅，你还看施逸墨的画册，你也爱看他的画儿么？"

鞋匠头也不抬只管忙手中的活计，一边答话道："那可是位名画家，画太岳山是一绝哩，打小咱就喜好人家的画儿，只可惜，上学时家里贫寒，饭都吃不起，哪里还敢学画儿，只好干这钉鞋的营生。这本画册还是半年前从一个收破烂的老汉手里要的，老汉横竖问我要了三块钱。嗯，嗯，闲来没活时，翻翻，看看，我老家就在太岳山里，这施画家可把太岳山画活喽！"

施逸墨点点头。到眼下，施逸墨已出版了大大小小十多本画册了，但第一本画册对任何一位画家的印象和作用是那样的深刻和巨大，就如同父母的第一个孩子。这本画册收集了他中青年时代的倾情之作和心血之作，每一幅作品里都凝聚了他对太岳山的赤子之情。这画册是他早年间赠送给圈子里或圈外的某个同行或友人的，当然也有附庸风雅者向他索要再要他签个名儿，时日久了便撕去签名的那一页，其余当作废纸废报卖给拾荒老头。这样的事情他经见得不少，甚至还有新出版的精美画册被人拿走之后，连签名的那页也懒得撕去就卖给收破烂的了。圈内的人不会这样做，即使不喜欢画家的画，最起码它还是一个资料么。圈外的不懂绘画者就说不准了，特别是行政界的一些大小官员，要了你的画册，又要你的签名，满足他的某种贪欲和虚荣心理，他又不懂画儿，放家里又占地方，之后，就毫不心疼地扔了……

施逸墨气恼和无奈的同时，也有些欣慰和自豪，世上啥人都有，有不爱惜你的画册的，也有从拾荒人手里购买的，就这回事儿。

后来有两次施逸墨有意无意路过钉鞋摊，远远看见钉鞋匠在认真仔细地翻阅着那本旧画册。

回到家，施逸墨毫不犹豫地拿出他早已画好的六尺横幅《太岳秋色图》和先后出版的七八本大型画册，装在一个印有他头像的精美的布袋子里，提着，郑重其事地送给那个真爱他的画儿的钉鞋匠。

那一天对鞋匠来说无疑是一个如获至宝、升祺骈福的大喜之日。

每晚看一会儿书或是画一会画儿之后，施逸墨喜欢一人在小区西边那片平房前散步，平房可以说是一片贫民区，过去是一家国有工厂的家属院，现如今住着形形色色的底层人们，下岗工人、进城民工，还有临时租住的各色人等。和他们接触，或者从他们身边走过，施逸墨都能感受到来自底层的浓郁的生活气息。他们在平房前的场地上打牌，喝啤酒，朗声地说笑。目击着他们逼真的生活，施逸墨会融入他们中间，一起谈论生计的零碎和社会的复杂，还有道听途说的各种新闻或逸事。就是在那种场合里，施逸墨无意中知道了租了一间屋子的小两口，好像是大学毕业二三年在市里打工的青年人，男的最近考上了公务员，正等待分配一个理想单位呢，这个"等待阶段"正是让你活动和送大礼的阶段，活动一下，打点打点关系，就留在市里工作了，如果没任何行动，就干干地等待着，就被安排在东西两山的县或者是最基层的乡政府了。这无疑是人生又一个关键时刻，问题是男青年找到了"关系"却无力去送礼，那至少得五六万元的"礼物"。小两口一时窘得无所适从，施逸墨在路过小两口的门前时无意中听男青年感叹说："如果能找个关系，便宜购买到大画家施逸墨的山水画也行，那个部长可喜欢施老的画儿了。"听女青年发牢骚说："那不是白说么，除非人家大画家施逸墨是你姥爷或者是你亲舅舅……"

施逸墨私下里打听到那小伙子确实很优秀，是从农村出来的，人实在又能干，当即回到画室，用了两天时间一气呵成画了春夏秋冬的山水四条屏。第三天傍晚，当小两口依然带着满面愁容和一腔心事时，作为不速之客的大画家施逸墨拿了刚画好的作品进了门来……

施逸墨的画儿果然帮助那个素不相识的男青年进了市里一个理想的单位，男青年之后写了一篇很动情的散文分别发表在市报、省报和《人民日报》上，以表达他的感恩之情。

施逸墨身上发生的有关"画儿"的大大小小的故事，在平都市口口相传，传播当中人们不免加上自己的感情色彩，或添盐加醋，或文学夸张,在无数人的茶余饭后的谈资里渐渐成为街头巷尾的某种文化传奇。

只有两位弟子叶之隐和畅放达了解真实的老师,深知先生对绘画的热爱和对画作的珍视。

故而当先生赠予他俩每人一幅如此精美而大气的丈二巨幅的时候,二人深知这是老师的倾情之作、心血之作,收藏这幅作品,是收藏近三十年来深厚的师生情谊,还有师徒在人生历程上可贵的艺术探求和浓浓的绘画情结。

朝师傅下跪的那一刻,畅放达的泪水是真诚的、感恩的泪水,看到师弟亮闪闪的眼泪,叶之隐鼻子一酸,眼眶都红起来。

中

宽阔的画案上依然铺展着宽阔的画卷。

画卷上的崇山峻岭依然在崎岖着、延展着,飞瀑山溪依然在激溅着、畅流着。

果真就要把师傅赠予的这幅精品卖出去么?

多年了,宋秘书长宋官人那边画儿也要得急切,画款也给得爽快。无数次了,通过他畅放达给师傅联系好,师傅那边把画儿画好了,一回话,十万八万的画款宋官人就带在身上,或当面交给施老或由他畅放达转交,办事利利落落,决不拖泥带水。这一点,他畅放达再放心不过,也就是说,三天之后,老师赠予他的这幅《太岳览胜图》便会变作一笔丰厚巨款的。

顿时,宽阔的画案上,太岳胜景被铺天盖地的百元面钞覆盖了,那可是大片儿迷人的粉红,一张张不断积累的百元钞票,在画案上变成许多个阿拉伯数字,最后定格成 43 万。

四十三万,是的,施老的这幅《太岳览胜图》当下的一口价就是这个数目,以后还会有很大的升值空间。畅放达明白圈内行情和书画市场的走势,三五年之后的拍卖会上,说不定还会有一个惊人的数目。盛世收藏么，就应珍藏这等名画家的精品，何况又是这难得的横幅巨制。畅放达实在不应急于答应宋官人，如果他要的是斗方，四尺，或者六尺也罢，手头有的是，偏偏是这么大的横幅，又是富于特殊意义的只有他们师徒三人心里明白其中内涵的作品，即使高价额售出去，他的心里，也永远有一种痛，一种缺失的痛、愧疚的痛。

可是，唉，世上就怕这个"可是"，如果没有这种生活中的转折该多好，畅放达深知，无论政府部门或者是其他金融、信合、大型国有企业诸单位购买如此巨幅画作的，少之又少。换句话说，这样的机会并不多，托人办事给领导送字画，一般不会送这么大尺幅的，送者得考虑领导家客厅正壁的长短。客厅里肯定是山水画了，山高水长，依山傍水，寻求靠山；而卧室里大多是花鸟画了，或富贵牡丹或莲蓬出水，烘托主人的惜香怜玉，珍爱女性的情致；书房大多雅洁、清静，便适于悬挂梅兰竹菊四条屏，还有精巧的人物画，如梅妻鹤子、竹林七贤等。近年来，无论家居还是公共场所，所悬挂的字画朝小而精巧方面发展，偌大的一面客厅墙壁，不悬挂气势磅礴的大山水了，而是两三个小头方或者小扇面，看来更精明、更有情调。这就是人们审美情趣的变化，对过去凡是厅堂必悬大画的传统来了一个反叛和颠覆。难怪有不少画家打趣调侃说以后的画室都无须再大，三尺长的画案足够画扇面小品啦！

这是一个隐形趋势，这个趋势必将影响和左右绘画市场的行情，即：人们对于小型画作的青睐已渐渐超越对大幅巨制的情有独钟，在以后的一个时期里，八尺以上的大幅画作肯定会受到某种程度的无形冷落或者敬而远之的。

以这个推理判断，他手里的这幅丈二大画以后卖出的机会也就不会太多。

画界的人，具体到每一位画家，会珍惜每一次出售机会的，会权衡再三，让步少许，再适当把价格压低一些，以使得玉成此事，不仅是这一次啊，开一个好头，铺一段路子，便于以后更多的人行走畅通。

可能是基于以上诸多情况，畅放达当时毫不犹豫就答应了人家宋官人，把手头这幅施老的长卷卖出去。一旦答应下来，平静下来，再将这幅作品用目光亲切地触摸一遍，用心灵反复在山水上跋涉几遍后，他又为自己的冒失和考虑不周而懊恼，他开始谴责自己了，不过就是四十三万么，过几年有了更好的价格岂不悔青了肠肚？给儿子在省城购买楼房的首付，这四十三万元固然能起大的作用，但依他畅放达的社会能耐还会有其他办法可想的，急于把这幅长卷卖出去无疑是思虑不周和重大失策……

说出的话，泼出去的水，覆水难收，难道再给远在北京的老师施逸墨打电话，说明情况，让先生给宋官人再画一幅不成？

不可以，万万不可以，冥冥之中有一把巨大的无形的手掌在左右着畅放达的行为，在鼓动他的下一个步骤，他要在既不拿出这幅长卷，又不向先生电告的情况下完成宋官人的购画任务。

？——

！——

经过犹豫不决和纠结，畅放达放开手脚，在以后的三四天时间里在他宽阔的画案前挥毫泼墨……

二十多年前，畅放达还很年轻，他是从市艺术学校美术班毕业后分配到市群艺馆工作的，要不是在乡村的家里困难窘迫，他是要立志报考师大美术系的。正是读大学的年纪，命运却让他早早走向生活，踏进了社会的门槛儿。那时候，他在新华书店购买了一本《寄情太岳·施逸墨山水画集》，他利用一切闲暇时间悉心琢磨大画家施逸墨的山水构图，笔墨的表现，淡墨、浓墨、焦墨的用法，泼墨、破墨、积墨的法度，他一点一点体会施逸墨笔墨的精妙……那时的他还无法形成对一幅山水画作构图的理解，但他可以在一幅现成的构图上一笔一划、一皴一染，仿照施的笔墨……如此这般仿画之余，他还临了《石门颂》、二王、米芾等字帖，最后慢慢地靠近施逸墨的字体，起先是在废旧报纸上练字，后来看到出不来效果，就在最便宜的宣纸上书写，等到每月有了一笔固定的工资，他在绘画、书法上对生宣和熟宣都有了不同程度的需求。四年后，用畅放达的话说，整整一个大学本科的时间，他把施逸墨的山水画作仿了几千张，而书法的临摹已上万张了，一幅斗方或四尺的山水画出来，再提上款识，那活脱脱就是施逸墨的作品了。时间长了，书画圈里的年轻人不时打趣称他为"小施逸墨"。第五个年头，在一个春和景明的日子里，畅放达精心挑选了十幅山水作品，敲响了曾给他担任过素描与色彩课，如今已是市美协副主席的油画家岳明伦的家。

当畅放达把十幅山水画铺展在昔日老师面前时，油画家岳明伦异常惊讶，脱口而出的竟是一句："你小子怎么会有这么多施逸墨的画作？"待他一张张细细翻过，审视般地看了题识、落款和印章之后，才恍然大悟，叹道："这多年你把精力都用在模仿施先生的字画上啦，哦，你别说，不仔细留意，是难以分辨的，只是在一些细节的勾勒上，还能看出破绽，在整体运笔上，还有稚拙的笔力不达的地方……"

虽说是油画家，岳明伦有很深的美术造诣，对国画的欣赏鉴定也十分在行，他嘴上这么说着，对畅放达仿施逸墨的画作暗暗叫绝，心想这小子，再这么画下去，三五年之后真可以以假乱真了，还有那字体，活脱脱一种"施体"，不细辨识哪里分得清楚？在那十张有斗方有四尺的画作里，岳明伦抽出两张来横看竖看，脸上自然露出欣喜之色，想来他是对那两张情有独钟了……

精明的畅放达一直暗暗察言观色，赔了小心说道："这两张就给岳老师留下吧。老师好时时发现画作中的毛病，也好给学生指出来，如果老师还想留下几张，就挑好了。"

岳明伦有些不好意思地又挑了一张，鼓励了畅放达几句，不料畅放达这时候求这位昔日老师一件事，让他引见一下，他要拜访大画家施逸墨，并拜他为师，求施逸墨收下他这个弟子。

岳明伦惊讶又为难地说："引见当然可以，就不知道施先生收不收弟子，几年下来只知道他收了一个叫叶之隐的，他可是考察叶之隐几年之后才收作弟子的……"

见岳明伦面有难色，畅放达说："岳老师只管引见一下就行，收与不收，那就看我有没有这个造化了。"这样，市美协常务副主席岳明伦就引了美术青年畅放达去拜访市美协主席著名画家施逸墨。

那时候施逸墨正在画室静静读一本中国美术出版社出版的《当代画家批评》一书，看看作者，知是当下很走红的一位青年美术评论家。书中的第十八章，竟是对他施逸墨山水画作的专论，居然有五六千字的文字，评他为"太岳画派"的创始人和奠基者，云云，文中还提到了太岳画派的继承者画坛新秀叶之隐和平都市其他几位风格相似的山水画家。施逸墨就惊奇那位评论家对自己画作的了解，恰这时岳明伦引了内心惴惴不安的畅放达敲门进来。

"施老师好，也没事先告你，就冒冒失失来拜访，这是市群艺馆的小畅，对你崇拜已久的，他画了几年国画了，让您指点指点。"

岳明伦说着在施逸墨的谨让下和畅放达坐在靠墙的沙发上。

那时候施逸墨正担任着市美协主席，岳明伦是常务副主席，工作上的事情，要经常碰头商量，但他小施逸墨十多岁，故而以老师相称，对施老是极为敬重的。

"哦，好、好，来的都是客，铜壶煮三江，年轻人也画山水画么？"施逸墨没多少客套话语直奔主题。

畅放达弹簧一般弹起来，腼腆地笑着，一张白净脸儿立刻红了，他边打开他带来的画边低低地说："画的……还得施老师好好批评指正才是……"

不仅畅放达的心里紧张，就连岳明伦也有些惴惴，因为那画作统统是仿作，对一个画家来说，是很忌讳这种事情的。

起先翻看的时候，施逸墨的眉头是紧紧拧着的，翻阅完又细看了一遍，双眉渐渐舒展开来，平时严肃的脸庞，浮出一片慈祥的笑，他点点头说道："平时就喜欢我的画儿么？笔墨还是有些功夫的，看来是练了几年的时间，还有书法也练得不错，平都的青年画家最大的问题是书法太弱，不曾临帖，你比他们强了许多。只是，山水画作重精神，不求形似，你的画作里，只重表象的着色，太看重渲染的部分了，但没有线条的兀现，因而有墨而无骨，只注重了外在的某些特质，而缺乏深厚气韵心性和精笔妙墨，这样一细看，便无韵无气、无势。皴法一味疏野，在应当细腻和细节的地方，便照顾不周，乃至粗糙了……不过，这是以后需要慢慢解决的问题，不可以着急，能看出你有很好的悟性，起初阶段的模仿有时是必要的一步，由模仿到创作，是一个过程，在这个过程中要学习一些美术理论，思考一些美学问题，重要的是多感受大自然，多写生，由生活反刍为艺术，你就能感受到一味模仿的邯郸学步，能体会到创作的愉悦和创造的魅力……"

施逸墨平静也貌似平淡的话，如同春雷响彻在年轻的畅放达的心头，他聆听着教诲，如醍醐灌顶的他那时候就坚定了拜施逸墨为师傅的信念。

畅放达要用一件又一件累积起来的实际行动，感动这位名画家，然后再提出自己的拜师请求。

家在农村的畅放达在条件上，比不得城市青年，他知道有不少像他这般年纪的书画青年拜了某位书法家或是画家为师，隔三岔五地便请老师喝酒。非但喝酒呢，酒后还要安排老师到歌厅唱歌，到浴园洗澡按摩，甚至还要出资全程安排，唤了小姐给老师特服……这在平都市的书画界并不罕见，有人说它已成了徒弟巴结师傅的潜规则。可是，那需要人民币啊，家庭拮据的畅放达不会也不敢那样做。

畅放达有畅放达的路子。在和施逸墨一段时间的接触里，他了解到施老师是一个有浓郁的乡土情结和怀旧情怀的人，他热爱乡村，崇敬大山，生活起居上有时候朴素得像一个地道的农民，畅放达自然会在这上面动脑筋。

星期天的下午，从乡村回城的畅放达带着一些乡村土特产，汗流浃背、行色匆匆的他没有回到群艺馆，车子拐进了施逸墨居住的文轩小区。

"笃——笃——笃——"

不轻不重，节奏分明得有几分悦耳的敲门声响过。温和贤淑的施太太前来开门。

"师母，我星期天回村里，给您二位带了些土特产，请师母笑纳，不成敬意。"

说罢畅放达拿出一包白豆、一包绿豆、一包红豆、一包豌豆、一包刚刚碾出的小米……

半月二十天后，畅放达又给施逸墨送去一袋新下树的核桃，一瓶小磨香油，一袋自家院子里的花椒，还有一袋晒干的木耳。

春天的那一段日子，气候转暖，初雨过后，畅放达和自己勤勉的母亲上了村东的山坡里，各提了一只竹篮捡地皮——那是山坡雨后草丛里生长的一种可食用的鲜美可口的菌类，只是藏在山坡枯枝草叶儿遮蔽的地下，捡拾起来需弯着腰把那些软软的黑乎乎的小东西从土里分离出来，很是辛苦的。年轻的畅放达不怕辛苦，捡回家里，又细细挑过，再一遍一遍地洗干净了，太阳下晾晒片刻，装进一个塑料袋子里，进城给施老师家送去。

地皮适于往面条里放，或干面或汤面，放些许地皮儿，鲜美可口，整个春天山野里的香味儿，似乎全盛在饭碗里了……

施夫人是个善良的女人，给丈夫施先生端好了香喷喷的面条，总免不了要称赞畅放达几句，感叹几句，说这孩子是如何厚道，如何有心，在雨后的山坡上母子捡地皮又是如何辛苦，施夫人在先生跟前说着，自己倒感动地抹起了眼泪……

毕竟就是春天那段日子有地皮地软，平日里不会经常有的，春天的山坡里长满了各种野菜，有灰灰条、蒲冬果儿、扫帚苗儿、蔫蔫菜……

挖野菜要比捡地皮省劲多了，母亲不用儿子动手，就自个挖回来很多，择干净了，洗干净了，晾着，等着畅放达回家来拿。

三月两月的，畅放达会把家里磨好的白面装一袋子给施逸墨送去。那是自家地里产的麦子，又是父母亲在村里的钢磨上磨的，没有任何添加剂、防腐剂什么的，纯粹原生态的面粉，无论是蒸馍或是做面条儿，那种地道的麦香呀，让施逸墨仿佛回到了 50 年代，又品尝到了农耕文明的土地上庄稼特殊的香馨。

畅放达仿佛能掐会算，每当施逸墨两口的面袋到底儿的时候，他就及时地又扛来一袋儿，还附加着几个小袋袋，什么玉米面儿、豆子面儿、荞麦面、莜麦面儿……

俗话讲，人心换人心，八两换半斤。如此这般地过去了两年，书画青年畅放达以新时期愚公移山的精神终于感动了平都市书画界的上帝、著名山水画家施逸墨。终于，在畅放达的又一次请求中，施逸墨答应收下他从世以来的第二个徒弟，当然也是最后一个徒弟。

拜师仪式尚未举行，消息便传遍了圈里圈外。一次书画笔会上，岳明伦和施逸墨坐下来喝茶，无意中说到这件事，岳明伦问道："圈子里传说施老师要收畅放达为徒，果真这样么？"

"是的，我这人你也知道，从来不喜欢大张旗鼓广收徒弟，确实喜欢山水画的，有可塑空间的，能对上眼的，人品也不错的，不妨收个一二。叶之隐不用说了，功底好，人品好，我就看上他那个难得的书生劲儿；畅放达么，人精明，也会来事儿，农村出来的苦孩子，能吃苦耐劳，懂得知恩图报。你知道平都有多少人模仿过我的山水画么，不到三十也有二十多号吧，模仿多年了，也仅仅是画个皮毛，笔墨从未渗到骨头里去。畅放达就不同了，对我的画儿，他是真爱，从骨子里爱，又有很好的悟性，画画上大有可塑的空间。我能从小畅身上看到他社会活动的潜力，他与内向的叶之隐正好相反，这就有些情趣了，徒弟嘛，各具形态……"

施逸墨很轻松地回答岳明伦，一副成竹在胸的样子。

油画家岳明伦经见的事情很多，作为施逸墨的同行和多年无话不谈的朋友，他也没什么忌讳，心里想什么就说什么，他接了施的话说道："那些仿您画作的人，除了爱你这种画风外，就是在仿得极像的时候把自己的画卖个好价格，好在他们没到那个水平，还仿得不像。畅放达就不一样了，再过几年到了惟妙惟肖的程度，圈内的事儿就传到社会上了，有买家要购买施老师的画儿，不免心里要犯嘀咕，这山水画，是施逸墨亲手画的，还是由他的弟子畅放达代笔的……时间长了，会引起人们思想的疑虑，也怕引起书画市场的混乱，最终，也怕影响您老的声誉。"

施逸墨听罢一怔，也仅仅是怔了一下，就释怀地笑说："你说的有道理，我们无法改变这种现象，不能因为这种现象可能出现，就使我拒畅放达于千里之外，拒绝了，他有可能孤注一掷，就以模仿为业，不达目的不罢休。收了为徒，他会有更高的绘画境界，会有更远更新的绘画途经要他去追求、去实践，人，就不会是一个仅仅模仿的匠人了……"

"哦，没想到施老师会这样想问题，这就是我们所说的艺术境界和人格魅力吧。你收小畅为徒，我当然非常高兴，作为他绘画起步的启蒙老师，看到他能有你这样的名师为他指点，我也很欣喜和慰藉呢！我就来做你们师徒名义上的介绍人吧，什么时候举行拜师仪式，搞得隆重一些。"岳明伦这时兴奋起来，自告奋勇当这个介绍人。

施逸墨也舒心地笑了起来说："当然了，这个介绍人，哦，应该说主持人，非你莫属了，就近日吧，你给咱张罗，不过，万万不可张扬，人员少少益善，简简单单就好。"

"那，就按施老师说的办，你选人吧，咱现在就定下来。"岳明伦知道施逸墨是个很低调的人，也就依了他。

"你我二人，畅放达和叶之隐师兄弟二人，这四个了，再叫上南光北和陈秋园如何？"

南光北是平都市晋宝斋的老总，他那里常常举办市美协的各类画展，平时也展出和出售本地书画家的作品，还销售文房四宝和其他玉石奇石之类。无论是活动还是生意，晋宝斋都弄得有声有色，红红火火。

陈秋园是平都市最大的民营企业家，手下拥有大型煤矿。这人又特别喜好字画，自己也于闲暇挥毫泼墨，画写意山水和水墨荷花牡丹之类。几年前，施逸墨介绍他参加了省美协，上次市美协换届，施逸墨力排众议，让他当了市美协副主席。这固然基于他的书画爱好，也是从美协所举办的活动和开展一系列工作考虑。陈秋园对施逸墨就有了感恩戴德的意思。

听施逸墨点名南光北和陈秋园，岳明伦也心下一喜，几个月后，他的油画作品展将在晋宝斋举办，还得和南光北好好筹划一下，必要时，也得陈秋园赞助一把呢。想到这里，岳明伦欢快地点了一下头。

"明伦，咱选个特色小饭店即可，安静干净，吃得舒心，谈得交心就行了。"施逸墨又叮咛一番。

"这个我明白，施老师你就放心吧，我联系他们就是了……"岳明伦说过，就拿出手机来，翻找几人的号码。

这天畅放达换了一身新衣服，早早来到施逸墨老师的家里，之前他和师兄叶之隐联系好，二人先到老师家里，再接了老师到饭店里。

二人接了先生来到饭店后，令他们惊讶的是，在二楼那个宽敞的包间里正坐着岳明伦和他邀请的另两位先生，他们先一步来了。这是一个礼节，是对施逸墨这个"主角"尊敬的一种表现方式。其实，除了畅放达这个新人，大家都很熟悉，美协的一些画展呀、采风呀、笔会呀，一年里大家不知要见多少次，酒宴上见了，相视一笑，握个手，自然又很亲切。

岳明伦就给畅放达一一介绍了南光北和陈秋园，畅放达很恭敬地握一下手，叫一声"南总好，久闻大名"，又叫一声"陈主席好，久闻大名，今日一见，实在有幸！"这称谓是畅放达昨天晚上请示了岳明伦的，作为生意人，南光北喜欢人称呼南总，而陈秋园，因了刚担任美协的副主席，更喜欢让人叫他陈主席。

岳明伦又对南、陈二人介绍说："这年轻人就是施老师的新收弟子畅放达——"二人则对畅放达送一个热忱的笑，说一些后生可畏、前途无量的客套话。

畅放达心里暗暗感叹，要不是施老师收自己为徒弟，哪里能和这些头面人物同桌共餐呢！这家饭店名叫天一阁，离晋宝斋较近，装修考究，古色古香，宁静优雅，看来他们平时常在这里喝酒。畅放达下意识捏捏自己的口袋，里面装了三千块钱。他昨晚有心想问一下，不知三千块能不能够，又怕岳明伦笑话他老土，便没问。他心下有些惴惴不安，怕付款时不够。说实话，心里没底，这样的饭店，他从没进过，这样的场合，也从未参加过。

南光北点了十几道菜，酒要了施逸墨平时喜欢的三十年的老坛汾。三巡过后，岳明伦主持了拜师仪式。坐在尊者之座的施逸墨，今儿特穿了一件喜庆的红色唐装，脸上一直是笑眯眯的。他接受了新纳弟子畅放达的三个深深的鞠躬，也喝干了弟子敬的三杯老酒。畅放达给老师敬过酒后，自己连喝三杯，以表达对师傅的尊敬和虔诚，他又给在座的每位敬酒，一圈子下来，脸儿通红，脑袋开始晕头转向，情绪也火一样有了燃烧的感觉。

叶之隐天生内向，且木讷，不善言辞，不会交际，却非常内秀，似乎天生就有绘画的天分。师从施逸墨的二年来，在师傅指点和个人努力下，画技大长，在"施派风格"上又有自己的创新和绘画语言，如今已成为平都颇有名气、颇富个性的青年画家了。

叶之隐先给自己的恩师敬三杯酒，直率而内向的他又怕师傅喝多，便说："老师你喝一个就行，另两个我替您喝喽。"他斟满了替师傅连喝两个，再一一给另几位敬酒。

施逸墨用一种珍爱的目光看着叶之隐，他奇怪这个年轻人比他更为古板，甚或固执，在社会上他可以说格格不入，不会周旋，不懂世故，整日沉浸在山水画的琢磨和创作里，他觉得充实而幸福，他单纯得几近于迂腐了……施逸墨喜欢这个大弟子，觉得这亦是成为大气候的另一种派儿。

第四瓶三十年陈酿老坛酒喝干的时候，大伙的话也多了，大都围绕着画事儿。企业家陈秋园一会儿拍着叶之隐的肩，一会儿拉着畅放达的手，连着声说："我羡慕死你们了，我要年轻二十岁，也一定要拜施老为师呢，成了施老徒弟，也就能成为大画家，成不了大画家也成中画家，哪里会像我这样儿小画家一个。"

南光北也用他南方式的普通话说道："二位小弟以后有满意的画作，尽管拿到晋宝斋来，我给你们提供展示和销售的一切条件，必要时搞个师兄弟画展也很好。施老弟子嘛，牌儿就亮出去了。"

陈、南二位的话像火苗儿，把畅放达渗了酒精的心咯噔一下点燃起来，焚烧起来。仗了年轻气盛，他又给二位敬酒，又过一圈儿，一张长条脸喝成了一张红纸……

这样吃喝说笑到了下午三时多，醉眼蒙眬中，畅放达忽见南总南光北给了一摞人民币，说埋单，不料却被陈总陈秋园一把夺了过来，又塞给南总，说："有我在这儿，埋单的事儿，哪能轮到你。"言罢拿出一张卡来让服务员去刷。

南总争辩道："这，这是我的地盘呀，让我给施老师服务一回也不行么，不给我一点面子？"

陈总说："下回吧，机会多多，机会多多。"

畅放达忽地明白过来，连忙说："该我付账的，怎么可以让陈主席埋单呢，我这里早就备好了呢！"说罢忙着掏衣袋，却被岳明伦摁住了，只听岳明伦低声说："更轮不到你的，坐好了便是。"畅放达坐下，困惑地看一下施老师，只见施逸墨对他微笑地点点头。

拜师一周之后的一天晚上，施逸墨给畅放达打来电话，说明天在美企联举办一个迎五一主题性书画笔会，全市有二十余人参加，届时带上毛笔和印章即可。

畅放达又高兴又期待，想咨询一下师兄叶之隐有关笔会的一些事情，又怕师兄笑他，就这样激动得一夜未曾入睡。

美企联全称是平都市美术家企业家联谊会，会长自然是家大业大财大气粗的陈秋园，副会长是喜好字画的知名企业家。美企联活动中心在市郊的一幢气派大楼里。美企联派小车来接施逸墨，施逸墨就让两个弟子早早来他小区一块坐小车去。

活动大楼前面挂着红红绿绿的横标和竖标，只见有"平都市迎五一著名书画家大型笔会""热烈欢迎我市著名书画名家莅临""书画传百代，笔墨写春秋"等字样，一派庄重热烈的气氛。

一下小车畅放达和叶之隐就左右扶着师傅施逸墨。早在楼前等候的陈秋园远远迎过来，和施逸墨握手问好，直接把施送到电梯直上了五楼的活动大厅。

正如标语所写，来的大都是市里颇有名气的书画家，有的畅放达见过，有的仅仅听说过大名儿。当书画名家到齐的时候，加上工作人员和其他参加活动的人员便有近百号人了，作为主持人的陈秋园会长，先从施逸墨开始介绍，他说："首先我们今天有幸请来了著名书画家，市美协主席，德高望重的施逸墨先生……"等介绍到叶之隐和畅放达跟前时，陈会长说："这位可能大家都认识了，著名青年画家、施逸墨先生的得意门生叶之隐先生，叶之隐身边的这位呢，大家可能还不太熟悉，他是施逸墨先生的新收弟子，青年画家畅放达先生，大家鼓掌……"在百十号人的掌声和目光里，畅放达站立起来，朝大家礼节性地鞠了一躬，心却咚咚紧跳着。这是他第一次在这种场合和大家见面，也因为他是施逸墨的新收门徒，大家的目光也在他脸上多注视了一会儿。

等另一位副会长简要地讲了讲笔会的意义与主题之后，笔会就开始了。

活动大厅里早已摆好连在一起的木桌，木桌每隔一处都铺了垫毯，上好的墨汁、印泥和颜料早已备好，最让书画人眼亮的是各样宣纸，眼尖者能看出是生宣中的特净、净皮和棉料，虽说是新购来的，但品牌尚好，有金星和紫光，似乎也有红星品牌的。书家用的熟宣也是上等的好纸，铺展开来，就有一股股奇香弥漫。畅放达虽习画多年，却从没用过这等好纸，不是不敢用，是用不起。他们画山水时常常要画到大写意或是泼墨的，特净的墨洇效果便能恰到好处地表达出来，宣纸与画者有心照不宣的默契，而棉料宣墨洇的适可而止，最是便于小写意的挥洒自如。国画啊，就是这般的玄妙和神奇！人常说的好手不择笔，好手不选纸，那是偏颇甚或无知的，真正的大家，是非常讲究笔墨纸砚的，要不，何来文房四宝一说？

大伙先看施逸墨先生作画。他拿过一张整四尺的宣纸，反复折叠几下，人们以为他要裁成斗方或是取三分之一呢，不料先生满铺了。他折叠的过程可以理解为构思的过程，而折叠的微痕大约是对这幅山水的界定。这时候叶之隐和畅放达快快过来，挤进人围的圈子里，为自己的老师抻纸或打个下手。只顿了一顿，施逸墨就饱蘸墨汁落下第一笔……

初看，着笔大胆遒劲，纸上是水墨淋漓的状态，笔与纸难以分辨，散毫大力刷扫，便有斜风急雨、水落吕梁的营构，又看浩浩渺渺瀑落千丈，非黄河大瀑，又胜似壶口吼天，汹涌奔流可闻其声，可触其势，令人心域震撼，表达了心性与自然的通透，人与道的默契，中国传统山水画旁搜万象而达于心象，铺陈外在而奔突主体……先生将大写意甚或大胆的泼墨运笔挥写，笔走崇山峻岭，小溪大流间……不到半个小时，四尺山水便敛气写就了，众人一片叫好，待墨迹稍干，弟子叶之隐、畅放达又各捏了边角远走几步朝众人展示，又收到一片喝彩。

不要说畅放达，就是跟先生学了二年多的叶之隐，也没见过师傅这般酣畅泼墨过。

接下来施逸墨就被陈秋园扶到里间屋里喝茶去了，而其他被邀嘉宾，也各自为政，各占了一方地盘，或写或画，忙碌开来。

每位书画家身边都有围观者，也有工作人员在服务忙碌着，这无疑激发了书画家潜在的创作欲和表现欲。

畅放达起初还有些紧张，两杯茶喝过，静下心来。初次出道，不敢画大画，就裁了一个斗方，画他最熟悉的具有"施派风格"的太岳山水……

很快，一幅斗方画完。此时陈秋园会长过来，近了端详，远了打量，终了赞叹道："真不愧为施逸墨弟子，这笔墨，这画风，这意境，和施老如出一辙，难怪施老慧眼识才呢，如不见小畅作画儿，先生拿出这幅，还真以为出自施老之手，啧啧，厉害，厉害，小畅前程无量啊！"畅放达谦虚几句，心里如同灌了蜜，有了陈秋园的赞赏和肯定，又接连画了两幅。

叶之隐则是典型的文人画儿，举重若轻，笔墨尚简。他最早很是喜欢现代北方画坛领袖式的人物陈师曾的风格与画法，喜欢是因为陈师曾对西方写实主义绘画表现出极大的热忱，对传统文人画发生价值倾斜。叶之隐是师大美术系国画专业的高才生，在校的四年里曾对吴昌硕、齐白石、黄宾虹、陈师曾、潘天寿、傅抱石等大师进行过研究和对比，最终选择了文人画作为主攻方向。他觉得写实固然重要，写实关注形式之美，但是，作为艺术的画作，重在表现一种精神，一种意境，一种文人的人生情怀、人生抱负，包括人生态度。毕业之后，他成了一个专业美术工作者，面对严峻的现实生活，他对自己的美术理念进行了反思和重构，并在反复比较之后，选择施逸墨为师。施的画作不求清淡，而求其雄强，甚或霸悍狂肆，这使得他早早地跳出文人画的狭隘圈子，并且在人品、学问、才情和思想上，叶之隐更愿意靠近施逸墨。故而，叶之隐的画儿就有了潜移默化的改变。

今天，他画了两斗方，清雅而不失雄奇，山势巍峨，飞瀑疾迅，以墨骨为主，以烟云为辅，生机盎然，一扫往日传统文人画的荒寒萧索。

"看叶画家的这两幅作品,处处静穆,又处处生机,隐逸里突现锐气,胸中有山岳,笔底才起伏,真是师高弟子强哪——"陈秋园这一呼喊,引得许多人围过来观看,叶之隐的脸,一下子红了。

画家们一般每人画两幅,也有画三个扇面的,书法家要多一些,五幅六幅不等,紧张了两三个小时,该吃饭了。

酒宴就设在活动中心的三楼,他们走下去就是,工作人员引着他们走到一个大包间里。大包间有三张气派华丽的酒桌,酒桌上,早已摆上了打好的名牌。畅放达看到第三张桌子上有他和师兄的名牌,心里又一阵激动。几个负责人共坐了三桌,他们刚坐定,就有一个旗袍小姐从第一桌开始分发红包,红包上写着每一位书画家的名字,小姐每到一位跟前,说一句:"先生辛苦了,一点微薄的润笔费,不成敬意,请笑纳。"

畅放达拿上红包时,心又咚咚紧跳几下,看身旁其他人,说声"谢谢"就不经意地把红包装进皮包里了。他哪敢拿出来看呀,只用手指悄悄捏了捏,觉得有厚厚的一摞。

又是一顿丰盛的酒宴,又是迎接五一的笔会,会长、副会长先后致辞敬酒,活动中心主任、副主任敬酒,桌与桌之间又互相敬酒。白酒、红酒、啤酒轮番上阵,热闹红火,酒浪滔天。

畅放达第一次有了笔会的体验,回到宿舍带着醉意打开红包,数一数吓一跳,百元大票整整三十张,三千块钱啊!

他想施老师可能更多,因为红包上写着每位的名字,书画家的重量级别是不一样的。

拜师真好。

当书画名人真好。

除却个人努力,畅放达得细细琢磨怎么把个人名气弄得大一些。

渐渐地,畅放达结识了媒体记者,凡采访他、写他报道通讯或拍他报道片的记者,他都认真地给每人画一幅山水画。

这似乎成了一种良性循环,记者越写越多,文章也越来越长,由原来的豆腐块小报道,写成了长通讯或报告文学;原来仅仅是文字报道,后来就配发画家小照和作品照片,占报纸的半个版面甚至整整一版。电视台也是一样，原来仅是口头播报，后来就有了画家的形象和画作的出现，之后就有了八分钟、十分钟人物采访和专题报道。凡这种力度的宣传，畅放达不但给记者们每人一幅画，还通过记者转给总编、台长、广电局长一幅较满意的山水画。

自90年代始，平都市的大小报纸真如雨后的蘑菇一样，噌噌地不知从哪里就蹿了出来，晨报、晚报、都市生活报、文化生活报、书画信息报、发展导报、家庭趣味报、文朋诗友报、健康娱乐报……不一而足，隔个十天半月，就能在某一报纸上见到有关畅放达的专题……当然，精明的畅放达也建议报纸搞了几期"著名画家施逸墨及弟子作品展"的专题，在市里产生了很大影响，既宣传了自己，师傅、师兄也很满意。

短短几年时间，畅放达在社会上有了一定的影响。喜好山水画的企业家，自告奋勇给他出画册、办画展，当然谈好条件是要收藏他十几幅相当尺码的山水画。为了不过于显山露水，让师傅觉得他浮躁张扬，他出面联系企业家搞了两次颇具规模的"太岳颂——施逸墨及弟子叶之隐畅放达山水画展"，也同步出了大型画册。两次画展不仅仅请来了省美协主席和全省知名画家、画评家，还请来中国美协的主要负责人。那是一次具有很大影响的画展，省报、省电视台、《中国美术报》等专业媒体都做了相关报道，从那时起"太岳画派"的名号就渐渐被圈内人们熟悉，且愈叫愈响。

当省城嘉宾纷纷离开后，畅放达以个人和施老师的身份挽留下了中国美协那位主要负责人，多住几天，跑跑市内主要名胜和风景，放松几天，跑一跑，转一转，加深对平都市的印象，美协的负责人欣然答应。

施逸墨因一连几天的画展和迎来送往累倒了，畅放达就安排心细的师兄照护老师，他自己就陪同中国美协领导游山玩水，品尝北方小吃，把领导照顾得无微不至，伺候得高高兴兴。当然，这一切费用，都由举办画展的企业家来付。

畅放达是在举办画展的第一天听老师施逸墨无意地说起中国美协这位负责人举足轻重的身份的，他主要负责新会员的审查和审批，天哪，这还了得！圈内人都知道中国美术家协会会员很难加入的，有的名画家一辈子都加入不了，一辈子都是个省级会员。入中国美协必须有三次以上参加由中国美协举办的画展，且获三次奖，还有就是入选中国美协举办的每五年一次的画展，也需入选三次。这种条件对于一个地方上的画家，无论专业或是业余，都难乎其难，要纯粹从入选和获奖的硬条件要求，许多人一辈子也达不到。

畅放达对那位大权在握的负责人照顾得殷勤周到，无疑已赢得了好感。可是，思虑多多的畅放达觉得根本不够，他应当给予他实质性的好处才行。

畅放达思维的触须延伸到了娇美开朗的少妇蒋惠婷身上。

蒋惠婷是畅放达一个包藏深幽的隐私，是一瓶浓烈却令人陶醉的美酒。现在，畅放达要大着胆儿把这瓶美酒贡献给那位负责人，确切地说是让他拥有两个晚上的陶醉时间。

蒋惠婷是个很有个性的女子，她爱畅放达，畅放达也深深喜欢她，她能愿意么？

其实，做出这个决定或者说有了这个想法的时候，他的心一阵绞痛，骂自己不是人，为了自己所谓的名声、利益，什么都做得出来……痛归痛，骂归骂，这事儿还得动员小蒋去做，硬踫了不误了，男子汉大丈夫在这事儿上万万不可优柔寡断。

说起来蒋惠婷是畅放达的学妹，也毕业于市艺校，只是晚他八届，也小他八岁。在校时这女孩子就是引人注目的校花，她相貌姣好，身材婀娜，性格开朗大方。因为学美术，着装也前卫大胆。这女孩性气高傲，把多少追求者都拒之千里。毕业那年就很难分配工作了，她凭借男友父亲市政府副市长的关系，终于在既轻松又能搞专业的市群艺馆上了班，她自然嫁给了副市长的儿子。谁料结婚三年不到，副市长就因受贿罪获刑，蒋惠婷的老公不仅牵涉其中，还因暗开赌场、涉嫌贩毒数罪并罚判了无期……蒋惠婷像被霜打的鲜花，整整一年时间请了病假不去上班。上班之后的她像变了一个人，沉默寡言，性格居然有了几分孤僻，除了偶尔请教同一科室的学兄畅放达一些国画运墨的专业问题外，就是一门心思画一些工笔画和小写意。

她最早看上的是畅放达的山水画，接触多了，便出画及人，渐渐喜欢上畅放达了——畅放达一个农家子弟的奋斗精神，畅放达对绘画事业的孜孜不倦，畅放达游刃有余的社交能力……

终于有一天，蒋惠婷要拜畅放达为师并在酒店请他喝酒。畅放达有些受宠若惊，连连说道："好师妹哩，咱是同事，哪里敢收你为弟子，这不乱了套，也乱了辈分了吗，以后咱共同学习就是了，我给我师傅施逸墨介绍，看能否收你为弟子，我是不够格的呀！"

看他慌忙紧张的样子，蒋惠婷笑了，说道："我是老虎吗？吓成那样，施逸墨腕儿太大了，我拜不起，就拜你吧，谁让咱俩有缘分呐，同一学校毕业，又分到同一单位、同一科室，又都是搞美术工作的，就拜你师兄吧，这酒你要不喝，就是看不起我。"

畅放达连连说："平时你下班走了，我还趴在窗玻璃上看你远去的背影呢，哪敢看不起，好，这个师妹我认了。"

那天两人高兴了，就喝了一箱啤酒，畅放达借去洗手间的机会事先付了账，这让蒋惠婷不依不饶，出了酒店，她借了酒劲儿，非拉着刚拜下的师兄畅放达到茶吧喝茶不可。

酒确实喝得不少，两人又很激动，谈天谈地聊书画界的许多趣事儿……他们要的是茶吧的一个单间，单间里除了有大大的茶几，茶几一边还有铺了毛毯的榻榻米，环境幽雅，气氛多少有些暧昧，霓虹灯照着两人感情丰富的脸，让人有了莫名的冲动和期盼。

"师兄，谢谢你，是你给我带来快乐，我好长时间没这样愉快了——"蒋惠婷说罢忽地就在畅放达的脸上亲了一口，畅放达先是怔了一怔，之后就伸出双臂一把将蒋惠婷揽在怀里。

蒋惠婷顺从地依偎着，闭上了那对有着长睫毛的生动妩媚的眼睛，眼角里却欢快地流出两行清泪，在畅放达强有力的搂抱之下，她喃喃地说道："畅大哥，我给你，我愿意……"畅放达被酒精刺激过的神经，现在又让这句话深深刺激一下，一颗心咚咚狂跳，一身肌肉微微颤抖，当他把蒋惠婷一米七〇的修长身体抱放在榻榻米上的时候，他才感到那苗条身材的生动迷人和起伏有致，她瀑布一样秀美的乌发流过雪一样的脖颈，披散在玉一般光洁裸露的双肩，她同样乌黑的裙裾之下，包裹着怎样诱人的身体呢？畅放达一双灵巧的绘画山水的手，将要笨拙地揭开这个玫瑰一样的神秘。

有了第一次，就有了以后无数次的激情相约。他们悄悄地在市内大宾馆里包房，在较小的招待所里临时休息，在环境好的茶吧、酒吧相会，隔一段时间也去浴园里包间洗浴。日子过得充实激越，充满刺激和兴奋。这中间，畅放达利用省美协的人际关系，给蒋惠婷解决了省美协会员的问题，又通过一家企业的赞助，给蒋惠婷出版了精美画册，居然是中国美术出版社的，这让蒋惠婷对他有了感恩戴德的决心。两人感情的基础，就牢固得像夯过的地基一样。可以说他们融洽到了无话不说、无事不商议的地步了。

当畅放达用另一种带有启发和诱导的谈心方式向蒋惠婷表达了让她伺候和陪同美协负责人一事儿的时候，蒋惠婷久久没说话，一张白皙明丽的漂亮脸蛋霎时泛了青色，她忽然说了一句："畅放达，你不是人——你为了你自己，就忍心把你心爱的女人送给别人么，你王八蛋，你这是美人计么——"说罢她呜呜哭了起来。

畅放达吓坏了，忙给她道歉说："婷婷，是我的不对，我急糊涂了，我自私自利，我不是人……"说急了，畅放达扬起巴掌扇自己的脸。

蒋惠婷忽然抓到他那只扇脸的手，把一张被泪水洇湿的脸贴过来，紧紧贴在畅放达有了红掌印子的脸上，她哽咽着说："师兄，我答应你，我一切都是为你……"

第二天，打扮鲜亮、妩媚大方的蒋惠婷在畅放达的引领下，结识了那位负责人，陪他一同吃了晚餐，并陪他度过了两个激情的夜晚。

那年冬天，畅放达顺利地加入了中国美术家协会。

圈子里人都知道，中国美协会员的名号是响亮的，特别是基层一线的画家，拥有了这个名号，他的社会影响和画作价值自然就有了一定的提升。

在加入中国美协的次年，畅放达就被选举为平都市美协副秘书长。

畅放达曾在师傅面前举荐过蒋惠婷，看能否收她为女弟子，施逸墨平静地说:"有你和之隐两个弟子,我平生就知足啦,我不是孔圣人,无须弟子三千和贤达七十二的。"

还是岳明伦老师告知畅放达,施逸墨是一个不事张扬、处事低调的人,收徒弟也如此。他耳闻目睹了市内其他几位名家收徒弟的事宜。市里不乏名家收弟子的先例,有的书画家出于多种考虑收十余个弟子,有的甚至收两批或三批二三十号弟子。不要光看到热闹红火被弟子们前呼后拥的一面,要知道人多心杂,特别是在名利面前,往往弄出闹心的事情,一碗水难以端平,厚此薄彼,让弟子与弟子之间、师傅与弟子之间,猜忌嫉妒,产生不快。有的弟子请师傅喝酒唱歌、洗浴桑拿,还安排了特服,过后却在人前人后宣扬师傅如何贪酒贪色……畅放达不知师傅是否有过这些考虑,反正他是再也不多收徒弟了。

说也怪,自畅放达加入中国美协后,购买他画儿的人比以前多了许多,隔三岔五的,有电话相约,有中间人介绍。畅是个灵活的人,在价格上他是能紧能松的灵性人。有公家购买了,他自然咬紧价格,一平尺一千不松口,有个人喜爱他的画儿要买了,一千块钱一个斗方他也给得。这成了一种良性循环,回头客大有人在,日子也就滋润许多。他还瞅空子找机会帮蒋惠婷推销一幅两幅的,两人在私下依然如胶似漆,激情澎湃。

这一天,南方书画商人南光西找到了畅放达。

南光西是晋宝斋总经理南光北的胞弟,专做字画生意的。南光西很有几分神秘地把畅放达约到饭店包间里,酒后悄悄地告他,要他仿画一批师傅施逸墨的山水画,署大画家施逸墨的名字,他要拿到南方去销售,他有两点保证:一是保证金额让畅放达满意,二是销南方保险,绝对不会有人知晓这码事情……

畅放达一下酒醒了,那个回报他的金额,当然也是润笔费,大得让他惊讶,像他现在这样售画儿,十年也挣不了这个数目。

畅放达一惊讶,酒杯摔地上碎了。那破碎的响声刺激了他一下,他下意识地连连摆手,坚决地回绝了这事,他不可以这么做,他得对得起自己的师傅。

往事烟雾一样从眼前飘逝了。

如今，自己的恩师施逸墨早已离开平都远去京城了。在经过一番纠结、犹豫、矛盾和痛苦的心理争斗后，畅放达决计将这幅丈二长卷模仿下来，真迹是舍不得卖出的，仿作卖给宋官人，反正公家的事情，别人也难辨真伪，干吧，干吧，干吧！那四十三万块钱，委实在诱惑着他……

三天三夜几乎没有合眼，畅放达一头扑在仿作大画儿上，模山仿水，以师傅之丘壑林木，为笔下之丘壑林木，或皴擦，或渲染，或留白，或墨块，或勾云，或勾水……真正仿如此长卷，畅放达才体悟出先生风行云动、山欲成舞的强烈动势，可谓风雨飘摇，山水淋漓。大山巍峨却多变，云水则留白如带，屈曲回绕，如舞如旋……中国传统文人画的核心，外师造化，中得心源，把自然山水心象化，又融入传统文人画儿的笔墨之中，先生可谓炉火纯青矣。

虽说是偷偷仿作先生的画儿，虽说有诸多的挑战等他去完成，畅放达还是体会了绘制的愉悦，凭借先生多年的悉心指导，凭借他的多年对先生笔墨的研习，凭借他本已有之的那份聪明和悟性。

第四天头上，一幅《太岳览胜图》业已完成，其惟妙惟肖，形神兼备，就如同复制出来的一样，连畅放达自己也惊讶不已。

之后他小心翼翼题"太岳览胜图"及年月日不多的几个字，要知道，先生的字他是模仿了数年的，此时一题款识也几乎以假乱真。

畅放达的心咚咚狂跳着，一是仿作的完成给他有了莫大的成就感，另一个便是他将目光盯到一个紧锁的抽柜上，那里平时紧紧锁着他一个永远的秘密，如今，随着抽柜的打开，这个永远不可告人的秘密就要派上用场了。

那是十多年前的一个下午，他在施逸墨家听师傅讲了一会山水画的理念，之后先生要他画一个斗方作为点评作品，他一人画着，师傅和师母出去到超市购物去了。斗方画完后，师傅师母仍没回来，有些好奇的畅放达便在画案下好奇地拉开一个抽屉，哦，那是一整抽屉先生的印章，名章、闲章，有大有小、有高有低，有方有圆，那大多出自本地和外地镌刻名家之手，足有二百余枚。畅放达一时看得惊讶，鬼使神差一般，内心一股带有邪恶的念头驱使他，挑了其中两枚较大的名章和闲章，快速地装进了他的皮包里。他说不清当时为什么要那么做，没有明确目的和动机，但他控制不住自己的那一缕欲望，就那么做了，心情忐忑不安却有隐隐的刺激和满足……

难道当初说不清道不明的举动是为现在仿画师傅作品拉开的一个下意识的前奏？还是在他的潜意识里早就埋下了日后仿画的种子？如今这粒经过十多年的酝酿埋伏、韬光养晦的种子找到了适宜的水分、土壤、阳光和季节，破土而出、茁壮成长了……这不是么，这两枚闲置了多年的印章如今派上了大用场！它们是否会一直被使用下去呢？

畅放达在自己仿画老师的画作上，果决地盖上了老师印章，他长长地舒了一口气，他度过了一段艰辛的路程，完成了一个大幅度的跨越。

接下来，他边用鼓风机吹拂画面，助其墨迹的速干，边用眼光细细抚摸一遍三天三夜劳作的成果。

画卷彻底干透了的时候，畅放达将其折叠起来，放进了一个印有"施逸墨翰墨"字样的大纸袋里，那是施先生的手迹。

这时候手机响了，是官人宋秘书长打来的，他是来取画的，小车已朝畅放达住宅小区驰来了。

说也怪，自那幅长卷仿作被宋官人取走之后，畅放达那两枚印章就隔三岔五派上用场了。首先是南方书画商人南光西重新找到畅放达，秘密协商让他仿画一批施逸墨先生的山水，以斗方为主，最好二十到三十幅。南光西这次拿来的是数目可观的预付金，那黑色小提包里整摞儿的人民币如同一包炸药，炸开了畅放达的最后防线。如果说仿长卷给宋官人是对师傅留给他的那幅长卷不舍的话，答应南光西的请求并收下一大笔预付金则意味着他彻底放弃那一条最后的底线，他开始大步走向画界的另一条不归之途……

这之后南光西又介绍了书画商人甲与乙，以同样的方式请畅放达仿一批施逸墨的画作，这次是一百张扇面画儿，小巧，不会轻易露出破绽，南方书画商人精明谨慎，对细节的留意无处不在。畅放达心里暗笑，他想他仿画的那幅丈二长卷也极少有人能辨得真假，那天宋官人看后喜悦得能跳起来，钦佩到骨子里了，连连说施老宝刀不老、老而弥坚，简直可以称作大师喽！虽说在官场厮混，宋官人还是有一定鉴赏能力的，和书画家们也打了几十年交道，眼光的毒与辣，还是颇到位的。宋官人的一连声儿的称赞让畅放达也有一番欣喜，元气一下子就饱满了……应付南方画商的小斗方、小扇面，他内心里不惧怯的。轻轻一笑，他接过了沉甸甸的现金。

下

平都市美术家协会成立三十周年的庆祝活动举办得热闹红火，名目繁多，有画展，有文艺演出，还有大家敏感和关注的美协的换届工作。原本是群众性的团体活动，因为宋官人给这次颇具规模的活动财政拨款二十万元，在一定意义上成了一种政府行为，要知道，宋官人已升任市委副书记，真正大权在握了。

这样的活动是要邀请远在京城的施逸墨先生的，先生不仅是全国著名书画家，还是前任市美协主席，要换届，作为特邀嘉宾，施逸墨是必请贵宾。

换届之前，作为有了一定名气的山水画家叶之隐、畅放达都是市美协副主席的人选，只是在主席团预备会上，有人提出副主席人选中只有叶之隐尚不是中国美协会员。叶的画儿是公认的好，会员一项却成了他的软肋，这事儿一时无法决定，就暂时放置下来。

施逸墨先生是大会前一天晚上到达平都市的，市美协主席岳明伦及全体副主席们，宋大官人及手下秘书长一行，当然还有施的两个得意门生叶之隐和畅放达一起到车站迎接，看到从站台走来的施逸墨先生银发飘飘，精神矍铄，大伙不由得鼓起掌来，宋官人赞叹："艺术使人年轻，创作使人生美丽啊！"

接风酒宴设在全市最豪华的斯麦尔大酒店，酒席中间，施逸墨在接受了大伙的几番敬酒之后，回敬了大伙，他这时抑制不住内心喜悦对大家说："在列车快到平都市的时候，他接到了中国美协打来的电话，电话说，本届五年一度的全国美展已经揭晓，金银铜及入选奖刚刚评出来，叶之隐的六尺山水《太岳人家》荣获金奖，这次金奖全国仅有两位，真的可喜可贺，这不仅是叶之隐本人的光荣，也是咱省、咱市美术界的一大喜事啊，我建议，在座的诸位，给叶之隐敬一杯以示庆贺！"酒席上一下沸腾了，大家都知道这个奖项的绝对权威性，全国美展，不要说获奖，就是入围，都是十分艰难的。叶之隐是继二十年前施逸墨获此金奖之后的全省当然更是全市的唯一画家。这消息无疑是一颗原子弹，震荡着全省、全市美术界每一位画家的心，让在座的每一位对这个平时沉默寡言、内向固执且与世无争的中年人多了许多敬重与钦佩。

施逸墨破例给自己的这位大徒弟敬一杯酒，衷心祝贺一下，又给小徒弟畅放达敬一杯，也祝贺他近年来的取得的明显进步和不俗成绩。

宋官人以副书记身份给叶之隐敬了一杯酒，他平时和畅放达联系很多，几乎成了哥们，对这位不吭不哈又不善交际的叶之隐敬而远之，听说他获了如此大奖，立马刮目相看，自然也举杯相庆。

市美协主席岳明伦也对叶之隐祝贺一下，他知道叶之隐获了如此大奖，可以说摘了皇冠上的明珠了，国家会员很快会解决，市美协副主席的那个位置是理所当然应留给人家的，当下届主席，也是理直气壮的。

庆祝活动和换届大会一切都按计划进行得顺利而圆满，岳明伦连任美协主席，施逸墨和宋官人任美协名誉主席，叶之隐和畅放达新增为美协副主席，大家心情舒畅，情绪高涨，认为召开了一个和谐的大会，成功的大会，胜利的大会。

大会酒宴结束之后，宋官人热情邀请美协主席、副主席一行十余人到他新近装修好的市委副书记的办公室稍坐喝茶，因为他要给每位主席赠送两桶龙井茶的，作为他这个名誉主席对大家的见面之礼。

三辆豪华轿车静悄悄朝市委大院驶去，宋官人、施逸墨、岳明伦，还有企业家兼职美协副主席陈秋园乘坐一辆车子。路上，陈秋园忽然想起什么，问施逸墨道："施老师，是不是前一段作画儿很辛苦，我出差去了深圳、广州和厦门一带，在好多画廊都见到了您的画儿，大多是斗方和扇面的，想您这么大年纪，创作仍是那么勤奋，深为感动呢！"

"哦，是么，斗方和扇面？你在那么多地方都见到了？"施逸墨一片疑惑，自己年事高了，没有了那么大的精力和体力，除了画一些心性之作，哪有那么多的创作量呢？

说话间小车进了一片浓荫覆盖、环境优美的市委大院，宋官人把大家邀请到了三楼他的宽敞豪华装修一新的办公室里了，早有秘书和工作人员给大家沏好了茶水。

首先映入眼帘的是东面雪白的墙壁上悬挂着的一幅丈二的山水《太岳览胜图》，大家都看到了，那应当是施逸墨老师的拿手作品哪，而叶之隐明白那应当是自己恩师赴京前，赠给二位弟子各一幅的长卷呀，怎么跑到宋官人办公大厅啦？叶之隐下意识地去看师弟畅放达，企图寻个究竟，只见畅放达喝过酒的脸庞此时煞白煞白……

只听宋官人说道："施老师，半年前我当秘书长时，市委书记想要您一幅大山水呢，就委托了畅放达，等到拿上画儿的时候，就听说他要调动，果然，不到三月，他就调走了，这幅画呢，就悬挂在我的办公室了，还得好好谢谢施老师，画了如此大气、如此精美的长卷……"

施逸墨此时也脸色泛白，他一句未吭走到近前细细看这幅签有自己大名，盖有名章、闲章的大画儿，看着，他的身骨抖动开来，叶之隐赶忙走到跟前扶住了老师。

叶之隐也从长卷的笔墨里看出了破绽，但是，上方的名章和闲章却分明是老师本人的，这就让这位纯粹的画家困惑和满腹不解……

施逸墨看着画作，看着题识，看着印章，他早已明白过来了，只是他不愿意相信眼前的事情，不敢相信自己精心培育的弟子畅放达的作为，联想到方才陈秋园说过的深圳、广州甚至厦门一带都有他的斗方、扇面的山水小幅……他感到事情不是孤立的，不是简单的，事情的复杂，他得顺一顺，想一想。他努力转过头来想找到弟子畅放达，让他解释一下究竟是怎么一回事儿。疑惑和愤懑重重地挤压着他的胸、他的心，他终于没能控制住，这些疑惑、愤懑和这几天里喝下去的酒一起汹涌澎湃地翻滚上来，喷吐出来，却喷吐出红红的、浓浓的血，他只觉得眼前血红一片，口腔里、鼻腔里有浓浓的、咸腥的味道，他失去了知觉，整个身子倒在了大弟子叶之隐的怀里……

"施老师——我的恩师啊——"

畅放达哭号着扑过来，同叶之隐一起紧紧抱住施逸墨。

人们大惊。

东山石匠

村落栽在山根下的斜坡里。

远远看,土黄的泥墙和泛黑的瓦坡,组成一簇簇无序的房屋,像是雨后长起的一丛丛蘑菇。

山是东山,村叫东山村,村是山坡的点缀,山是村落的依托。风雨飘摇的时候,大大小小的蘑菇们,就仗了东山的遮挡和庇护。

山村是宁静的,在无风无雨的时候。

山风悠悠地吹着,拂撩着山桃、山杏、山杜梨,还有瓦棱上长长短短的草,还有老汉婆子灰灰白白的发。日子就在这凡俗的宁静里,一天一天地过。

也有生产队里牛吼驴叫马儿嘶鸣,那是一早一晚出工收工时;也有猪哼羊咩、鸡儿啼唤,那是晨起时;当然还有老汉的咳嗽,娃子的喧闹,妇人家的说笑。这一切均裹进山风里,且被山风快快地兜去。

只有一个声音是执拗的,不绝如缕地在村巷、在树梢、在村人的耳畔萦绕:"叮——当——;叮——当——叮——当——"

是从山涧传来的凿石声。是铁锤击打凿背、凿尖切进石面的碰撞声。

山涧是东山根下的一条浅沟,位于村落东南。凿石声顺了涧沟,再被小风一吹,便钻进村落了。

从村落朝东南步去,出了村子便显出一条浅沟。沟沿是那种亦土亦石的崖畔,黄色的沙土里藏有红的石、青的石和白的石,愈朝东南走，崖畔两侧的沙土愈少，而石料愈多。浅沟的顶头，是和山根山脚的一种衔接。这里全是石质的沟畔了。

这浅沟与东山根的衔接处，就是声音的起源。

一堆青石，一堆红石，还有一堆颜色暧昧的石料，小山一样堆放着。三堆石头形成一个三角，把石匠老汉圈在三角的中间。

脸是一长条脸，像他摆弄过的无数片长条石料，脸上的色泽呢，像他面前堆放着的青灰的石，而脸上横七竖八的纹路，就如同他打凿过的石条，粗粝、粗犷、线条分明。

老石匠的整个状态，也如一块大石头一般。静，默，石头般寡淡。即使在挥动锤头，在击打钢凿，在凿刻石面的凸凹时，给人也是静态的感觉。无怒、无愁、无喜、无怨。只有偶尔的咳嗽声和无休止的对石料的击打声。

石匠老汉在这幽静的沟涧里，也把自个儿打磨成一块石料了。

东山是穷山，除了山头山表的一层薄土，便剩了无用的石头。

早先前，山坡山头长有大大小小的松树，当然，也夹杂了其他灌木藤条。郁郁青青，煞有气势。1943年日本鬼子一把大火，烧毁了山坡四周的松树，是一场暴雨的浇灌，才勉强保住了山顶的树木。人们说，日本侵略者的那把罪恶的火，把东山的地气烧跑咧。要等到恢复地气，得整个五十年呢。

怪不得呢，多年了，在山坡里，种地，收不了庄稼，栽树，长不成样子。不是风干枯萎，便是被羊群啃咬。东山，依然是一座秃山。昔日山顶侥幸留下的大小松树，躲过了日本人的火烧，却没能逃过偷树者的砍伐。一来二去，山头也仅剩下些不成材器的荆棘藤条、野蒿荒草。

东山的石头闲置了千百年，在沙土里埋着，在草丛里藏着，在日光下裸着，在岁月的风雨里风化着、侵蚀着。直到50年代一个石匠落户东山村，东山的石头才渐次地派上一些用场。

石匠不姓石，石匠姓史，名儿是一个字：明。村人却不叫他史明，一律叫石匠，等到他年岁大的时候，又叫老石匠。

石匠史明出现在东山村里，人已不十分年轻，他是走乡窜村、吆喝营生的那种。那时候东山村还有许多石磨，也有不少石碾、石槽。石磨多是私人家的，一户一磨，也有几户一磨的，磨些玉茭面、小麦面、豆面之类。石碾、石槽的形体就大些，大多设置在一个宽大的地盘上，是众人共用的，一般碾些谷子、糜子、稻米类。石碾由光滑的青石打磨成，石槽也是把青石打磨成光滑的凹形。石碾立起来，有拉杆和撑杆的作用，它就不会倒了。由牲口拉着或乡人推着，便顺着圆形石槽，一圈儿一圈儿滚动，在碾压谷子、糜子的时候，石碾和石槽也被岁月打磨得光滑。

　　石碾和石槽是一次性凿制而成的，光滑起来的它们不再需要打磨了。关键是当初凿刻石碾和石槽时，需要上好的石料，需要择一个手艺精湛的石匠。好的石匠还得花费一月或二十天的工夫，去悉心地把一块硕大的青石，雕琢成一枚巨大的汽车轮子的形状，凿好边棱，打好眼子，刨平碾面，又把山样的一堆青石，事先排列成一个好大的圆圈。这是石槽的雏形。接下来的许多日子，要把每一块青石凿成凹槽，石与石的衔接，成了组成大圆圈的一段段小弧。这是一项浩繁的工程，是讲技巧、拼韧劲、看耐性的无休止的凿、击、打、雕的漫长且枯燥的劳动。这劳动是双手的劳作，得不断搬动青石，把石头进行排列组合，把青石的中间部分一点一点凿去。钢凿是最主要的工具，而钢凿又分大中小三件。大件钢凿专门对付粗劣顽石，大力度、大吃进，大刀阔斧，大劈大砍；中号钢凿在大号钢凿凿磨的基础下，力度便轻巧一些，凿打便细致一些，双手的把握便显出一些分寸；小号的凿呢，是做细腻石活儿的，属于精雕细刻的范畴，属于活计最后的一个阶段的打磨，自然要精心、精致、精到、精微了。与钢凿同样重要的，是不可或缺的锤头。大号锤头是十三磅铁锤，开山破石，砸崖取料；中号铁锤是专砸中号钢钎和钢凿的，对付一块毛石的边边角角和多余部分。使用中锤的力度比小锤大，比大锤小。对于多余的部分，挥起中锤砸向钢凿或是钢钎，果决且颇富力度地砍去凿去。中锤与中凿的使命，是要把石头打凿出一个大致轮廓来。剩下小的锤子呢，自然要砸那小号的凿子，一点一点地收拾，一点一点地雕琢，把每一条石棱，第一道石槽，每一个石缝，一寸一寸地精雕细刻呢！

　　匠人史明给东山村打制了一整套青石石碾以及青石碾槽后，被村人认可且佩服。但看那半人高、车轮样的石碾，除却碾轮的光滑滚圆的打磨外，石碾的两个石面，居然有了构思精妙的石雕和图案，内面是小驴儿拉磨、小牛碾米的组雕，构图简洁，线条粗犷；外侧则是题材多样的图案，有吉祥寓意的喜（喜鹊）禄（鹿）封（蜂）侯（猴子）、龙凤呈祥，还有雕工细致的岁寒三友、春兰秋菊，既有写实，更有写意。村人就惊讶，那原本是山脚之下，涧沟沿畔一块并不引人留意的青石么，经过这石匠的打制雕琢，不仅仅成了村人使用的石碾，还雕龙凿凤成了人见人爱的物件儿，这匠人长就了一双怎样的巧手呢？

　　旁观的村人自然去细瞅匠人的双手，天呐，那是一双粗大、粗糙，比干农活的庄稼人的手大了许多，也糙了许多的手掌。左右手上的十根手指，就像他天天使唤的小钎小凿，两只手掌展开来，就成了两片稍作打磨的石片。而两手握成拳头呢，那活脱脱就是两颗十三磅的锤头。看石匠本人，也并非那种粗壮高大者，仅有细高挑的身材，瘦削的脸子，如同刀砍斧削过一般。

　　东山村的石碾仅有两盘，村东一盘，村西一盘，这就够村人使用了。对于石匠来说，石碾仅是一次性的打制，打制成了，石匠的使命也就完成了。

　　石匠的价值在于乡村的磨盘。

　　那些年，石磨是农家重要的生活用具，是把小麦、玉茭还有豆子、高粱之类加工成面粉的不可缺少的器物。不敢说每家必有一盘，但三两家拥有一磨是必需。

　　牲口除了忙于田地里的活计，套磨、拉磨也是它们的主要营生。

　　一条利落精明的毛驴儿或一头有些苍老的骡子，有些小恙小病的马儿，被村人拉到磨道里，套好拉杆绳索，蒙上遮眼罩后，半日或大半日的枯燥拉磨的走动就开始了。

毛驴儿拉磨的居多。因为拉磨的活计不算太重，只要有些耐性，肯无休无止地走动就行，况且毛驴儿比较利索，浑身上下干干净净。毛驴儿大多也听话，男人家使唤得了它，妇人们或半大的娃娃家，也同样可以使唤。还有重要的一点，毛驴儿大多性情温，走动快疾，出活儿；老牛一般很少拉磨，块头大不利落，身上的蚊蝇又多，干活屎尿也多，使唤起来不大方便，老牛动作过于缓慢，是不适合拉磨这营生的；骡马是田地里的大头牯，是牲口界的骨干劳力，是一线上的大牲口。田里许多的繁重农活，得依仗它们去完成，故而，当毛驴儿抽不出来的时候，那些因年迈而退居二线的骡马，或身体不适，有些小病小殃的骡马，才会派去拉磨套。

被套在长长拉杆上的毛驴儿，是要先戴上眼盒或蒙上眼布的。这可能有两层意思：一是怕驴儿不老实，见了磨盘上的玉茭呀，麦子呀，豆子呀，冷不防探嘴去偷吃；另一层怕毛驴儿因为这样圆圈转着，重复劳动，十分枯燥而走动得没有心劲，没了耐性。

驴儿或骡儿在村人的吆喝下，开始了这一天的劳作，走开了这永远也走不到尽头的走动，转起了这个无休止的圆圈儿。毛驴儿转着，石磨就转着，天上的日头呢，也一起在转着，日头从东天转到了西天了……

农家的石磨自然呈了圆形，上下两扇，每扇的周长和厚度不尽相同。那都是由东山上坚固耐磨的粗粝大块石头雕琢成的。石磨周围有大块的石片围成弧形平面，是落面粉的地场，也是农家农妇们收取面粉的地方。在石磨深沉均衡的转动中，上下磨盘的缝隙中有粗糙的和细碎的面粉，不绝如缕地流到石板上，这就考验着农妇的两只手，快快地收取，快快地过箩，再把箩中剩下的粗颗粒倒在顶端的磨盘上。

圆圆的磨道转老了日月，转老了一茬一茬的毛驴，自然也周而复始地把两扇磨盘上的石齿磨得秃了，磨得平了。石齿小下来，出粉便少，磨子转动许久也不多出货。村人这时便想到了石匠。

"齿砚——"

"齿砚咧——"

东山村的巷子里，会适时地响起如同石磨运转的深沉的吆喝。齿是凿之意，硙是碾，过去石磨的别称，晋南一带把磨子就叫硙（碾）子，从古时一直叫下来了。齿硙就是凿磨呢。

石磨的主人循了吆喝赶往巷子里。凿磨人就是石匠史明。

石匠史明少言寡语，默默地跟了石磨主人，步到待齿待凿的石磨跟前。

石磨的置放地大多在背巷里、荒园里，或是在无人居住的副院里。副院是主家的另一所房院，不住人，但放有一些农具和生活用物。院里或栽着树，或喂着猪，或放着鸡。不少人家的磨盘就置于副院一侧。

石匠史明看到磨盘，如老农看到地里的庄禾，也像一个资深教员看到学生孩娃儿，一下就透过表象，看到内面了。双手揭了上面的那一扇，翻转朝上，瞅一眼便辨得出是怎样的石质，算得出上次齿棱的时间间隔以及齿这面磨盘所要花费的功夫。眼瞅着，手就探到腰间，把腰带里别着的小号斧头、小号钢钎慢慢抽出，置放脚底下，又从一灰黑的布袋里拿出一把小巧坚实的绵笤帚，细细地将石盘上的棱角下、缝隙里的面屑一一扫掉。左手掐起小钢钎，右手握一把小号斧头，让钎尖顺着石磨面上凹陷的纹路，一点一点凿深，一条缝一条缝地精细雕刻……

每一斧头砸下去，斧头的力度都把握得恰到好处，斧头的力通过钎子或是凿子的作用，凝聚到钎尖上面，钎尖圆圆细细，便吃进磨子的凹陷处，把细碎的石块石屑，凿得飞溅起来，由于击打得节奏快了，石头的粉末便飞飞蹦蹦、起起落落，在石匠的眼前罩成一团呛人的雾。

乡村的石磨上面一扇转动着，下面那扇则固定着，应对上面的磨动。磨齿、磨棱几乎是同时磨损的。这样，石匠齿好了上扇儿，还得站起身子或是坐团在磨盘上，凿出下面固定的那扇。

一盘磨，两扇石，如属于沙岩石，则打磨凿修得要稍快一些，石质粗糙么；如是青石，石质细腻，结构严密，打磨起来颇费功夫，一盘磨，老老的一前晌，还得搭上晌午时分。

石匠史明的活计，干得又快且好，又利落干净。其他石匠，凿打凹缝凸棱时，时间长了，石棱多了，不免有失手的时候，不该破碎的边角，被敲了，本应该凸起的石棱一处，被凿了。村人并不去计较，但看在眼里了，记在心里了。石匠史明从没有过这种失误，哪怕是小小的失手。在整个的凿齿过程中，他全神贯注，不仅仅用眼，用手，用他浑身的技艺，可贵的是也用心去对付去凿打。锤与凿、斧与钎的每一次击打，都伴了他严谨的心跳。

石匠史明还留意细节。其他石匠凿完了磨盘，用笤帚将石面粗略一扫，或干脆对了石盘猛吹几口气，就安上了，至于留下的石屑石粉，也不去管，反正和他已没了干系。石匠史明却不。史明用笤帚细细扫过，还要端来一盆清水，将刚凿过的石盘再清洗一遍，洗净晾干后，才将石磨安上。只有这样他才放心。清洗石盘成了凿磨营生的最后一道工序。

东山村人对石匠史明有了实实在在的信任感，谁家的磨子用久了，须凿了，尽管听见村巷里有"齿——砬——，齿砬——"的叫唤，如不是史明的嗓音，村人宁愿等些许日子，也不会将就着让其他石匠去做——

史明来到东山村，还在村西头做活呢，就有村东头的磨主去联系；还在村北头齿砬呢，就看村南的主家来排队。这样，石匠史明在东山村一待就是数日、十数日，甚或更多的日子。

没营生的时候，或营生稀疏的日子里，有村人见过石匠在东山上转悠。转悠就转悠么，这没啥可奇怪的，石匠在东山看石头、选石头也未可知。石匠在东山上散心也是有可能的。平时干着那么枯寂的营生，烦心了，在山上转悠观景也毫不奇怪。奇怪的是有人在山上碰见他时，见他手里偶尔拿一把短头的钢铣，便有些许的不解。石匠又是那种沉闷寡言的人，碰到面熟者顶多打个招呼点点头，便走了过去。他不会和村人坐下来抽烟说笑。

时日长了，石匠似乎成了东山村的一员。

其他的石匠呢，深知村人对石匠史明的喜欢，便识趣地退让了地盘，不会与他去争夺东山村的活计营生。

石匠史明果真申请落户，成为东山村人。

那会村子叫大队，大队当家人是革委主任葛红权。葛红权中年人，与石匠年纪相仿。外人落户东山村，是葛红权一句话的事情。

石匠多年在东山村齿砬凿磨，象征性挣一些糊口钱。给葛红权家凿磨，他是从不收取一分钱的，他懂这个道理，明白这分事理，即使老葛往他手里塞个块儿八毛的，他也坚决推回。老葛葛红权便对村人说，石匠是个懂事儿的匠人。

石匠某一日给葛红权家凿完磨，冲完水，收拾利落之后，没有像往日那般给主家点一下头转身离去，没有，他站立在葛红权面前，费劲地送一个笑脸。他笑的时候，先是抽动脸皮，后是调动五官，呆板的脸子因了抖动而落下石粉石面的碎屑。

葛红权就惊讶石匠的笑，和他笑之后提出的落户东山村的请求。

对石匠的身史，村支书不甚了了。

落户这等大事，葛红权不敢含糊，一问石匠出身，二问石匠身世，还有三问四问。精细入微，刨根问底。石匠用雕琢的耐心，回答这位葛干部。

还好，石匠单身一人，并无牵挂，只是很年轻时，曾在二战区当过兵、打过仗。时日不长负了伤掉了队，就回到村里当了农民。石匠打过仗，且在东山上打过仗，还是同日本鬼子打过惨烈的仗，这是石匠的光荣；石匠的部队却是阎锡山的部队，有人称为顽固兵的，这又成了石匠的污点。

村干部面有难色地说出这些的时候，站立在面前的石匠，沙石一样的脑袋便低下去，便垂下去，一副无奈的样子，无助的样子，惭愧的样子，负罪的样子。

深知石匠的为人，深知石匠的老实，最终，葛干部还是答应了石匠的落户。不过，是有条件的，那条件便是，石匠要娶葛红权嫁不出去的老妹子。

葛妹子被村人叫成嫁不出的老妹子,不是没嫁过,是先后嫁了三次,三次都嫁到外村,三次又都被夫方休了回来。葛妹子不缺胳膊不少腿,模样儿也还说得过去,咋就一次次被男方休了?

村人说葛妹子是个石女子。啥是石女?村人说法有二。

一是葛妹子天生就没长属于女人的那东西。少了那个东西女人就不是实际意义的女人了,生不了娃娃,过不了男男女女的那种生活,自然就没有男女两口子的大小欢乐。村人说,葛妹子每月都要流几天鼻血的,原本是下面因为没有那个口口,就改到上边的鼻孔了。

二是葛妹子也具有属于女人的那个嘴样的口子。只是保护口子的那层肉膜过于厚实,过于柔韧,过于坚固。一任前三届夫君奋力捣,用劲捅,拼命夯,咬着后牙根子刻意挺进,一夜一晚下来,只能徒劳无果,疲惫败北,汗水小雨一样洒落,自信棉卷一般疲软,如此三番,只得把这位葛干部的妹子瘟神一样奉还娘家。伤财费神花工夫,赔了夫人又折兵。

今儿,村干部葛红权又把妹子嫁于颇有道行的老石匠了,这可真是匠心独具、煞费苦心嘛!让一个石匠去对付一个石女,也算物有所用、人尽其才,东山村可有好戏看喽。

村人喜洋洋胜于过年,不是因了石匠从此成了村里人,是因了匠石女的结合将成为一桩美谈,创造一个特殊婚姻的奇迹。

村人为这个即将创造的奇迹期待着、企盼着,也窃窃议论着。

石匠和石女的婚礼没有鞭炮的燃放,没有宴席的铺排,甚至没有一张民政局的证件。石匠给葛家送了二百块钱的彩礼,就把石女葛妹子引回了自己的家。

那是石匠在东山脚下给自个临时搭的两间窝儿。四周的墙,全是自个凿得整齐的石头垒就。粗沙的红岩石,垒在前面,青白的石料,垒在后墙和山墙。屋顶呢,是大块的长条石板铺就。他是最识石性的人,深知啥样的石料,做啥样的用途。这青的红的白的石块石板,被石匠的大锤钢钎铁凿稍作加工,再经双手反复搬动运挪,便垒成了两间粗糙却实惠的石屋。

石匠把石女接到石屋里。

办了喜事的这晚,东山村人老婆儿老汉、婆娘小伙都到石屋外面去听房,把个小小石屋围了里外三层。

图个新鲜,听个刺激。看看一个破过各种石头,凿穿各种石板的资深石匠,如何利用自己身上的那条独特"钢钎",穿越凿透资深石女的那片坚硬"石板"?

村人企图听到异样响动,那是一个石匠捍卫自尊的另类掘进,他会铆足男性的饱满力气,从而生发出劳作号子;村人更渴望听到石女的一声声尖叫,那是蕴藏了三十多年的老处女的喷发。她像一坛珍藏三十多年的汾酒,有多浓烈,有多醇厚,无人品得,前三任丈夫无力启开她的坛盖儿,欲启开它,撬开它,须有石匠这样的身手和这样的家具。

小石屋里却静悄悄的,无任何响动。

如果有响动,是从小小门窗和如斗后窗里,传出了石匠的呼噜以及石女的叹息。

呼噜亢奋。

叹息无奈。

企盼一夜的村人失望而归。

村里的大小伙和老单身心有不甘,以为石匠嫌屋外听房的人多,才罢了行动,料想石匠一个老单身早已火烧火燎,把"凿击"放在以后几夜。

后来的夜晚依然平静如初。

村人悻悻离开,不再去遛去石匠墙根听石女窗房。

石匠与石女,组合成了东山村一团儿难解之谜。

这团儿谜雾一样在东山脚下罩着,荡着,久久没有散去。

直到两年后石女葛妹子主动离开,村人才知晓了些许原委,那团儿雾,也失却了原有的神秘。

原来,石匠压根就没动过石女一下,两年,两人只是一个生活的伴儿。

石女难以忍受石匠凿石的枯燥和性格的枯燥，无法忍受他石板一样毫无生气的脸和天复一天的砸石营生。

石女说："哇呀，那个石匠，整天就是个砸石头嘛，他一天说的话，还没我一天放的屁多呢，他娶石头当老婆最合适咧！"

那几年东山村已用上了电磨，电磨快捷省力，村人就冷落了石磨。同电磨的喧嚣与时尚相比，一盘盘石磨就识趣地哑坐在院落里，退却在村人生计和记忆的边缘地带。

石匠自然不再齿砲、不再凿磨，石匠却没能清闲，相反石匠更为忙碌了。那些年上头号召农业学大寨，村村要修大寨田，东山村的梯田地垄，尽量要用石头垒就。石块要破小，不成形状的石头要修理凿打得方正一些，才可垒得结实耐用，好看美观。

凿石之外，石匠还承载着另一项政治任务，那便是大会小会上的挨批挨斗，低头认罪，老实交待，改过自新。

山村是动荡的，在风雨飘摇的时候。

政治的畸形风雨，没有因了东山村的偏远荒凉而绕开它。相反，山雨的暴烈，常常撼动着东山，惧怯着村人的心。

村干部葛红权是个喜欢斗争的人。喜欢斗争，便渴盼着运动，只有运动中才有斗争的机遇，那些年大小政治运动一个跟着一个，葛红权在运动中就斗红了双眼。

在东山村的"地富反坏右"五类分子中，石匠被列入"历史反革命分子"，因为年轻时他参加过二战区，属于"阎锡山的部队"，这成了他人生的污点。村里召集大小会议，石匠同其他十余个五类分子一样，被斗或陪斗，还隔三岔五地游村串巷。常常有一个脸上被抹了黑灰的五类分子，在前面鸣锣开道，后面就跟了十多个五类分子，脸上都一色地被人抹了锅底黑灰，脑袋是统一地被戴了纸糊的高帽，纸帽上根据每人性质的不同，分别被写了右派分子某某某，地富分子某某某，石匠的纸帽上大多写着"历史反革命分子史明"，有时也写着"顽固兵史明"。年轻人觉得"顽固兵"很新鲜,在其后跟着,喊着"打倒——"的口号,也不时地捡了地上的石子,朝"顽固兵"的脑袋抛去。

批斗会上,村干部葛红权把石匠、石头、顽固、坚硬联系起来,调动了年轻人的批斗热情,小青年看看石匠石板一样的脸子,幻想当年顽固兵的样子,批斗便一层一层升级。常常三个五个地走上去,照了石匠的脸子或脑袋扇巴掌,照了石匠的胸腹腰身,一阵没轻重地拳打脚踢……

回到石屋的石匠往往鼻青脸肿,腰腿酸疼。他躺在石炕上,舒展一下有了伤痕的四肢,心里涌来悲苦……

很年轻的时候,二十五六岁的样子,他们连接到上级的命令,从黄河岸边的吉州,连夜急行军赶往属于太岳山余脉的东山。这里,有一股日本兵从中条山那边偷袭而来,企图占领东山,并在东山建立据点,养兵蓄锐,再大举进犯东山西侧的平阳府。

为使日寇的计划彻底破灭,他们连作为先锋部队,抢先占领东山,给随后而到的鬼子以迎头痛击。

来到东山不到一个时辰,战壕刚刚挖就,石块刚刚垒好,他们便与鬼子接上了火。

那时候的东山上下一片葱郁,山顶端长有数百年的松树、柏树,早已成为松涛柏林,平时就有野兽出没,苍松、古柏使东山神秘。山坡四周除松柏还有许多杂树,山榆树、杜梨树、山核桃、山杏、山桃,并夹杂了浓郁灌木。

战斗进行得异常惨烈。他们以少战多,全是仗了山顶地形,仗了树木草丛的遮掩,仗了山头取之不尽、用之无穷的石头。

鬼子兵第三次朝上攻击的时候,他们几乎是用石头砸退了敌人。

三天三夜,战斗的严酷让人难以想象。

也是在第三次打退鬼子包抄的时候,史明受伤了。

那时候有五六个随军医生,包扎史明大腿伤口的是一个叫史清的年轻女士。史明大腿外侧飞进一颗炮弹皮,女医生是含着泪把铁皮生生夹了出来，他也疼晕在女医生的怀里。

再次睁开眼睛时，战地已一片狼藉，可恶的小鬼子居然纵火烧山，火势还在山坡蔓延，鬼子显然又发起了新一轮围攻，是集中火力用钢炮炮击山头的，战士们死伤已过大半。

"你醒了？"满脸血迹与烟黑的女医生关切地看着他。她已经很疲惫了，双眼布满血丝。他很惊讶，她的名字和他的名字。史明、史清，多像一对兄妹，当他把自己的惊讶说与她时，她也同样惊讶且惊喜。其实，他们的家乡离得老远，不可能有什么亲情血缘，这纯粹是一种缘分哪。

悲剧是在二人简短交谈中发生的。一个刚从山坡里爬上来的鬼子兵，在悄悄朝他开枪，他压根没留意，史清却看见了，她大叫了一声，下意识里用身体护住了他……

女医生史清就那么牺牲了，牺牲在一棵粗大的松树下。他用东山顶上的一块青石，砸烂了那个鬼子的脑壳。

烈火依然在燃烧着。

一声响雷炸过，雨水大作，夹着冰雹的大雨，铺天盖地而来。史明晕死在暴雨中。

待他苏醒过来，这场惨烈战事早已结束，部队撤离了。战友们以为他牺牲了，把他和史清的尸体搬放在一棵松树下的土坑里。

史清被雨水冲刷过的脸，清秀而安详。她可能二十岁，也可能二十二三岁吧。那么漂亮的一个姑娘，就这么死在东山上了。

史明从内衣里掏出一块玉石，这是老母去世前给他的，那是一块护身的宝石，祖传了五代的宝贝。如今，史明含泪把宝石套在史清的脖子上，并塞进她的内衣里，就把她浅浅地埋在大松树下的土坑里。

他用两手掬了土，一把一把，把坑埋起来，把她葬下去。

在那颗粗大的松树上，他用刺刀深刻下"史清"二字。

史明自此掉了队，他再没有寻上他的队伍，回到乡村，成了一个农民。单身一人的他，在之后的日子里便成了走村串巷的石匠。

望着石室顶端的石板，石匠的眼里，居然有了多年未曾有过的湿润。

那原是两滴珍贵的泪儿，从石板的凹陷处流了出来，模糊了他的视线。那是为记忆深处的一个女孩儿，所结的泪珠儿。

成了石匠的史明落户东山村，目的与企图便渐次地明朗开来。

可是，岁月改变了东山，也改变了人心。那棵刻有"史清"字样的松树，早已不复存在。曾经茂密的山林，仅剩下杂乱草丛，而东山村人，又视他为异类，视他为顽石、顽固不化的顽固兵。

时令也让他沉默如石。

沉默的石匠，白天在东山脚下，用锤头斧头，用铁钎钢凿，雕琢修理着各样石头；夜晚在大队部里，让各样的口号和拳头，雕琢修理着自己。

日复一日，年复一年。

石匠不知道，是自个在雕琢着日月，还是日月在雕琢着石匠。

那两间石板屋子也破旧苍老起来，石匠的腰板一日日弯曲，平板如石的脸子，被日月的风霜雕刻下一道道石棱石槽。

日月却发生了变化。

某一日一个很年轻的后生步到他的石屋前，以村委主任的身份宣布他历史的清白，摘掉他头上那一顶帽子，石匠的脸子浮出一朵野山菊的笑。

石匠和村人一样，有了二亩属于自个的田地。

石匠已不用去打那一块块垒地埝的石头了，东山村人再不谈起大寨田的话题，石匠更不用去齿砣和凿磨。乡村的石磨早已成了荒园里风化的古迹，成了小青年口里遥远的传说。

村人却依然能听见从山脚下的山涧里，传来的凿石声，缓慢从容，动听。石匠制造了声响，也制造了新一轮的神秘和困惑。

在村人意识里，困惑也仅仅是一个短暂的疑问，一个瞬间的闪念。它们很快就被日常生活的琐碎和熬煎所取代，一股山风，就嗖地刮跑了。

凿石声哑然的时候，有村人看见，石匠驼着老腰板，挎了柳条筐子，拿一把轻巧圆头铣，沿着小路朝东山爬。石匠像一只老龟，或者一只蜗牛，带着厚厚的衣裳与柳条筐子的外壳，缓慢且从容地朝山顶蠕动。

石匠的记忆并不苍老。他隐约记着老松树的方位，每次上得山来，他都要割倒一片荆棘草丛，用钢钎撬开石块，用铁锨翻动沙土。记忆中的土地，他要一铣紧挨一铣翻过，与平时毫无二致。

东山顶上，已有了二三亩土地的翻动。

那是老石匠凿石之余，五六年来的功夫。

今天，山顶上日头温和，祥云舒卷，徐徐山风如帕儿，揩拭老石匠苍老额际的苍老汗粒。

又一次翻出了尸骸，那是山顶沙土中的尸骨，白花花。

以往的翻动里，常常翻出类似的人骨。石匠当然辨识不清楚，哪是自己战友的，哪是日本士兵的。因为那场东山之战，日本兵也死伤无数。每刨出一具尸骨，无论零碎，无论完整，无论战友的，抑或日本兵的，他都仔细捡拾起来，用山上现成的石头，垒一石坑，安放进去，再在其上垒出一个塔形石堆，留作标记。对死者，是个尊重，对自己，是种安慰。即使日本兵的骨头，他也如此对待。起初，他纠结过，矛盾过，本是仇敌的骨头，应抛于荒野才是。渐渐地，石匠释然，这些日本兵，当年也是些娃娃家，参军打仗，由不得他们。何况远死于异国他乡。他们，也无非是战争的牺牲品。这样，石匠便一视同仁地对待，每一块，每一具，都恭敬地安置好，且燃一把野火，作为对亡灵的超度。

今儿，当钢铣轻巧地翻到二尺的地下，几根土色骨殖又触到了铣面。石匠一个机灵，把钢铣置放一边，他不敢再用钢铣了，怕踫碎铲坏原本就发酥的骨头。他蹲下身子，用双手细细地挖，刨，捡，拾。

尽管在土里，骨殖还是腐蚀得厉害。石匠勉强地拼凑起四肢胸骨和头盖的时候，在头与胸衔接的脖颈处，在捡拾零碎脖骨节的时候，他居然捡到了一枚玉石！尽管有土包裹，和田玉的品质并未损坏。揩去岁月和沙土的阻隔,玉的莹莹之光在大日头下还是泛出一些亮来。

那是一个沉甸甸的玉坠儿,是半个世纪前老母交予他,他又挂在女医生史清脖颈上的玉石宝贝。

石匠把那一堆刚并拢起来的骨,紧紧地,紧紧地抱在怀里。

"史清,史清,史清,史清——"

石匠的嘴里,一气地念叨着五十多年前女医生的大名儿。没有哭,没有笑,只有毫无节制地喃喃自语,还有失态地搂抱着白骨的动作。

咋能不失态呢。当年,在东山的那一瞬,是女医生用身体替他挡住了罪恶的子弹,用一个年轻女性的生命,护住了她的病号,保全了她的战友。他当然得用几十年的含辛茹苦,几十年的屈辱波折,来寻找出一个满意的结果。这样的寻找,比他当初的想象要艰辛曲折得多。原想早早找到女医生的尸骨,二十年前,或三十年前,在东山上,择一方墓地,掏一穴坟窑,立一方石碑,将她好好安顿。如今,石匠也已风烛残年,他改变了当初的想法,背起女医生的尸骨,也背起一个沧桑的老梦,朝了东山跟下,一步一步地,结实地走去。

东山根下,涧沟深处,悠悠山风,动听的声响,又飘到村子里。那是村人习以为常又听而不闻的凿石声,是中锤击打钢钎抑或小锤击打钢凿的颇有节奏的声响。

"叮——当——"

"叮——当——"

这不绝如缕的声响,成了东山村不可或缺的音乐,在村人琐碎的生计中萦绕,当然也在废弃的石碾盘、旧石磨间旋转,很苍凉的。

村人对这声响的麻木,如同城里人对街道两边流行音乐的麻木一样。几十年了,叮叮当当的,恒久得就像山村老汉们的咳嗽,像村巷老婆子的唠叨。

这些执拗的咳嗽,琐碎的唠叨,伴了风雨雾岚,久久地在山村徘徊。

忽一日,村人甲或村人乙,对村人丙或村人丁说:

"嗯，这十天八天，或一二十天，没听到凿石头的声响了吧？"

村人乙或村人丁，便停下脚步，静一下，支起耳朵，左听一会儿，右听一阵儿，终没能听见往日让耳朵生茧的凿石声。

习惯了某一种乡村的声音，声音倏忽消失，又使得乡村处于不习惯的状态。

村人的许多耳朵都捡拾不到凿石的音响时，大伙便警觉起来。

警觉起来的村人才忽地想起，老石匠的确年迈了。俗语云，七十不保年，八十不保月，老石匠足有八十的年岁，一人在荒僻的山脚下、涧沟底，有个三长两短，村人哪能及时知晓？

村人一时念叨石匠昔日的好来，他的踏实、厚道、本分、勤恳，他的从容淡定、与世无争……村人便联系了其他村人，一时间三四十号，有大有小，便沿了东山根下，顺着浅浅的涧沟，朝着村子东南走去。

远远的，看得见山脚之下，沟涧顶头，原本属于石匠老人的那两间石屋，居然坍塌了。屋子顶端的长条石板，不知何时断裂，悬吊下来。许多的石头缝隙里，已有长长短短的各样荒草。

村人惊讶了，每颗心也一降一沉，莫非凿了一辈子石头的石匠，老了反倒被石头砸死不成？

慢步走着，快步赶着，几十号村人来到坍塌的石屋跟前。

石屋四周，石块垒就的围墙，依旧矗立着，只是顶端石板老旧风化，吊着，悬着，塌下来的，一片狼藉。

屋内，并不见老石匠的痕迹。如老死屋里，或被石板所砸，一定有迹象。没有，一点迹象没有，屋里的一切，像是主人搬迁或弃屋而去。

村人一片困惑，便拿了眼窝四处寻找。

眼尖者很快发现，在石屋对面紧依山体的一角，立有一枚小小石碑。近了细看，碑上刻有几个大字：史清、史明之墓。

村人不解。

有年长者说："只知道石匠名叫史明，为何史明前面还有'史清'的字样？"

带了一团疑惑，也带了对老石匠的深切关注，大伙在石碑后面，看到一孔较宽大的石窑，那无疑是石匠掏挖出来的。只是石窑没有门窗，门窗的地方全是石头封垒起来的。这是事先凿好的方正的一色青石，干垒起的，且是人在石窑内的封垒。难道是石匠先把自己封于窑内，之后才老去故去的么？

几十号村人当下商议，决定将干垒的封石搬开，到窑里看个究竟，之后，再给老石匠用水泥封垒好墓窑。

这是对老石匠的尊重，并没有惊扰之嫌。

墓窑干垒起的青石，被一只只乡村的手，悄然地搬移开来。

哦，好一孔石凿的墓窑。

光线亮堂起来时，大伙看到石窑的每一处石壁，钢钎与铁凿留下的痕迹依稀可见，齿痕一条一条，有棱有凹，如同当年石匠在东山村所凿下的石磨的棱角，煞是美观讲究。更为讲究美观和令人惊讶的，还是石窑里的内容：顺着石窑的东西走向，摆放有一口石棺，石棺下摆是一整体青石所凿，如同昔日乡村里的牛槽、马槽之类，上面是一面薄薄的石板作为棺盖。棺身、棺盖上，均有线条粗糙的图饰和造型。可能因石匠年迈和臂力不逮，还有眼力不济，这些图饰和造型便显出凿力不够。有细心的村人低了头细瞅，见棺身的图案，居然是战争的场景，有山有松，有人物持枪的跃动，人物有男有女……那是一组图案。石棺最下侧，刻有"情在东山历史清明"的字样。

便有更大胆的村人索性要看个明白，小心轻轻地去揭石板，只见故去的老石匠平静地躺在槽内，安详地睡去。他的寿衣是一身黑衣。身侧，另有一袭黑衣的包裹，形状却小了许多。村人哪里知道，那是老石匠自东山取回来的女医生的尸骨。

老石匠脑袋下所枕的不是通常意义的枕头，是他中小号的铁斧铁锤，钢钎钢凿。铁器上下摞着，充当了老石匠的枕头。

轻轻地合拢石棺，轻轻地退出石窑。村人们便有了短暂分工，谁挑水，谁去搬水泥，谁将这原本干垒的石块，认真地砌封起来，给老石匠砌封一个永久的家。

个把钟点业已封好。有细心的村人在刚垒好的墓窑前，放两挂鞭炮，燃三炷清香，之后对着刻有"史清、史明之墓"的石碑，鞠了三个躬。

带着一缕惑然，村人各自散去，忙着种自己的庄稼，忙着去邻近的小城务工。把一个原本就静幽的村落，放置在更为寂寥的角落里。

村里残存的石碾、石磨，在荒园或角落里枯坐着，如同几个被人遗忘的老汉，任乡村的风雨，日复一日地侵蚀着它们，风化着它们。

老了就一塌糊涂

脑袋在寻找枕头

八月是红红黄黄的季节。

东山坡里谷子黄了，糜子黄了，豆子也泛了一层浅黄。老玉茭棒子呢，更是黄得不可收拾，长长短短、粗粗细细的穗子，硬是撑开皮子的包裹，露出黄黄的颗粒，像东山村的老汉开口笑时露出的一排黄黄的门牙。

坡里高粱红了，园里花椒红了，树上的枣子也争先恐后地红了屁股，红了腰身，玛瑙一样缀在空里。那是日头晒的，是秋风涂的，是村里大姑娘小媳妇红红的衣袢们映衬的。

有趣的是，这样的季节，村里在南方打工的几个青年男女也回来过。出去时都是黑黑的头发，这一回来，却顶了一头黄黄的发丝，有麦黄的颜色，也有杏黄的样子。他们如顶了一丛丛草黄，在村巷里自由跑动，引起一阵秋风般闲言碎语。好在仅有十天半月，秋风又卷着一顶顶黄发和零碎言语，送他们去了南方。

"小仔蛋子烧包的，尽学坏吧，看看成了啥样，敢把麦秸当头发呢，鸡的样样，鸭的样样。"村里的刻薄人这样说。

"年轻人，浪荡哩，谁没有浪荡的几天，作吧，作吧，赶上这年月哩!"村里的开通人这样说。村人长有自个的嘴子,嘴子里又有一条活泛的舌头,舌头上下左右滑动时,便有各样的话语喷出,溅出,弹出,给寂寥的山村添几缕生动。

日子便在寂寞和生动里过去。

可怕的是,这样有黄有红的季节,不少村人的眼窝也红了,那可不是高粱映的,不是花椒熏的,不是树上的枣子耀的。村人说,是山风吹来了城里的脏气,把红眼病刮到了村里。

这红眼病也着实可怕。起先是觉得眼窝痒、眼窝涩,探探手去轻轻地揉,一揉,便有隐隐的酸,微微的辣,袭上眼底,泪水趁机溢漫眼眶,泪珠一浸,眼珠眼仁、眼皮眼角,一起刀割一样地疼了,那种割,是细薄刀片的轻割,细划,从眼部一直就疼到心里去了。

三四日时,两只眼窝且红且肿,眼角有擦不完的酸水,把上下眼皮,浸泡得胀大虚幻,就如同树上的或掉落地下的枣子,经了阴雨的多日淋打,肿胀、开裂、溃烂,扩散一些潮湿的霉气。

起初是三四人眼疾,之后是三四十人、八九十人、一二百人了,多是媳妇、娃娃、婆子、老汉家。

五老汉庆幸自己的老眼没被传染。

他是那种一会儿也闲不住的勤快人。地里的秋庄稼再等些日子才收呢,他就想把屋里屋外的旮旮旯旯都好好收拾一遍,好堆放玉茭,好晾晒豆子,把西屋的杂物清理出来,收拾成宽大库房,好让玉茭棒子还有高粱豆子安逸地过冬。

当然,五老汉还怀了一丝欣喜,那就是明天要参加他的四哥四老汉的七十寿席,要见不少老亲戚,虽说和四老汉是两座院子,他家里也会来一些亲朋好友的,五老汉就得把院落收拾得比平日干净。

其实院子还是零乱的,处处堆放些可有可无的东西,庄户人家的杂物啥没有呀,过光景哪样能缺少嘛?棍棍棒棒,柴柴草草,扔了可惜,堆放着一时也用不上,就索性让堆着吧。原想要整理得齐整点,顺一顺,码一码,分门别类地拾掇拾掇,就是不想去下那个手,不想去弯那个腰,老了,身子骨就钝了,起先看不惯的杂乱,看着,耗着,便也顺了眼。

懒于收拾的缘由还有一个，那就是在外打工的儿子、儿媳近日不回来。前几天五老汉去过电话，强调了他四爸的七十大寿，还有中秋节也快到了，一家人团圆几天，小孙子眼巴巴地盼着他的爸、他的妈，说话间大半年没见了。儿子电话里说，他们中秋就不回了，但会汇去五百块，抽出一百来，作为四爸的礼洋，算是当侄子的一份心意。"年前再回吧。这样，可省下两人的路费，还不因请假而扣工资。"儿子算计得精细！五老汉想，那就到年前腊月天，再好好拾掇院子吧，也省了老汉的动弹。

四老汉七十生日这天，五老汉一早就去了他四哥的家。

按乡俗，作为侄子、侄女的晚辈儿，大爸、小爸过寿，是要做花馍、献寿桃的，五老汉儿子、儿媳不在，自个又不会做，便在村里的小食品店里买二斤煮饼、三斤点心，沉甸甸提了，他要把儿子、儿媳的孝心提给他们的四爸嘛。

四老汉院里一派热闹，有祝寿的乡邻，有外村的亲戚。穿插游走在院里的，还是乡邻中的帮忙者，剥葱扒蒜、端盘洗碗、挑水添炭者忙得不亦乐乎。招呼客人的叫支客，三两个支客满脸堆着朴实的笑，张着嘴子，把来客按辈分让到不同的桌子上。

五老汉是长辈，又是寿者的胞弟，一进院子便被支客相扶、相搡、相让，手里的点心早被人接了去，人已被支客扶到院心的上桌上。上桌又叫上席，是尊者之席，五老汉的四哥四老汉，早已坐到主位上唡。

五老汉兄弟五人，他排老五，老大、老二、老三，已先后殁去，仅剩下老四和他，老四的身体，也大不如以前，尤其是脑子，一会清楚，一会糊涂。脑子清楚时，常常到地里，拾些柴草回来，割些青菜回来，喂猪喂羊，剁碎了喂鸡儿，还掭一把扫帚，把院子呀，院门前的那片地方，扫个干净。脑子糊涂的时候，一人在村巷里，总也找不到自家院门，常常摸到别人家院子里，惹得人家的狗儿，愤怒地吐着舌头，朝他咬。这样弄得儿女们非常担忧，在外打工也不安心，担心什么时候老汉会走丢了。

今儿，四老汉被人簇拥着，笑眯眯坐在主位上，一脸纯真的笑。

五老汉走到桌边时，四老汉朝他笑着，欠欠身子示意坐下，还摸过桌上的纸烟，抽出一支，让他。看来，四老汉今儿脑瓜清楚，办七十大寿嘛，喜庆着哩。五老汉摆摆手，表示不抽，他破例叫了一句四哥：

"四哥，这几日身骨还好？饭量还行？气色看上去不错嘛！"说着问候的话，五老汉坐在四老汉身边。

在乡村，特别是东山根下一带的村落里，有着不成文的风俗。老汉家一上了六十，过了花甲之岁，兄弟之间碰着面，当弟的再不张口叫哥了，就那么哼一下，打个招呼。六十七岁的五老汉，也有多年没叫过他的四哥了，今个喜庆，五老汉就破例叫一声四哥，四老汉颇觉突兀，喝茶杯的手一抖，茶汁从指缝里流下。

这一桌上席坐满人时，开席的时辰也快到了。

这一桌子不是本家，就是亲戚，都是平辈的老汉，大多年超六十，在问候四老汉时，也捎带问候一句五老汉，就如同之后祝寿的晚辈儿，在给四老汉敬酒之后，就立时给他五老汉敬酒一样。

这一桌有三个害眼病的，五老汉看得真切，那眼窝真肿得如烂枣儿，再转头看其他桌上，也看到不时擦眼抹泪的人。五老汉一时害怕，怕染上眼疾，家里还有一摊子活计要做。此时敬酒的晚辈和亲戚一拨一拨上来，大伙儿一句一个四叔，一句一个五叔，见四老汉来者不拒，五老汉哪经得起这般敬劝，也索性大口小口地喝下。

醉眼蒙眬时，五老汉也想给四老汉敬杯酒，表达一下弟弟的庆贺心情，不料酒瓶却被四老汉紧握手中，反而给他倒了一杯。四老汉两眼迷离，双手端了酒杯递到五老汉跟前，说了一句让全桌人惊讶又可笑的话："五哥，我给你敬杯酒呀——"

五老汉一时也吃惊，只惊了一下，就知道四老汉又犯了糊涂的毛病，忙说道："四哥，你喝多咧，我是你弟嘛，这咋能搞错？"

不料四老汉却较了真，非让他喝不行，说道："你是老五，我是老四，五肯定比四大的，你不就是我哥么——"

一桌人哈哈笑了，都知道老汉今天喜糊涂了，只是刚刚还清楚哩，转眼就不行了。

五老汉只好顺了他，连声附和，随即喝了那杯酒。

你敬一杯，他劝一杯，还有同桌的互敬互劝，五老汉不觉间便喝高了，脑袋晕，眼窝花，身骨也轻飘飘发酥。他发涩的眼睛，看到满院里人们身影的移动。人们吃喝的大嘴，因吃喝而张开，而说笑，形成一口一口的洞了。还有，院子照壁上贴着的红红寿字，在秋阳的照射下，愈发地泛红，把人们的一对对的眼窝，也映得红了……

五老汉是被乡邻和晚辈们扶回家的，他压根记不起是怎么离开席桌的。当脑袋有一点点意识时，他弄不清自个在哪里，脑袋晕晕乎乎，觉着天地在转，眼窝睁了几睁，也未能睁开。他下意识探出手去，一摸，摸到炕头窗台；二摸，摸到台上水烟袋；三摸，摸到火柴盒子。这无疑是自个的家。耷起一只耳朵，听一下，屋里屋外哑着，没动静；再听，有风吹风门的声响；三听，隐约的有花狗的低吼。哦，肯定是院门没关，院门开着，门外稍有动静，或人走，或车过，花狗总要猖猖几声。五老汉有心关门，却无力起身，索性就那么躺着，像睡去，又似乎醒着……

不知过了多久，五老汉颇觉脑袋难受，脖颈也难受，猛地醒一下，发觉脑袋下面空空如也。哦，枕头哪里去了？伸开手去，四周一摸，除了被角，就是被子紧靠的墙壁，还有脑袋前的窗台。

"枕头哪里去了？"

五老汉自问着，他想，脑袋枕着的枕头，怎会找不见了？枕头不会自个跑到窗台上吧？

手摸不到，就睁眼找吧，眼却不听使唤，睁不开了。

这咋回事嘛？

五老汉心下一急，便狠劲去睁，双眼先是涩，再是糊，后是疼，针扎一样地疼，剥皮一样地疼，接着，就有酸酸的水、辣辣的水、咸咸的水，在眼里打转了。

"把他家日的嘛，把他家日的嘛……"五老汉连声骂着，"就是灌了些猫尿嘛，咋就成了这怂样？猫尿灌肚子里，又没灌进眼窝里，咋就成了这怂样？"

五老汉当时并不知道，他感染了眼疾。四老汉家闹寿人多，有人把红眼病传给了他。

其时，五老汉已十分困乏，因脑袋下没有枕头，又无名地恼怒，想象着乡邻或是晚辈后生家，扶他回来，进屋就趁势把他扶上了炕头，脑袋便朝了窗台，谁知他平时是脚朝窗台，而脑袋朝了炕沿的，朝哪头也好，总得给脑袋下塞条枕头呀！他埋怨乡邻晚辈，马虎，又怀疑是自个因为翻身，因为伸胳膊蹬腿，把枕头拨到了一边去。

合着眼，五老汉用脑袋试探，一伸一缩，朝左右两边，也朝了前后，如一只苍老的乌龟，在伸展着脑袋，在探索着虚实。

这样，一伸一探中，身子就颠倒过来，脑袋就朝了炕沿，终没有触摸到那条油腻的老枕头。由于费劲的寻找和伸探，原本就苍老的脑袋，折腾得困乏沉重，他索性枕了一条胳膊，烦躁入睡……

其实，那只卑琐的老枕头，就一直畏缩于炕角，睡梦中被他酒后不安分的脑袋，拱到了一边，翻身时又被他的一只脚，踢到炕角了，老枕头委屈地受到冷落，像村里受到冷落的老者一样。

枕头是老伴儿过世那年缝制的，当时缝制了一对，另一只她还没顾上枕呢，人就过世了，正好装进了棺材，枕到了另一世界。那年她刚刚六十，生日还没到呢，便匆匆上路。

剩下孤零零的这条枕头，每夜陪着五老汉。想来已经七年了，七年光阴，儿子、儿媳在外打工，这只枕头也无人拆洗，五老汉自个也手笨，枕头套子油腻光污，果真成一条老枕头了。

五老汉少毛多皮的老脑袋，因没能找寻到枕头，就那么枕了自个的右胳膊睡了去，还昏天黑地做了一些梦，老伴儿在梦里给他拆洗被褥，还浆洗了枕头套子……

鼻孔在寻找茅房

五老汉是被一泡尿憋醒的。

他弄不清什么时辰，小腹的憋胀催他醒来。下意识里，他前倾着身子，探下手臂，去炕窑处抓摸尿盆，放尿盆的炕窑都空洞着，像他空洞的家，再去抓摸的时候，五老汉忽地想起，昨晚他压根就没提回尿盔。往常，当然是临睡前的傍黑，他先是关院门，脚步便顺带着拖了身子去到茅房，有尿没尿总要撒几点，这才在茅房的内墙根下，提了尿盔回屋。昨晚是被人搀扶回屋的，有谁会给他操这心思？

挣扎一下，五老汉坐起身子，使劲睁一下眼，眼皮紧粘着不愿睁开，亦涩亦疼。他忽地意识到，自个儿是患了眼疾，莫非是昨儿个四老汉闹寿的场面上，人多感染了他？他自然就想到几个烂眼皮、掉酸水的主儿，坐得离他并不远，还互劝着酒，他喝下烂眼皮的酒，自个的眼皮也烂咧。

五老汉心里怕怕的，怕这眼疾误他好多的营生。这样的季节，活计全堆在一疙瘩了，都要一样一样去做，他却红了眼仁，烂了眼皮。咋就凑了一起？

脑袋依旧沉着，晕着，眼窝依旧合着，闭着。五老汉凭着印象，两只光脚在炕下的砖地上勾了一圈儿，终于勾上了鞋子，脚趾努力地穿上，才觉有些不适，左右脚把鞋子穿错了。错就错吧，总比光脚强，他伸出双臂，展开双手，在眼前摸着，划拉着，盲人一样在开着道路，以防碰着障碍。五老汉小心着，脚步移动着出了屋门，出了厅门，厅门倒是虚掩着，厅门外的两扇风门，却有开有合，在夜风里一张一翕，如一个气短老汉的咳嗽。五老汉也大咳一声，喷一口酒气，吐一口浓痰，脚步谨慎着挪到台阶下。

秋夜渐凉，五老汉在夜风的院落里游荡，秋田的气息，一股袭来，浓浓的，让他的鼻头发痒，高粱和豆子的气息是香的，玉茭子和红薯的气味是甜的，还有更多土腥味儿的庄禾，在他宽大的院子里弥漫、扩散……五老汉知道，再有半月二十天，秋庄稼就得一样一样地收割运回了。他也得做好这个季节里忙碌的准备。

可是，这眼窝，这不争气的眼窝，就枣子一样红了，就刀子一样切割割疼了，就胶水一样死死粘住了。这真耽误五老汉的活计哩。耽误了活计还不怕，别误了每周六到镇上的小学接孙子，这可是比秋庄稼要珍贵的宝贝疙瘩。儿子、儿媳在远处打工，就把这小家伙交付给当爷爷的了。为这，家里还专门安了电话，隔三岔五的，不是儿子便是儿媳，就打来电话，三句五句后，就问到他们的宝贝儿子。就是他们不问，五老汉也把小孙子当作头等大事地器重。乡俗说，人的心，像树根，朝下扎，朝下亲。一到星期五、星期六，五老汉就有急切见到孙子的欲望。为这，他时常忘记农历的日子，却记牢了某天属于星期几。今儿，离接孙子的星期六，还有三天，这短短的三天，他这不争气的老眼窝能好了不？万不可影响接孩子的大事。

　　五老汉这样想着，因为分了心思，脚下就被什么东西绊了一下，趔趄了一下，身子歪歪的，好在没有倒下。绊他的东西是一口破旧的生铁盆子，圆形的，边沿已经豁豁牙牙，那是被日月磕碰的。早先是家用的洗脸盆，有了不少豁口后，才退居二线充当了狗食盆。平时，狗食盆子在大门边的墙根下放着，现在咋就跑到院心里了？一直卧在院门侧的小花狗，此时哼哼唧唧，在五老汉的裤腿下，嗅着，拱着，似乎是撒娇，其实是饥饿了，要吃食呢，怪不得把盛食的盆子，也拱到院心里了。平时，一早一晚，他要喂两次狗的，昨天就一顿都没喂，难怪拱盆子呢。五老汉感觉到小花狗在急切地摇摆尾巴。这时五老汉顾不上花狗儿，他忽地想到一夜没关的院门，夜里有风，风拍打着木门，弄出啪啪声响。他忠实的花狗，忍饥挨饿，就卧在门口，屁股朝里着，而脑袋和嘴巴朝了门口，准备随时迎击夜色里的不速之客……想到这儿，五老汉心里滑过一阵激动，想着天亮时，好好喂喂狗。

　　五老汉是个方向感极不好的人。平时在地里弯腰埋头干活，直起身子来，往往就分不清东西南北。走亲戚也是，常常跟随了人。如果仅他一人，出了亲戚家院子，一时三刻就会找不到回家的路了。

　　这会儿也是，好不容易凭感觉关好了院门，辨别的感觉就在夜色里倏忽消散。他真弄不清摸到哪处，才是他家的茅房。

　　五老汉是个很讲究的人，换句话说，是个讲卫生的人，这样干净利落的老汉，在乡村里也不少见。别看他是一庄稼户，整天价在地里拱着，在粪堆里刨着，身上的衣裳却不曾沾多少土屑、粪屑。黑是黑来白是白。五老汉大约属于这一类。邋遢些的老汉，别说眼有疾、体有恙，就是平时，在自家的院子里，懒得朝茅房走了，便松了裤带，随便挪到一棵什么树下，哗哗啦啦就能撒起尿来，自家的院里，讲究啥呀，避开儿媳的眼窝就成。五老汉不成，不可以这样，即使院里只有他一人，即使为了干活把尿憋着了，他也要规规矩矩小跑步颠到自家茅房里，正大光明撒一泡。

方才想着花狗儿，想着关院门儿，意念里就淡漠了尿，这会儿说到尿了，五老汉又感到前所未有的憋胀，可是茅房一时摸不到了，越摸不到心里越急，而下腹的憋胀越厉害。使劲睁一下眼窝，眼窝涩涩疼疼，不愿意睁开，下腹却有一股热流冲撞着他，直上直下，气势汹汹的，如同村巷里喝了酒的年轻男人。劝说不住，控制不了。五老汉理性地憋着，还是有那么一小股起义造反，似乎呐喊着举了棍棒呼啸向下。五老汉呻吟一声，便觉裤裆里一片湿热，他遗尿了。好在大部分被他强憋回去，他有一个短暂的舒缓空间，他得利用这时间快快找到茅房，快快排掉残余的部分。

夜里有些清冷，秋意凉凉地涂在院子里，仲秋的气息在院里扩散。

五老汉两孔宽粗的鼻洞里，有粗壮的鼻毛尖锐地刺出。这刻儿鼻毛一探一探，如同蛇信子在刺探情报。透过从田野里飘来的庄禾气息，他要嗅出自家院里的味道。他抽动着鼻孔，轻轻地就嗅出了去年堆下的一大捆麻秆，麻籽的那种浓浓的香和麻秆那样淡淡的麻，在夜里的院落里轻轻飘着，这是他近几天里准备要做的活计，把麻秆披下来，把麻皮剥下来，蘸着水，拧成麻绳儿，要不，过一个多雨的季节，麻皮就酥了，麻秆就沤了。只有冬里烧柴禾的份儿……麻秆捆子靠南，应该就是鸡窝了。五老汉仅挪动了三五步，鸡窝里热烘的味道，伴和着鸡屎浓浓的臭味，刺激着他的鼻孔——

五老汉在静寂的秋夜里，打了一个深长喷嚏，显然已接近他的鸡窝。喷嚏使他清醒了一下，一颗六十七岁的已经苍老的心，吊起来，悬起来。可不是么，昨晚，因为醉酒，鸡窝也没有堵上，院门没关，鸡窝没堵，万一跑进来黄鼠狼或小狐狸，那就不费力气一窝全咬啦！五老汉闻到鸡窝上端母鸡下蛋的卧窝里，铺着麦秸的味儿。探出手去，弯下腰去，摸到了鸡窝小门洞，一条胳膊伸进去作抓捕状，窝里便炸起鸡婆儿的惊叫，这下他放心了，鸡还在，侥幸没溜进黄鼠狼，如溜进来，一窝鸡的血全被吸了……五老汉养了五只母鸡、一只公鸡，六只图个六六大顺，公鸡尽职尽责，如一个家庭的家长，引了五只鸡婆，土院里觅食，粪堆上刨挖，还要把活动范围，扩展到村巷里。鸡婆只顾埋头找吃，这就苦了公鸡，要照护团队，怕落下哪怕一只，碰到或找到蝎子、蜈蚣之类虫子，还殷勤地叫唤几只鸡婆，让它们先吃。公鸡主要防范的，是巷里别家的公鸡对自家母鸡的骚扰，每到这时，公鸡就通红了脸子，瞪圆了眼窝，抖动起脖毛，与情敌决一死战，直斗得尘土飞扬，鸡毛乱飘，非分出个高下不可……五老汉有时看到这一幕，觉得公鸡很不容易，起码比自己辛苦，自个除为光景操心，在土地里下力气外，没有女人的困扰了，老婆子早死多年，自个儿也已衰老，不用操女人的闲心咧。每看到自家的公鸡斗得血溅羽毛，五老汉就莫名地为自个庆幸。

母鸡倒还勤勉地下蛋，鸡窝上端的卧窝里，每天都可以在麦秸草里摸出一枚两枚的，母鸡们不张扬，悄悄卧窝，静静下蛋，很像自家女人年轻时一样，一切都静悄悄进行。不像别家的鸡儿，三五天生一个蛋，呱呱呱叫个没完没了，张扬得让全村人都知道它是个会生蛋的鸡。

儿子多次打来电话，让他不要俭省，不要让小孙子都把鸡蛋吃了，他该吃时还是要吃的。他的身体好了，才能把家里的一摊子拿下来，他们在外面打工，也可以把心放稳。

五老汉知道这个理儿，小孙子到镇上读书，不能像在家里一样，冲着吃蛋，煎着吃蛋，炒着吃蛋。不方便了。但五老汉会把鸡蛋腌在瓷瓮里，每星期送孙子时，给他带十几颗，保证一天吃两颗的。当爷爷的能让孙子受委屈么？五老汉本人却舍不得去吃，他一天一天地把鸡蛋收到一个罐子里，罐子一天天满起来。村巷里有人喊叫："收鸡——蛋——，收鸡——蛋——"

是鸡蛋贩子来咧，到他院门口，停下，在花狗儿的汪汪声中，插空再喊一嗓子，"鸡——蛋——"，贩子早和他成了熟人，估摸他的罐子满起来，才驻留脚步，朝里一喊。

贩子收的价格肯定便宜，比零卖市场少了五角一斤，少就少吧，贩子就挣这差价，这样省事呀，省了到集镇零卖的功夫。

这样半月二十天，五老汉就卖一次鸡蛋，他是一颗都舍不得吃的。鸡屁股还真顶事，二三十块，四五十块，对老汉就顶了大事儿。他知道儿子在外打工不易，存一点钱更不易，而以后花钱的地方又太多，屋子要翻修哩，孙子要上学哩，还想买个小四轮哩……农村的光景像叫花子的手，处处都要讨要。五老汉能省一点是一点，能挣一点是一点，光景有时要从牙缝里过嘛。

堵好鸡窝的五老汉直起腰来，就有猪粪长时间沤着的污臭味儿朝他袭来，他晓得，鸡窝紧挨猪圈，猪圈又靠着茅房。由于夜里疏于关门，就担忧新抓来的小猪崽的安危。

儿子不让他养猪，怕当爹的上了年岁，累着。养猪很麻烦，一日三餐自然少不得，还得不时地吃些青草，老爹除忙了地里活计，家里的活计，还得挎上筐子到山峁上、沟涧里割青草，弓腰撅屁股。当儿的不忍心老爹的辛苦。

儿媳也劝他不要养猪，怕公爹费了心思，人的精力十股股，地里分三股，家里分三股，还得把四股花费在她的儿子身上，如再把这点仅有的四股拿出来，花费在猪娃儿的身上，那她的孩娃只能得到两股了。在外打工的儿媳更操心她的孩娃儿。

夏天出槽了一头大猪，五老汉感觉好轻松，像一个摆脱了家室的单身汉，从头到脚都是清爽的，他也决计就这么清爽下去。没过两个月，心里却一天天地空落，就如同院里空落的猪圈。坐在猪圈墙上抽烟，老是念想着有头小猪崽喂养，到邻家串门，脚步不自觉地溜到猪圈边，看着别家里黑的猪白的猪，正在噌噌长膘，猜测着出槽的日子，羡慕自然写满了脸上的皱褶。一日赶集，他终于抓回了一头小黑猪，他空洞的猪圈，终于鲜活了内容，虽说喂食麻烦，老汉愿意受这份繁琐，小猪踏实了他的心。

"啰啰啰……"

五老汉此时心虚地唤。

一夜的院门敞开，他不担心野狼，这年头，东山村好像绝了狼迹，就是东山上，也难以见到狼的踪影。这世道，担心的是不安分的三只手，哪个村里都有那么一两个让人提防的主儿，让人不省心的爷，苦，是不愿意受的，工，是不乐意打的，还想吃香喝辣，还想不劳而获，就硬硬地长出三只手来，贼贼地亮起两只眼来，只要瞄准了，今儿牵走一只羊，明个拉跑一头驴，一只小猪算个啥嘛，小菜一碟，顺路捎带，谁叫你家门子向人家敞开着？

五老汉运气不错，他底虚却殷切地唤，回应的是小黑猪纯真的哼哼，小黑猪有本能的防范和自卫，大黑的夜里，它在窝里哼两哼，还不敢轻易走到圈里，尽管黑皮包裹的小肚子早已饿了。

五老汉舒一口长气，想着天亮的头件大事就是三喂，喂猪、喂鸡、喂花狗，他的这颗不争气的脑袋先不喂哩，让饿，饿，饿到清醒为止。

猪圈里因有了新的内容，气味也不同以往，以往养着大猪，吃的多，屙得多，也尿得多。一团一堆的猪屎，散发着浓臭的味道，和旧有的粪便混起来，日子一久，便有陈旧的腐臭。五老汉一人出不动猪圈，老猪出槽后，就在圈里垫一层黄绵土，成了小黑猪的活动场所。

在乡村，最苦累的活计要数掏茅粪和出猪圈。过去农业社里时，出牛圈最苦累，后是出羊圈，出驴马骡子圈。现时就数出猪圈了，那是小伙子壮劳力的事儿，工具要钢锨，要铁铲，还得使用三股叉，如圈里是稀粪泥，就更糟糕，铲不起来，扔不出去，呛得人喘不过气来。

出槽后的猪圈五老汉无力去出，只在厚厚的粪污上垫了一层黄土，老猪圈用一层干净黄土，来迎接憨憨的小猪。

单纯小黑猪的粪便也单纯，粪也臭，尿也骚，但臭骚得单一、简约，没有老猪那么复杂和纠结。

五老汉终于嗅到了自家茅房的味道。那是再熟悉不过、再亲切不过的味道了。说亲切有些过分和不解，其实过于熟悉就接近于亲切了，茅房听起来不雅，说起来很俗，哪一天不去个三次五趟的？上了年岁的人去得就更勤快，皮肉松了，牙口松了，下面的啥呀啥的都松了，这一会儿就等不到那一会儿。哪像年轻时候，下面憋胀了正干活路呢，憋一会儿吧，顾不上哩，这一憋就从前晌憋到后晌咧，夜里一觉醒来觉着憋了，懒得动，只翻一个身，又睡去，日头红红的，烤着屁股了，才想起上茅房的事情……上了年纪可不行咧，刚想着要撒尿哩，下面倒点点滴滴执行开了，把裤裆当成茅房咧……

在乡下，在他们东山村里，每家的院子最僻静的一个角落（当然要远离厨房，远离主屋），就是不可或缺的茅房。东山村坐地户人家讲究，茅房也垒盖得认真，大多的茅房宽敞，便于淘粪的劳作，上端也毫不马虎地盖了顶棚，这样雨天也不会淋着，平时呢，茅房里也清扫得干净，面上铺着方砖，瓮上的坑里抹着水泥，眉眉眼眼也有几分利落。

五老汉最看不起外来落户的，生活习惯的原因吧，他们大多不讲究，屋里院里邋邋遢遢，茅房更是不能进去。砖头、石头就那么随意干垒着，到处是窨窟眼，里头能看到外面，更糟的是外面居然也能看到里面。一口大瓮埋到不深的土坑里，瓮口上随意地铺两块厚木板子或青石条子，中间呢，插一根粗粗细细的枣木棍子，这就凑合成了茅房。五老汉不明白，这样的茅房怎么使用，人蹲在两块石板上，屁股得有瞄准的本事，每一次努力都得落在木棍上，稍有偏差，咚咚咚，"黄汤"就毫不客气激溅上来，溅溅屁股不说了，甚至还会溅到脸上……把他家日的呢，这还像人的日子！五老汉就很鄙弃外来户，一脸不屑。

猪圈可以一年出一次，茅坑、茅瓮的粪汁满了却不可以拖延时日，一拖延，粪汁就从砖缝里下渗，浪费了，或溢出来，脏了茅房，臭了院子。

五老汉的茅坑满得快，这不是说他使用得勤快，他是个爱干净的人，每次大解完了，他不允许粪便留在坑上的渠子里，那样惹苍蝇，招蛆虫的，他会用洗过脸的水，一盆冲下去，冲得渠子干干净净，不留半点残渣余孽。这样下来，茅瓮自然满得快了。

五老汉珍惜茅粪，正如一个朴素的乡民爱惜土地、爱惜庄稼一样。东山村人均土地一亩多一些，全家的六亩地，四亩属于好地，平整、块儿大、离家也近，二亩属于坡地，土薄、地瘠、离家也远。二十年前，那时的五老汉正值壮年，坡地被他平整得像炕头一般，庄稼长得一点都不逊于平地。靠啥哩？全靠了五老汉的茅粪，是一担又一担茅粪，追出了上好的庄禾，绿了山坡地，也绿了乡人眼窝。大伙羡慕哩，佩服哩。二十年后的他老咧，茅粪是断然挑不到山坡地了，五老汉却一担不少挑到平地里去，运几口老气，扎紧了裤腰带，一趟一趟挑吧，只是，中壮年时一气儿挑到，现在，得歇几歇咧。

庄户人不嫌茅粪臭，尤其老汉家。你别说十个就有八九个爱闻茅粪味儿，那是和土地联系起来的味道，是和粮食生计联系起来的气味，那气味和土地的关系就如同中药和生命的关系一样。五老汉憎恶化肥，憎恶它白得刺眼的颜色，憎恶它让人气憋、让人流泪的邪味儿，更憎恶它对土地的伤害，它催得快、邪乎，晚上下了雨追上化肥，第二天早上玉茭子就油绿油绿了。土质一年一年地板结，得依赖化肥的催促，恶性循环哩！化肥对于土地，就像西药片子对于人身一样，见效快，伤害也快。而茅粪当然还有其他农家粪，就如同中药用于人身，它舒缓、调理人的身体哩，营养人的身体哩！不一样哇！

五老汉这般年纪的人挑茅粪，在东山村成了一绝，每隔一两个月，乡人就能看到一个清瘦的老汉，弯了细长的水蛇腰。他把这个剪影叠印在村路上，成了村人劳作的一个象征。

静夜里的五老汉这刻儿松开了裤带，左手照护着裤腰，右手掂着那条因了憋尿而显出一些些粗壮的命根。他听到尿柱击打在池壁上的清脆声响，同时也嗅到了氤氲上来的带了酒气的尿骚味儿……他这个年纪，撒一泡尿属于断断续续的那种，当断不断，不绝如缕，还滴滴答答，像一个老太婆的唠叨，又像一部电视连续剧。

老人都怕上茅房，村里有这样的说法。一夏一秋还好说，怕就怕在一冬一春里。冬日天冷，从热的屋子里出来，要解裤带哩，要脱衣裳哩，要露身体时，身上的那点热气一下就跑光了，一热一冷易感冒不说，一蹲一起，脑袋就受不了，血压偏高的人，还没站起呢，眼前就黑了，脑袋就晕了，顾不上提起裤子，便歪倒在茅房里，要么半身不遂，要么就鼻孔出血……春天也很怕，换季节的时日，老汉的身骨，怕那一热一冷。去冬今春东山村少说也有六七个老汉、老婆儿，他们的猝死和夜里上茅房有关……

五老汉倒吸一口气，身子忽然晃动一下，虚虚的，欲歪欲倒。他慌忙扶住墙壁，才稳住脚跟。这让他大吃一惊，片刻才明白，酒后放尿放得空了，会有这种状态的，和那些突发病症无关。若自己果真倒在茅房里，村人少有知晓，那是啥样的后果，这一摊子家务咋办，地里秋庄稼谁收？还有，两天后他的小孙子谁去接呀！这可是顶顶重要的大事呀！

深夜的凉风中，带了一丝悔意的五老汉，正朝屋里踱去。

耳朵在寻找电话

再次醒来的五老汉，是被电话的铃声唤醒的。

电话铃声执着漫长，一直渗透到老汉跳跃跌宕的老梦里。

他在和老伴儿作务庄稼，好像是锄地，又好像在拔苗儿，一会儿是农业社里的庄稼地，过一会儿又成了现如今的承包田。地畛子好远好长，总也锄不到地塄下。

老伴儿汗涔涔的。汗水却浸泡着一张模糊的脸，他看不清楚，好像是年轻时很俊俏的样儿，倏忽间又成了去世前生病时蜡黄的脸子了。他怕她干活累坏身子，便赶来一辆牛车，让她坐在牛车上，送她到地畛那头的树下歇息，乘凉。

牛车吱吱扭扭滚动着，他把鞭子挥起，老牛才奋开四蹄跑了一阵，他猛一回头，车里面却不见了老伴儿。原来，老伴被快跑的牛车颠到墓坑里了。他欲回转车身去找，老伴弱弱的声音却在牛车四周缠绕："别找我了，我是墓里的人了，找我干啥？墓坑现在才是我的家，活长活短，终于还是要到这个土坑里的……"

声音阴阴森森，还轻声轻气，他害怕，牛也害怕，老牛就拉着车，车又拉着他，疯跑开来，跑出了他家地畛，又跑过远处的坡地，牛车一直朝村外跑去，那是什么地方？他使劲睁着眼，眼却睁不圆，眯一道细逢让他瞅，车下的路，好眼熟好眼熟，那不是去镇子上的土路么，咋能不是？他跑了几十年的老路能不熟悉，年轻时哪个月逢三六九能不赶集，这两年哪个星期六能不去接孙子？可是，这受惊的黄牛咋就把牛车拉到这条路上咧？老牛也想赶集，老牛也要接他的孙子？狗日的呢！

五老汉大呼小叫，牛车就是停不下来，反而跑得更快了，他的叫唤又助长惊牛疯跑，滚动的车轮，疾跑的牛蹄，带动着山风，把路上的尘土也卷扬起来，卷成一片灰烟黄地。他看不清前头的路，也望不到远处的镇子……忽地，牛车一个颠簸，整个车子如同撞到墙上，又像碰到了地垄。车身可怕地倾斜起来，五老汉还没弄清楚咋回事呢，老牛、破车连同赶车的他一同栽进路边的一处深坑里——

五老汉惊出了一身冷汗。

这时堂屋里的电话执拗地响起来。

五老汉不知道噩梦惊醒了他，还是外面的电话吵醒了他，但他知道自个方才做了一个日怪的梦。

说模糊却还有几分清楚，说清楚却是糊糊涂涂的。

咋就是往镇上去的路，咋路边还有一眼大土坑？

早已故去的老伴儿咋还说了埋进土坑里的话？

五老汉一颗尚不苍老的心，此时慌跳着，他感到自个儿的梦有几分怕，也有几分怪。他没顾及多想，电话的铃声很有耐心地催他去接。

天早已大亮咧，他红肿的眼窝虽不能睁开，但亮堂的大光还是把眼前晃得一片红晕。

五老汉爹起两只蔫蔫的耳朵，他现在需要把全部心思都集中在耳朵上，让耳朵听了声音，去寻找堂屋角落的桌子边上，安放着的那电话机。

电话安置的时间，与孙子到镇里上学的时间几乎同步。以前，家里从没有这东西，不需要啊，儿子在外地打工，和这个当爹的有事要说了，会把电话打到他的四爸家——当然就是他五老汉的四哥的家里。四老汉儿女多，总有一半个会在家里待着，有电话了，侄子或侄媳，侄女或其他什么人，会小跑着步子，来叫他的。反正路不远，一个巷子里。他便放下手里的营生，步子跨得大大的，去接远方来的电话。

在村里，能有多少要紧事嘛。儿子就是问问他爹的身子骨好不好，问问他的儿子淘气不淘气，再就是地里的庄稼活路。电话无非是一段时日报个平安，庄户人的日子说来也简单咯。

孙子一到镇上读书，儿媳就怂恿着儿子赶紧在家里安一部电话。她说，以前老是把电话打到四爸家，麻烦人家不说了，一直让老人跑来跑去，不是个长远办法。自家安了，啥会儿来都顺手，方便自家，方便别人。

五老汉听了，也觉得是这个理儿。家是儿媳当着的，尽管在外打工，大事小事也是由她说了算。何况安个电话。村里许多人家都已安上咧。

初安电话的日子，五老汉尚不习惯，好几次，电话铃声脆脆地响了，他呆呆愣愣反应不过来，还奇怪家里为啥会有这样陌生的声响。以前，院子里喂了一头毛驴儿，一早一晚，有毛驴儿悠长却孤独的叫唤，现在，院里有猪叫、狗咬、公鸡的打鸣，农家么，就得有个农家的样样。屋里呢，自有属于屋里的响动，小猫慵懒的呢喃，小老鼠惊慌的尖叫，屋顶上燕子飞来飞去的声响，还有，因为屋子的老迈某一根大梁或某一条墙檩偶尔发出的一声呻吟……这都是五老汉耳熟能详的声音。电话的声音之于他是新生的，他需要有一个熟悉的过程。每每呆愣片刻，或比片刻还要长久一些，他才意识到，是电话的叫唤。他这才迟钝地转过身子，四下搜寻声音的来源，三番五次的，五次三番的。五老汉总在堂屋的角落里，抓起那个会说话的东西，它会把远方的情况告给家里，也会把家里的状况说给外面。

现在，这玩意儿又尖利地响开来，像这晴好天气里的一道光，要刻意切割开他肿胀的眼，又像锣鼓家伙里面的一把钹，一声一声要敲打开他迟暮的耳膜。五老汉的双耳已被唤醒，耳轮警惕地竖起，立起，他循了声音的方向移步。从里面到堂屋要撩开门帘，手撩的同时，脚要抬起，跨过门槛，小心地走上三四小步，该是堂厅里的方桌。方桌左右，是两把旧式木椅，方桌前面是一长条茶几玻璃。平时，五老汉匆忙得很，用他的话说，连放屁的功夫都没有，哪有闲心喝茶呀？方条茶几成了摆设。周末把小孙子接回来，茶几成了孙子写字演算的小桌子，这倒派上了大用场。每逢接孙子之前，五老汉其他地方顾不上，却要把茶几擦两遍，让它干干净净充当孙子的小课桌。

此时，小茶几上堆放着前两天从玉茭地掰回的嫩玉米，五条或是六条，没剥皮子的，就等着接回孙儿，把它们剥了煮着让孩娃吃。小孩娃家口馋。这嫩玉茭也贼香，十几岁的娃儿就上学校的灶哩，能吃得舒服吗？老汉得翻着花样儿，让孙子吃好解馋哩。

脚步慢些。茶几下面，铺了一层席子，席子上晾着山坡里刚收回的花生，不多，就那么一小筐，这就足够孙娃享用的了。那是山坡地的一个边角，稍有些背阴的三分地吧，土质却不是寻常的黄绵土质，黄黄的土里带了大量的绵沙，沙不粗，很细腻的样儿。这样的土质，不正好种花生么，那地块太小太窄，回不过牲口的，沙地的翻、耙和一切劳作，都仗了五老汉的一双手和一身老力气。

再细软的沙土地，也是有不受欢迎的大小石子的，五老汉每年三次翻地，就是对沙土的疏松和过滤，疏松靠钢锨一锨搭一锨地细翻，而过滤则是翻过后用耙子一下一下地朝回兜耙，如同东山村婆娘家的梳头，耙子就是沙土地的梳子，那些侥幸藏匿一时的大小石子被无情的耙齿钩了出来，兜了过来，兜成一堆，再把它们一锨一锨铲到地垄上，把白花花的地垄加固一下。

几年下来，那三分沙地，被五老汉平整得极是妥帖，一窝儿一窝儿的花生，也长得舒服，也结得繁茂。

想到孙儿吃到脆生生、香喷喷的花生，想到小仔蛋子因了贪吃，嘴角拉下的两条口水，五老汉的老脸，在这个仲秋的上午，便悄然浮出一片菊花的笑来。

五老汉此时谨慎了脚步，他怕踩到脚边的花生，又怕踢了花生一侧依了墙根摞放着的红薯。

那也是两天前刚从地里刨回的新红薯，没多刨，只在地角刨了两小筐。这个季节，新刨的红薯有种特别的香甜，蒸上三条五条的，放在盘子里，红红的薯身上冒着热气，把整个屋子甚或整个院子都熏得甜了，洇得香了。那可是清新的香，鲜活的香，闻一闻就神清气爽的香甜。红薯吃一点刨一点，吃完再刨，因为还不到彻底出刨的日子，霜降过后，赶在天冻之前刨红薯，红薯才在地里待够了日月。

作务红薯在庄稼行当里，还不算太累的活计，地翻好了，粪上足了，一苗一窝地栽上，就该着锄两趟地了。第一趟，是疏松板结了的地皮，如果这中间落了一场透雨的话。雨落得急了，天放晴时会在地表上结一层硬板，硬硬的地表会阻挡土地的呼吸，影响薯苗的生长。这时候，锄片适时地切进地表，来回切动，运锄中捣碎硬板，能畅快呼吸的薯苗儿自然欢快地生长。第二趟，薯苗的四周长满了草苗儿，草苗儿这贱东西不种自生，在夏日那些亢奋季节里，不识好歹地疯长，甚或高过、茂过庄禾苗子。五老汉勤快的锄片，不允许野草苗儿的肆无忌惮。闪亮且飞快的锄刃锄面，在他两条胳膊的动作下，无情而果决地斩进土里，把许多活生生的草根切割得噌噌作响。五老汉清晰地听见那斩草除根的声音，那种声响美妙动听，让他暮年的耳朵产生快感。

等到再锄过来的时候，上一行或几行被锄掉的草已在日头下蔫缩成丑陋的一团儿。

作务红薯地锄草，还不是很累，累而不得不做的，是翻动红薯的蔓子。

红薯这东西也怪，先长地面上的蔓子哩，蔓子伸展得好长好长了，用蔓子上油绿的叶片吸纳日光哩，吸收养分哩，纳足吸够了，便铆足劲头膨胀地下的瓜蛋子呢。难怪有的地方把红薯叫地瓜。地面蔓子的伸展是地下地瓜生长的前奏，蔓子这东西属于藤条一类，没有架子可以上攀时，依了地表伸展，极容易把毛细根根扎到地下，不能及时翻蔓子，毛细根根扎得遍身都是。这就分散了精力，影响红薯的生长。这就好比一个女人家，该一门心思给主人家生娃娃哩，可是管理不严，任她四处跑动，她就在许多地方生下娃娃了。

五老汉的两只大手，是强权管制的手，他不允许这些水性杨花的蔓子们，四处扎根结果儿，在蔓子肆意蔓延、激情四射的整个夏季里，翻动蔓子就成了他最在心也最辛苦的活计。

一面老腰板愈来愈僵直了，就不可能像年轻时那么随意地弯曲。

五老汉就蹲在红薯地里,用两只老脚片子支撑着屁股,两只大手顺理着一条一条的蔓子……他得分外小心,要理顺它们,还不能伤了枝枝叶叶,枝叶很脆弱的,力度大了,就断掉了,流一些奶色的泪水。这就苦了老汉,一响一响地翻动,谨谨慎慎地顺蔓儿,一来回一竖地流汗,一季子下来,要翻动三四遍不止,两只手尽被染绿变黑,浑身上下都是酥麻的……

儿子也劝他少栽些红薯,作务这东西太麻缠。咋能少栽呢?庄户人的日子是少不得它的。这些年麦子够吃了,玉茭子也到处是,上顿下顿不能光是白馒和窝头吧,红薯就调剂了饮食的单调。每当掀开笼盖,在一团儿蒸气的背后,会彰显出雪白的馒头、金黄的窝头,还有紫红的红薯,这一下就勾起人的食欲了,香的甜的都有,那个美,你吃着不由得把嘴唇拍得吧唧响咧。

电话铃依然在耐性十足地叫,像儿子那个缓慢却执拗的性子一样。

敛了脚步的五老汉,凭借此时高高耸起的双耳,一点一点接近于堂屋角落,那里依隔墙摆放着一条沙发,沙发顶头的上方,紧靠墙角的那块,就是那部把儿子消息传回、把老汉状况传出的电话了。

探出右手,五老汉抓摸到了电话——

"爸,咋这么会子才接哩,我还以为你不在家。"

"昨天在你四爸家多喝了几杯,起迟咧。"

"哦,我就是问这事儿哩,昨天那人不少吧,给我四爸解释了我回不去了吧,是上了一百的礼钱吧……"

五老汉随声回答着儿子,心却倏忽间慌乱了,想一下,深想一下,昨个,一进四老汉的院子,他提着的礼品就让支客接手了,人呢,也让支客安排到了上席上,他压根就没有到里面的账房里,压根就忘了上礼钱这码事儿,这可真是的!

五老汉脑子一热,脑门就出汗了,下意识里掏摸一下上衣口袋,那百元面钞仍硬硬地留在口袋里,俄把他家日的呢!

五老汉狠狠地骂一句自个儿,骂自个儿的老不中用。难道昨天到四哥家就是为了吃寿酒么,主要是去上礼,礼后才有资格吃酒,他咋就这般糊涂，礼没上，人倒吃得大醉让人扶回来，什么人呢，什么人气呢？真是老糊涂咧，糊涂咧……

老五汉一声声暗骂着自己，口里却胡乱应付着儿子，有一句没一句的，心思早不在电话上了，想着如何给四哥补上这份礼。不料，儿子在电话里却转移了话题——

"爸呀，听回去的人说，近来咱村流传红眼病哩，你没事儿吧，这几天不敢到人堆里扎，那个病，传得可快哩，远远的和红眼病人说句话，你的眼窝就红啦。"

"嗯，嗯，我没事，我还好，我今儿在家里打杂咧，把院子收拾收拾嘛，再没其他事了吧？"

"没事就好，没事就好，爸，先别放电话，菊儿还有话和你说哩，你等一下。"

菊儿是儿子的媳妇，孙儿的妈，五老汉的儿媳妇。

"爸你可记清喽，后天傍晚是接咱斌娃的时日，你和以前一样，提前到校门口，等斌娃，他们学校放学，有时早一会儿，有时迟一会儿，迟迟早早你就在校门口等着他。接回去呢，别让斌娃到处跑，村里流行红眼病，不敢叫斌娃传染上，你和斌娃就在咱院子里，千万不敢多出去。督促斌娃写一会作业，给他做些好吃的，夜里睡觉斌娃爱蹬被子，半夜你起来看一下，给斌娃披一披，斌娃……"

五老汉这头胡乱应答，心里就来了气，电话里都是"斌娃斌娃"，儿媳菊子每次打电话只操心她的斌娃，从不问他五老汉好不好，好像五老汉是她斌娃的一个老奴仆，又好像斌娃不是他的亲孙子，这么不放心……五老汉每回都耐性十足地应着，不咸不淡的老样儿。不是想到他们在外面打工不易，他早就在电话这头发作了。

"知道咧，你说的这些我早就明白嘛，孙子是我这当爷爷的亲孙子，我知道该咋样照护娃娃嘛，你们在外头平平安安的，我也就放心咧。行咧，打电话的钱也是辛苦钱，说清楚听明白就搁电话吧。"

五老汉放下电话时，心里反而没气了，有的是愧疚，儿子叮嘱他多次了，还专门寄回了钱，他咋就忘记给四老汉他的四哥上这份礼呢！想着等一二日眼窝能睁开，哪怕是睁一点子缝缝呢，头一桩事就是到四哥家赔礼去。

接完电话的五老汉，坐在厅堂的砖地上，呆呆的，木木的，如一株秋日的枯树，他不知该做些什么……

屁股在寻找马扎

眼窝能睁开一条细缝的时候，是第三天的上午。

仅仅是一道细缝，用热盐水洗了眼皮儿，热毛巾敷了眼圈儿，这才努力崩开一道细缝儿。

眼前虚幻的红雾霎时不复存在，眼前是实实在在看得清摸得着的日光，日光在秋色里扭动着，闪些许白点，就剩下日光里自家的光景，一排已有了三十多年的老屋，和邻家新盖的房子比，老屋地势低凹，进深短小，间口也狭窄，颇显得卑微矮小，老屋前是一面还算开阔的院子，院子因了堆放得杂乱，便显不出原有的宽阔。

农家的院落，不是学堂的操场，要那么宽阔干净做什么？宽阔就是为了堆放杂物呢，农家的光景，就是这些杂物堆放出来的嘛。

院子西边，依墙竖放着去年秋里捡来的玉茭秆、高粱秆，高粱秆挑出些修长整齐的，打了几页泊子，玉茭秆粗粗糙糙，是做饭的好柴火。前两年，镇子里有一座饲料厂，就收购红薯蔓子、玉茭秆子一类杂物，很便宜地收去。或拉车给人家送去，一车一车的，仅挣十块二十块，虽不值钱，总有个收落处。饲料厂把这些东西粉碎后，掺了其他东西一发酵，就是上好的饲料。不知啥原因，厂子说不行就不行咧，厂子一倒闭，这些秆子也没个去处。许多农家索性不往回捡，就堆放在地角头，让日晒雨淋自然沤去，更大胆的，干脆在冬天耙麦地或暖茅粪的间隙，一把火点燃烤了取暖。

五老汉不忍心这么做，怎么说好呢，毕竟是土地里几个月生长出来的，是茅粪暖出来，汗水灌起来的，咋能一把火烧掉，真有些作孽哩！五老汉一个人慢慢拉回来，旁人拉五趟，他可以拉八趟十趟，拉回来，顺在西墙根，慢慢晒干风干，就是好柴火。嗯嗯，光景是一点点过下的，拾到篮里就是菜嘛。

紧挨着玉茭秆子的，是垛成方形的棉花秆子，同玉茭秆放置不同的是，棉花秆是一捆一捆平放平摞起的。五老汉摸到棉花秆子跟前，一条水蛇腰靠在秆堆上，两手探出去，摸着这些麻麻扎扎的棉花秆子。

今年，地里没有种棉花，几分地的棉花也没种。不是不需要，实在是忙不过来。种棉花是个精细活儿，勤除草、勤锄地不说了，等秆子高了，叶子茂了，还得捋花叶儿，掰旁枝，有了各样的棉花虫子，还得用农药除虫，好不容易到了结棉桃、开棉花的日子，得更仔细地收拾，花开得不饱满，不可以提前摘的，花开得过了，野风一吹就会刮落在枝子上，吊得条条缕缕，更怕那几日连下阴雨，这样雪样的棉花就污在地里、沤在枝上咧。头遍棉花，得在那一两天里集中去摘。去年，家里种了三分地的棉花，收花的日子儿媳还是赶了回来，这样，公公和儿媳，在摘花的半个月里，忙得支不起腰来。大晌午的，地里也少不得人，儿媳菊儿回家做饭，他老汉一人在地里摘花，菊儿送来了饭，草草吃罢了，他把碗具连同摘好的棉花再一人弄回去。

"明年再也不种棉花了。"菊儿累得这样说。

"不种咧，说啥也不种咧。"五老汉也疲惫地附和。

公公和儿媳在一块地里干活时，多少有点尴尬和别扭。平时，老汉一人在地里，要撒尿了，就站原地，掏出来就可以解决。和儿媳一块地里干活就不行了，得走到很远的地方，下到另一块地垄下，直到看不见人，才可以方便。人老了就憋不住了尿。待走了不远就滴滴答答。老了就不成样子咧。儿媳菊儿也一样，恰好那几日身子不利索，正弯腰低头摘花呢，感觉又有东西下涌了，先下意识地瞥一眼远处的公爹，再猫下身，以极快的速度换一块卫生巾，至于要解手了，她一个女人家，得跑到更远的隐秘处……

早些年，五老汉老伴在世时，家里有纺线车和织布机，棉花收了回来，晾好晒干，就到镇去压花，去弹棉花，之后便搓成棉卷，纺成线，再有几道工序才可上机织布的……老伴是村里的纺织高手，到她去世前，还培养出村里最后一批学习织布的妇女。可惜，这一批里没有她的儿媳妇。儿媳菊儿近水楼台,但不得月。她刚刚过门,刚就怀了娃娃,身子不方便呐。

老伴已去世多年了,村里早哑了纺车声和织布声,他们家里,仅有五老汉铺就的几条床单和几件衫子还是粗布的。

收下的棉花呢,先放在家里,等着走乡串户的花贩子来收购哩。

棉花秆子却能派上大用场,它不同于玉茭秆、高粱秆之类,那些属软柴,做饭不经烧,棉花秆子和树枝、树根一样,属于硬柴火。折断塞进炉膛里,火势旺,又耐烧呢,冬里烧这东西,满屋子暖烘烘的。

五老汉粗糙的大手掌,摸着同样粗糙的棉花秆儿,就很有一些叹息,叹息一番,为自家的女人,为自家的光景。

五老汉谨慎的脚步就接近今天上午的中心了。厢房东墙根下顺着的麻秆儿,那是去年秋季收回家的,放了快一整年了,得在今年的秋收前,把麻秆表层的麻皮剥下来,等到冬日闲散了,在暖和的屋子里好拧成麻绳嘛。

原本说睁开眼窝就出去补礼金呢,五老汉迟疑片刻,还是改了主意。他得等到明天,眼肿消下去时,再去,脸子再老,皮子再厚,也得拿得出去嘛。

那只他常坐的小马扎挤进他的眼缝儿,在相对开阔的院子东侧,有些孤单地架那儿,恰好也在一大捆麻秆儿的前面。

五老汉运运气,习惯性地搓搓双手。看着麻秆儿的位置,再记记马扎儿的位置,他这一上午的劳作,就从两手的搓动中开始了。

麻秆细高挑儿,结麻籽儿,麻籽儿可榨油,可换油,也可背到集上去卖。麻秆儿的表皮是柔韧的一层,扒下来,可拧成粗粗细细的麻绳儿。细麻绳能纳鞋底儿,拴在墙的两头儿能搭毛巾,能晾晒衣物;粗麻绳能当拉车的边套绳索,能当挑水的井绳,能一条一条地铺了,捆麦个子、谷个子、高粱玉茭捆子,当然,还可以捆麻秆子的。被扒去皮子的麻秆光光堂堂,填到炉膛里,因为油性大,可以助燃。麻秆儿、麻籽,这些东西浑身是宝呢。

因为是年前的麻秆儿,放的时日长了,就干得透彻,又都在东屋屋檐下停放，没有淋着雨的，也就没有发霉发泅的。这样，五老汉上前去抱一小把儿，便无须转身和回头，抱了麻秆儿的身子便后退着，后退着，靠了往日的经验，靠了自身的估摸，还有，他说不出的一种感觉，后退着，后退着，就慢慢把水蛇腰弯起来，就慢慢把腰肢下两腿上的干干硬硬的老屁股撅起来。撅起的屁股似乎很有灵性，试探着，找寻着，摸索着，慢慢地，屁股就接近了那架小小的马扎座儿。

小马扎儿很沉静地架在院心里，在耐心地等待着，等待主人公那两扇消瘦的老屁股，能准确无误地探过来，能毫不迟疑地坐下来，小马扎会像平时那样，在接受屁股和身体压力的时候，呻唤一声，便静悄悄地承受了。

小马扎静静地等着。

马老汉的屁股却斜仄仄探过来，他是抱了一大把麻秆子后退着过来的，他既没转头看一下马扎儿的位置，也没有稍事停顿作基本判断。就那么凭了以往的经验，他撅起个屁股寻找过来。近了，近了，屁股一点点接近了马扎儿，哦，已经挨到了马扎的一角了……如果这时刻的屁股稍稍调整一下，稍稍朝中间移一点，挪一点儿的活，肯定坐到马扎中心了。可是，五老汉的屁股过于自负，过于固执，也过于坐得急切，就那么找着马扎儿的一角儿，挨着马扎的一边儿，不管不顾、结结实实坐了下去——这样，在力量失衡、重量也失衡的前提下，小小马扎被推移了位置，直朝后划拉而去，五老汉的屁股连同整个身体，便摔倒在了院子里……

那一会儿五老汉直挺挺躺在院子里，仰面朝天。渐次升高的秋阳把肿胀的老眼窝硬硬地撞开，洒进一些光线去，他觉得日头是一枚烤黄的烧饼，有些热，有些酥，眼里也热出两颗酥酥的泪。

虽说身子倒地，却把麻秆儿下意识里紧紧抓握着。麻秆儿斜仄在他的胸前，二三十根的样子，白花花一片，把麻香麻香的气味儿，扩散开来，他嗅到了久违的隔年麻籽的味道了。

天是瓦蓝色的。乡村的秋季，只要无风无雨无阴云，天就是这种净明的脸子，让人的心里好畅快。

五老汉就对了瓦蓝的天，美美地喷一口气，再喷一口气，他觉得肚里此时舒服了许多，平复了许多，他还想多躺一会儿，在自家的院子里，如同一个淘气娃娃躺在麦场上。

约莫三袋烟的功夫，五老汉坐起身子，他一把拽过一边的小马扎，这回他稳稳地坐了上去，一旦坐上去，就有了干活计的架势。两腿叉开，麻秆们横在他叉开的腿下，左手掂起一根来，选一处一折，秆子断了，外表的皮子却丝丝连连，五老汉的右手，就从这丝丝缕缕里找到缺口，扒开麻皮儿。

放置近一年的麻秆儿，檐下吃风，又向阳，干透咧。麻秆的生生脆脆就表明这一点，每次用力的断折，是干脆利落的断折，那一声脆响炸过，还腾起一小团花白的雾来，是麻秆本身积存的一些气体呢。这些被剥过皮的麻秆儿，光滑、白净、纤细、修长，五老汉现时还舍不得烧它们，他要在统一扒完皮后，把它们放置到草屋子里，等到了大冬天，它们就是上好的引火柴呢。

整整一上午，在离开马扎、抱回麻秆儿，再后退回来、寻找马扎儿的无数次劳作中，五老汉依然是身子后退着，退着，随之屁股高高撅起来，很谨慎的，很小心的，一探，二探，往往第三次试探，屁股便准确无误找到马扎，同时，也稳稳当当坐在马扎儿上了。

每一次是前一次的重复，却不是一次简单的复制，每一次都有几乎相同的动作，却并不是机械的劳作。在每一次大同小异的运作中，五老汉都分明感受到一种快慰，一种完成和接纳的快感，完成肯定是放下手中刚刚剥完的一捆麻秆儿么，这就多少有了一份成就感，而接纳显然是又去搂抱新的一捆了，这就又有了一份责任，一份庄严的任务……完成，接纳，成就，责任，繁重，轻松……这种种感受在这个山区的农家院落里，伴随了老汉的弯腰撅臀和循环往复的屁股对马扎儿的寻找，形成了几近无声却律动有余的劳作韵律。时光在五老汉忙碌的指缝里滑过，在五老汉水蛇腰的弯起和干硬屁股的寻找中，叹息一声，就融进浓郁且繁忙的秋色里了。

老汉在寻找孙子

五老汉结结实实睡了一个晌午觉。

他好像睡觉中都听到了自己在打着响亮的呼噜。

这几天眼疼归眼疼,他却不歇脚地干了许多活计,这些活计是他眼窝不疼时,还一时顾不上做的,换句话说是平时看不上眼的活儿,眼肿了,眼胀了,眼疼了,两眼只能眯成一道细缝了,这些零七碎八的活儿才会进他的眼里。

扒麻秆皮,束麻秆捆儿,用扒下的麻皮拧麻绳儿。依墙而立的玉茭秆子枝叶儿早已风干,遇到刮风响不住,也容易着火不安全,五老汉索性将它们拦腰折断一分为二,用新拧的麻绳分成捆子捆起来,再把这些玉茭秆捆子和棉花秆儿捆子一样,齐齐地码在东房根的房檐下。这一下,院落干净了,清爽了,里外看着也显出了一些宽敞。

这是他患眼病的三天里所做的活计,是他弯腰撅臀一刻儿也不肯歇息的效果。

当五老汉运了大扫帚,完成他的最后一道工序,把个宽阔的大院落角角落落、旮旮旯旯彻底清扫了一遍之后,他的老腰板就再也不是他的了,腰酸腿疼胳膊痛。他倒在土炕上,盖上了那件老夹衣,呼呼噜噜睡了一个大晌午。

他要用这个大晌午的午睡换回他的体力,积攒够他的精气神儿。今儿就是周六了,乡下人说的礼拜六啦,他睡饱了力气,养足了精神,到半后晌时,他要骑上自行车,到镇子的小学里,接他的孙子斌娃哩!

不仅仅是响亮的呼噜,伴了呼噜还有五老汉隔三岔五、深深长长的呻吟声。五老汉知道自个儿累了,这些不起眼的家务活儿,真正干起来是棘手而麻缠的,一个六十七八岁的老汉,三四天里就那么弯腰驼背,不停歇地动弹,不累死才怪哩。五老汉不知道的是,平时夜里的睡觉,他也会时不时呻吟一阵两阵,他老了。庄户人是不经老的,何况是个在山里吃苦受累一辈子的庄户人。夜里的呻吟是他衰老身体不适的发泄,是他窘迫人生、厮守土地的歌哭。有时候,他的呻吟会停下来,而身体的某一处关节会发出苍老的声响。是的,他老了,山里老汉没有退休一说,老不老都得在地里在黄土里刨着、扒着,像粪堆上的那群鸡,用刨粪扒食表明自个还活着,还是个有用的人。

总算美美地睡了一个大晌午,磨牙放屁打呼噜,总算歇了个昏天黑地。醒来了,外面是一个晴好的后响,院子是一处干净利落的院子。五老汉吸了三支烟,洗了两把脸,觉得又神清气爽了不少,凑到小镜子边往里一看,哦,两眼还肿着,却已经轻多了,睁一下,悠着劲儿再睁一下,居然睁开了多半个眼窝,有些疼,是那种早已适应了的微疼。眼白还不是眼白,还被一缕缕红丝儿罩着呢,但可以大着胆儿看远处、瞅四面咧!

估摸着时辰尚早,五老汉觉得该刮刮胡茬子咧,便烧了半锅水,灌满了暖壶,拿一把剃刀,就着一面小镜子,细细地、慢慢地刮遍了半个脸颊。

五老汉的脸,属于那种常见的长条脸,村人叫长马胡脸儿。老伴儿年轻时和他打趣,说他赶集离开镇子时,天就下雨了,等他走了十几里地,回到家里时,雨水刚流过他的鼻梁。

把自个儿的一张长胡脸剃得光光堂堂的,镜子里的老汉成了一个精干利落的山里老汉。五老汉说不出为啥儿要这样,接自个儿的孙娃是不需要这样的呀,和以往的许多的周末的日子一样平平常常哇,五老汉心里总觉得不一样,感觉要干净利落地出去喽。捏一捏上衣口袋,那一张让他不安生了两三天的百元票子,依旧在袋里硬邦邦着,摁一下,咔嘣咔嘣作响。

干净了脸子的五老汉,出大门的第一桩事,就是给他的四哥,四老汉家去补礼钱。

轻轻地掩了院门,来到胡同里。

胡同里却游动着一条苍老的身影,身影被午后的日光罩得有些模糊,有些扭曲。

五老汉紧走几步过去,拨开稠浓的日光,细瞅,再瞅,老汉是他的四哥，四老汉。

赶得早不如赶得巧么，五老汉边掏摸着口袋，边唤一句他的四哥，说："我正要去家呢，补礼呢，就碰见你咧，这倒不用我到家里跑哩……"

四老汉却痴痴地对他笑，对他方才说的话听而不闻的样子，许久了才说："你是我五哥么，你这是到地里割麦哩，还是栽红薯哩，嗯嗯嗯……"

五老汉心里一沉，知道他的四哥四老汉这会又糊涂了，认不出人，颠倒了事情，这大秋天的割什么麦子、栽什么红薯？真是糊涂人咧！

伸到口袋里掏摸的手，软软地抽出来，五老汉不敢把礼钱交给这种状态的四老汉，谁知道他会把钱当废纸玩耍么？

五老汉苦笑，他的四哥又唤了他一句五哥，四哥有时以为五比四要大哩，这没办法，人家四哥有时就这么认为。

看着四老汉颠颠地又罩进午后的日光里了，五老汉无奈地一笑，他得走到四哥的家里，亲手把钱交给侄子或侄媳。

他走进了四老汉家的院子。

那是一面很空旷的院落，全然不同闹寿那天院落的拥挤。

院子里好像无人。五老汉便故意咳一声，也重了脚步。

院子里其实有人，五老汉眼窝毕竟肿着，尚无看到。

侄媳妇在院子一角的猪圈边喂猪呢，她早看到五爸的身影了，只是她装着没看见。

"晖子没在家？"

走到院心的五老汉叫一声。

晖子是侄子的大号。

五老汉没听到晖子的回话，却听到院角里猪儿的叫唤。

他扭转身子，他看见了侄子媳妇。

五老汉便朝猪圈走去。

"叶子你喂猪哩，我方才在巷子里见他四爷哩，见他人又不对劲哩，不知他到哪里跑？"

叶子是侄子媳妇的名儿。

"人家可是会吃闲饭不会操闲心的神仙儿，两腿长在人家身上，谁知道会跑到哪里去？"

叶子的话里似乎有气，哦，真有气，她把那把猪食勺子磕碰得叮当响。

五老汉想，摊上一个老糊涂了的公爹，当儿媳的整天伺候，有点气，也属正常。

他搭讪着说："叶子，他四爷这几天看上去又有些犯糊涂哩，还得当些心呢。"

叶子忽然就没好气儿地说："这世道，聪明人都时常装糊涂呢，别说他原本就是个糊涂人咧……"

五老汉听得心里跳，这个叶子今儿咋着了，好像话里有话呢，又是"吃闲饭"又是"装糊涂"，再联系到她不同以往的冷淡的样子，五老汉不由得就多心了。

莫不是嫌前几天没给她家上礼吧？

这妇人，咋可以这样，这样指桑骂槐的。

五老汉是个敏感多心的人，他忽然就想到这一层了。

真的呀，自他进了这所院子，叶子连一句"五爸"都没称呼他。

五老汉静了片刻，颤颤地伸手上去，探到上衣口袋里，把袋里几天前就准备好了的一百元掏出来，摸出来。

那是一张红红的票子，在秋日下午的阳光下，像一团火，在五老汉手里燃烧。

五老汉就把这团火，举到了侄子媳妇叶子面前。

叶子的一对母猪样的小眼窝儿，被这一团火烧红啦！

五老汉喃喃地说那天没来得及上礼，就被支客让到上席的经过。说了醉酒经过，说了眼疼的经过，那一团儿火，燃烧到侄媳叶子手上了。

叶子的一张肥胖脸上，漾出了一片明丽色泽。她笑了说："五爸你这人也太多心啦，都是一家人么，啥补礼不补礼的，让外人知道了还会笑话咱。"叶子说笑的语气轻松而亲切，就像此刻成了五老汉的亲闺女。

"五爸,听说你老也害了眼病,不打紧吧——"

侄儿晖子不知何时出现在五老汉面前,也关切地问询他,且凑了脸子过来细端详,这一切都发生在五老汉把礼钱交给叶子之后。

五老汉本能地后退一步,别过脸子,道:"这可是病啊,这可是红眼病,别给你感染上,一家子的红眼病人。"

五老汉心里装着气,转身离去时,没忘了甩下一句话:"刚才你爸他在巷子里,人又不对劲咧,别让他跑丢喽,这人一老了就没个样样啦……"

"知道咧,五爸,我一会儿出去寻寻他。"

侄子说。

"五爸你慢走,我喂猪哩就不送你啦——"

侄媳说。

其实,秋天的下午,是经不起消耗的,一走到巷子里,看到印在墙头的日光,日光已泛了一层薄红,淡淡的,五老汉知道,日头从这一刻儿起,就可劲地下滑哩。

匆忙地推出那辆加重车子,关好院门,五老汉蹬了脚踏,一踏,再踏,车子晃了一晃,一条长腿一偏,坐上了车。他得提前到镇上小学的校门口,那里有不少家长等候着孩子的散学。

村路不如往日平整。准备修油路呢,处处挖得坑坑凹凹。村村通油路,路面要硬化,吵吵嚷嚷了好多年咧,今年,在这个秋季里,终于开工喽!五老汉骑得很小心,车轮要避开凸起的土堆,还得绕开挖下的土坑,磕磕碰碰、颠颠簸簸,车子在路面,如同炒着的豆子在锅里。

从东山村到镇上不算远,十里地,五老汉不怯这条路,可今儿就怯了,路不平咯,走了一半路,他额上和脖里,有汗油欢快地涌出,蹦跳着流下。下一道土坡,他得捏紧闸把慢一些,路侧坡边,有一处好深好深的土坑,不知有何用途?滤灰呢,还是要修建其他东西?

忽然,五老汉就惊讶地看到他的四哥,四老汉这刻儿就在土坑边溜,嘴子里掉着半尺长的口水,还嘀嘀咕咕念叨着什么!

五老汉心里很怕,他深知他的四哥已老糊涂了,痴痴呆呆一人疯跑，居然跑到这深坑边了。看一下四周，四周空无一人，五老汉就决定先把四老汉领回去再说，留他一人在这儿，说不定会发生啥可怕事。他心里又恼怒侄儿晖子，刚刚还答应要去寻找他爸的！这娃娃全不把老人当回事咧！

这样，五老汉连哄带骗、软硬兼施，把车上原本就有的一条绳子解下来，一头拴车把，一头拴着他的四哥，一步一步把四老汉送回了家。

秋日的下午经不起这般折腾，一旦把四老汉送进院落，五老汉就急出了一身汗。那时候夕阳已经悬吊到西山顶上，少气无力，他怕误了接他的孙娃呢。蹬上车子，五老汉就发疯地颠簸在崎岖的村路上。

其实在五老汉深土坑边发现四老汉的当儿，五老汉的孙子斌儿就和同学们一起兴高采烈地出了校门。校门口聚集了很多家长，斌儿在家长的人群里右看一遍、左看一遍，却没有发现前来接他的爷爷。往常这样的时候，爷爷的一张长马胡脸儿会笑吟吟挂在校门口，热热切切等着他呢，今儿就咋啦？

斌儿是个听话的孩娃儿，知道爷爷迟来肯定是有事儿的，他得耐心地等一等。

斌儿不可以跟随其他人的家长随便回村的，这一点，妈妈叮嘱过，爷爷叮嘱过。前两年，一个四年级孩娃没等着前来接他的家人，就跟着认识的邻居走了。邻居没把他引回家，却把他倒手卖给了人贩子，到现在还没找到人影呢。

斌儿等了一会还不见爷爷，心里好焦躁，见学校大门口不远处的网吧开着门，便决定进网吧玩一会，一会再出来等爷爷。

五老汉一身汗水骑到了校门口，那时候校门口已空无一人，其实小孙子刚刚进了不远的网吧，他咋会知道哦！问了门房，门房说早散了学，说不准孩娃一人回村了。五老汉不甘心，伸脖子看一眼学校里，学校里已没了一根人毛。

"这娃娃，这娃娃，会到哪里去？"

五老汉急切切想着，觉得门卫的话有道理，也许斌娃跟认识的村人或是小伙伴儿回村了。回村的大路有一条，就是修路的这条，小路却有多条，莫非孩娃抄近走了小路？

五老汉害怕万一孩娃回去了，院门锁着进不去了，着急呢，又掉转车头往回骑。

老汉一气儿又骑回村里，村巷里没有他孙子的影儿，问侄儿晖子小斌来家没，晖子怅然摇摇头，猜测说："五爸呀，你可真是老糊涂咧，你就不会在学校边的网吧呀什么地方找一找，说不准在里面玩着呢，你着急哩，小仔蛋不着急，现时的孩娃玩的花样可多哩……"

五老汉也是急糊涂了，听晖子一说，回想一下，刚刚倒是看见学校大门不远处的网吧了。他心想孩娃还能去到哪儿？肯定是去网吧了，他又急火火蹬了车子再次朝镇子方向骑，在不平的路上疯癫着，一边还对了远处盲目地喊："斌儿——斌儿——"

骑到了下土坑的地界儿，为了赶时间五老汉就把车闸放得很松，车子在坡里像一只豹子朝下扑，飞快，飞快，老汉急呀。

忽然，车轮撞到了凸起的土堆，自行车颠了起来，好大好大的惯性，车子倾斜了，倾斜的车子一头撞到坡下，坡下路边却是那面幽深幽深的土坑——

不知是车子带着五老汉，还是五老汉带着车子，当连人带车一下撞跌到土坑里的时候，五老汉觉得自个儿的身子飞了起来，还没来得及叫一声，人就重重摔跌在深坑里，自行车的把子被坑里的石头反弹一下，正好弹在五老汉的脑袋上……

几里地之外的镇子小学大门口，小斌一人还在呆呆地等，人越来越少的时候，小斌就怯怯地离开校门，东张西望朝回走。

夕阳像东山村的一枚柿子，且红且软的，柿子却没有挂在柿树上，吊在西山山头，绵绵软软的，把血的汁液泼在天上和地下。

坑下的五老汉抽搐了一阵儿，眼里、鼻里和嘴里，腥腥咸咸涌出了几道殷红，五老汉脑子散散的，一会游移到老伴的墓坑，片刻又回到那个日怪的梦里，驾牛车摔进坡下路边的坑中……

"斌儿，这娃娃……"

他似是而非地吐出这最后半句话来，思维就滞涩在一片残红里。

起风了，倏然凉起的秋风把血色傍晚刮进夜的帷幕里。

找一棵最适合上吊的树

坟地的柏树

三跛子长短不齐的两条腿,一轻一重,敲打着寂寥小路。

路是土路,且弯且窄,顺了一条地垄,朝前爬去,似一条蜿蜒的蛇。两旁是茂密的草,有绿草纵情地衬托,路就愈发地泛白。

三跛子很渴望在路上碰到熟人,邻居或同村的,即使不恭地唤他一句"三跛子"或"斜门"这样的绰号,他也不会像平时那样,在心里计较,在肚子里骂娘。都这时候了,他还计较啥?和人家说说话,拉拉家常,最好能掏掏心窝子,把肚里储存得发酵的憋屈,出一出,放一放,一个临死的人喽,他还怕个球呀……说不定,两天后,村巷里的婆婆妈妈老少爷,会私下里念起他三跛子的死,议起他三跛子因生了谁的气而走了这一步的,让那个叫他生暗气的家伙,那个惯于仗势欺人的家伙,在大伙的舌根下嚼着,牙根下咬着,唾沫星子里淹着,他三跛子也不枉吊死一回咧……

三跛子的眼,这会儿水水的,被近处的野草映的,被远处的树木染的,被这个夏秋之交的季节感动的。平时,两只眼涩涩巴巴,像村边早已干涸的井。此时他水水的眼,湿淋淋地打量这老熟悉的土路、路周边的田亩庄禾,有高过人的玉茭、高粱,低于人的谷子、糜子,还有地表爬的红薯蔓子、土豆苗子。半人高的绿豆、黄豆和棉花，正在地里绿得发狠。他能听见它们相互攀比从而疯长的声响。

三跛子却听不见乡邻说话的动静儿，对面碰见的机会更少。他心里不免失落，水水的眼也渐次黯淡，眼珠也一如脸子一样灰黄起来。他在骂自个儿的多事，这时辰，莫说在田地里，就是在村落巷子里，也绝少有人影晃动。他不是不知道，青壮年男人都外出打工了，远的在遥远的南方，广州、深圳的地场，近的也在几十里外的城里，或百里外的其他县。姑娘家也各显其能，轻巧的身子长了翅膀，比男人飞得还远；媳妇家也各找门路，能出去的，都出去了，出不去的也不在村里，在镇里租了房子，陪上学的儿女做饭呢，把一座空落的村子，留给老弱病残咧。

这些不收秋不打夏的日子，地里就少有村人走动。

三跛子走动着。一轻一重的步点，正敲打着这条土路。

这是村庄通向田地的土路，这土路也可以引导他，走到自家的祖坟地去。

曲曲弯弯的，还得上几条缓坡，还得过一片凹地。三跛子的那条瘸腿，这会儿就刺痛一下，那是钻心的一刺，脸上、额上，就刺出黄豆大的汗珠，之后便变成缓慢的疼了，像脚下这麻缠而缓慢的坡。

三跛子顿了一顿，赿趄几下，终没有停下脚步。他要走到自家的祖坟地里，在那儿，他将永远告别这恼人的日子，告别这怕人的疼咧。

上得凹里，眼前是天阔的塬面。这里，可以看到全村的角角落落。塬面中间的一片绿丛，就是他三跛子的祖坟。有一棵低矮且粗壮的柏树，就从诸多坟头的间隙里蹿出，而最大的坟头，是属于三跛子父亲的。三跛子觉得，这棵柏树古怪精灵，像缠了老父的魂魄，像裹了祖先的魂魄。老父是吐血累死在这块地里的。那会儿是生产队里的地，早先是他家的老地。埋下老父后，还十分年轻的三跛子仍不肯离去，两眼结着泪珠，两手执着铁锨，把浑浑黄黄的绵土，一锨一锨，堆往高高的坟头。把同棺木一起运来的柏树枝条，遍插在坟身上下。

次年清明，上罢坟、祭过祖的三跛子惊奇地发现，老父坟前一侧，居然生长着一株弱小的柏树，虽齐腰高低，却青绿鲜活。三跛子的眼，被晃得绿一下，亮一下，喜喜的。在柏树下，他用手把土拢了一个蓄水的圈儿，对了小柏树，叩了三个头。

那柏树果真富有灵气，一年又一年，茁茁地生长，渐次地粗壮，树身却不似其他柏树一般挺直，居然弯弯地伸展着，酷似老父被生计压弯的老脊背。

敢情就是老父的化身咧！

三跛子叹一声。每年的清明时节，在按坟头一一祭拜之后，三跛子还特地对小柏树一拜、二拜、三拜。

接受了日光风雨和祭拜的柏树，虽弯曲、苍虬，却也苍郁苍劲，长成坟地里的一面旗帜。只要上了塬面，老远老远的，就能望到这面绿色的旗。

现在，三跛子就坐在老父坟侧，坐在这棵绿色的旗下了。一时间，柏枝的馨香弥漫了整个坟地，让人清爽，使人陶醉，且在陶醉中产生肃穆。三跛子使劲抽动鼻翼，在柏枝浓郁的清香里，路上的困顿和病腿的疼痛渐渐平复下去。在柏树枝条的阴凉下，他觉得惬意而精神。

这真是块好地，真是块风水宝地哇。

三跛子羡慕起自己的老先人，当初选地择坟的时候，就选上了这里。肯定是请风水先生看过了。

坟地背后，是一座山峁，小小山峁，呈了龙形卧势。坟地前面，是垣荡塬面，塬面之前，是一片低凹湿地。老年人说，早年间，这片凹地还汪有一泊清水呢，后来渐渐干涸……背靠山峁，面临水泊，是极好的风水。何况塬面坦荡开阔，看得见远处一簇一簇的村落。这片坟地，又是塬面的中间地带，土质肥沃，地面展平。

三跛子钦佩老先人选地的眼光，更服帖他们购买或占有这片土地的能力。他忽然将一颗南瓜脑袋耷拉下来，沉沉地吊下，心里，在诅咒自己的无能，这祖辈传下来的良田好地，硬是被分到别人名下。他三跛子真是愧对祖先，愧对老父咧。

祖坟所占据的这片塬上平地，足有十亩余，呈椭圆形状，土质黄中泛黑，属村庄的上乘好地。村人称它为"十亩塬"或"十亩圆"，表达对这片土地的喜欢。三跛子的老爷和爷爷，就耕种在这里，十亩圆就一代一代养育他们的家族。到了老父手里，局势变故，这十亩圆就归属了农业社，归属了生产队。老父在十亩圆给生产队深翻土地时，吐血累死。那时的三跛子还十分年轻。年轻的三跛子觉得那天的事情奇怪而蹊跷。

那是一个深翻土地、大闹革命的年代，也是一个铲平坟头、反资反封的岁月。村里接到上级指示，凡是"地富反坏右"出身不好的人家，无论旧坟、新坟，一律铲掉推平，播种革命的种子，播上无产阶级秧苗儿。三跛子的祖宗拥有一块肥沃的十亩圆，也给三跛子老爹和三跛子挣得一个富农的成分。平地铲坟是铁定的事情。尽管之前老爹给队长求情再三，队长每次都嘿嘿一笑，把一张脸子仰到了天上："你是富农，不是贫农，一富一贫，天上地下，不铲你这个富农，还能铲我贫农不成？"

老爹心有不甘，战战兢兢说道："铲祖上的坟头，可是遭天谴咧，这也坏我家的风水。你还是手下留情，行个好吧。"

队长瞪圆了一对牛蛋眼，他惊讶这个富农分子吃了叫驴胆，居然敢和他这么说话。"好你个老小子，一脑袋的封建迷信，一肚子的猪狗杂碎，上报到大队革委会，铲你家坟头事儿小，铲你个顽固脑壳事儿就大咧！"

老爹连连后退，队长的唾沫星子洗了他的脸。他退回到深翻土地的社员群落里。

翻地是倒退着翻哩，从地头翻到地心，从地心翻到地根了，地根，便是他家的坟地。

老爹给队长请求，平坟身铲坟头的活儿，由他来干。

队长儿奇怪地瞅他一眼，算是默许了。

那会大伙坐下来歇息，就瞅着三跛子和他老爹铲平自家的祖坟。

只见老爹喃喃自语道:"列祖列宗怨就怨晚辈没有能耐,连自家祖坟也无力保护,遭天杀的除了不肖子孙,还有上头那祸害人的政柴(策)嘿……"

先从古旧坟头铲起,铲平一抔,又铲一抔。三跛子看到老爹的额上,青筋一根根暴起,先是紫青,后是紫红,等到铣头插到爷爷坟头的一瞬,只见老爹仰起青黄脸子,对着天边日头,一声长嚎,一股殷红的血,从他嘴里喷射而出,那血柱底气饱满,在坟地上空划一道长弧,在日光下艳丽夺目……老爹像一根枯槁的树,多年经日的晒,雨的淋,风的吹,在那一刻里倏然栽下了,倒在爷爷的坟头上。

浑黄的坟头涂抹一片血的紫红。

大伙吓得发呆。

队长惊得发呆。

联想到前一刻里,三跛子爹说的风水、天谴一类的话,队长心里毛毛的,放弃了铲坟、平坟的劳动。

次年清明前夕,队长因病咯血身亡,他不是死在坟地里,是倒在去往坟地的土路上。

村人说:"这是报应哩,队长手里铲那么多坟头,平那么多茔地,不报应就日球怪咧!"

联产承包,土地到户,重新划分责任田的时候,三跛子已是成家立业、顶门立户、膝下两个子女的人了。

这是一个重新分配,是祖坟、祖田有可能成为自家责任田的机会。

村庄不大,五六百口人。村民的组成却有两大部分。一部分是像三跛子这样的坐地户,俗语所说的本地人,世代在村庄居住,过去曾有不错的土地。昔日田亩,如今成了自家责任田,是再好不过的大事。另一部分是外地逃荒要饭落户村庄的,俗称外来户,这部分人口较少,过去大多是给人扛活的长工、短工,不曾有自己的土地。祖坟呢,也大都在荒坡野岭、沟梁山峁上。由于众所周知的成分原因,这部分人里出了不少村干部。当时的生产队长牛赤娃是这批人的佼佼者。

牛赤娃大名牛革新。革新是上中学后自改的名字。那会儿"文革"如火如荼，革新的大名儿叫起来响亮。

说起来，牛赤娃牛革新和三跛子颇有缘分，小学和初中，两人都是一个班。两个家庭呢，又是一墙之隔的邻居。小时候墙这边唤一句："赤娃子——吃饭没，一块上学去哇！"墙那边应声道："三跛子——等我一下，咱俩一起走。"就这么，作为发小的他们一起长大成人。责任制这一年，牛赤娃当上了生产队长，而腿有毛病的三跛子被那时的村校校长看中，推荐当了民办教员。

这中间，作为近邻的两家倒也相安无事。如果硬要找点事情的话，就是那几年牛赤娃看上了三跛子的妹妹，穷追猛打。赤娃有情，小妹无意，躲狼一般躲近邻。小妹便早早嫁到外村了。这让牛赤娃亦恨亦憾，心里难以平复。

当了队长的牛赤娃就正儿八经成了牛革新。村巷里，再有人叫他一句"赤娃"，他木着一张脸子装作听不见，二唤，三唤，依旧默然。如唤他一句"牛队长"，或有长者唤一声"革新"，他会转过脸来做出应答。

村里许多本地户的老田亩又划分成了自家的责任田，这自然让三跛子动心，他欲去找隔壁的队长牛赤娃，却被女人一把拉住了。

女人敛了嗓子低声说：

"你就这么赤手找人家牛队长？"

三跛子不解："那还要咋？"

女人道："村里找他的人，都提着一条烟、两瓶酒或三斤猪肉去孝敬的。"

三跛子困惑："去孝敬他个赤娃子？我还享受不到咧。这远亲都不如个近邻呢，料他不看僧面还得看佛面呢。"

三跛子跛着一条腿，如同儿时一般，摇摇晃晃拐进隔壁的院落。

"我的牛大队长，这当了领导就难见着面咧，几次敲门都没人，还忙呐？"

三跛子嗓子亮亮的,还想找到少年时代的亲近感,这感觉却陌生得难以把握,心里虚虚的,没有底。

那时候队长牛革新正端着海碗吃干面,一张硕大的脸埋进海碗里吃得香甜。

许久,扬起一张木然的脸,脸子生硬。

三跛子看到了碗里的景致:白的面条,黄的鸡蛋,绿的韭菜,红的辣椒,比队长那张脸子生动许多。

"我说今儿个就邪(斜)门咧,就好好地来了一个你,真是日头西边出来了。"队长的头依然不抬,他的脑壳上好像长了眼窝。

一声"斜门"让三跛子好生尴尬。早年间上学时,老师上课讲了一个歇后语:"跛子的屁眼儿——斜门。"学生们大笑着,都转头去看他三跛子,此后牛赤娃便不再唤他三跛子,干脆叫他"斜门"了。"斜门"成了三跛子的外号。

三跛子红一下脸,不去理会,却问他近日忙不。

"队里那些烂鸡巴事儿,烦人咧,糟心人咧!"喷出这不耐烦的一句话,牛赤娃连座也没给他让一个,也没一句客套话。

三跛子的主题不知从哪儿切入。

"狗日的坐地户,都想把自家以前的好地分到名下,要在前几年,还不是想复辟么,勒他一麻绳戴纸帽子游乡串村,非消消他们的狂气不可!"牛赤娃气咻咻咽下了最后一口面条,赤娃婆娘款款接了空碗,又款款给男人端一碗面汤。

三跛子的心,被牛赤娃的话揪紧了。

"你小子,如今可日弄美咧,风不吹,日不晒,雨不淋,坐在教室里享清福。现在你是先生咧,教书先生咧,该称呼你三跛子周老师咧,周整齐老师咧,老师光荣啊,你周整齐又光荣又整齐咧……"

三跛子被牛赤娃的一串话击打得趔趄几下,身子仄仄地压在一条跛腿上,差点没倒下。

周整齐是三跛子的大号儿,老爹起的。当三跛子一拐一瘸想起周整齐的大号,心里就一阵苦笑。

这大名儿早已陌生，多年来已被淹没在三跛子的叫唤里。

他到学校当起民办教员后，周整齐的大号，才在教师花名册上、黑板报上，频频出现。从三跛子到周整齐，他渐次享受到受人称大号的感觉。

今天，队长牛革新一句一个周老师，一句一个周整齐。三跛子听出他话里的醋意。

吞吞吐吐，三跛子仗着老邻居的关系，仗着老同学的关系，还是道出了自己的原委，表达了自个的意愿。

"就知道你无事不登三宝殿。就知道你瘸胳膊跛腿心眼儿活。你们坐地户就这么点大出息，好咧，划地时我尽量满足你，谁让咱是邻居哩！谁让咱俩同学哩！"

说完这句话队长牛革新猛喝了几口面汤，汤水击打胃部的咕咚声是对三跛子的一个表态。

十亩圆终没划分到三跛子名下。初当队长的牛革新也没好意思划归己有。但十亩圆却成了队长的干亲家李多福的责任田。

三跛子曾在队长面前询问此事，队长讪讪地道：

"人嘛，得了这头儿，就不能再得那头儿。你当了民办教员，再拥有自己的祖地，就圆满咧，就周全咧，就整齐咧，人一周全就得出事哩。这不好，就像你叫个周整齐的大号，咋能叫这大号哩？你想整齐哩，腿却跛了，一跛一瘸的，哪来的整齐？我这是为你好，你得能理解，你得识赖好。"

三跛子以为队长开玩笑戏弄他，一看那张牛脸绷得死紧，不敢再说什么，便不平地离去了。

李多福是个逢人便笑、弓腰驼背的中年人。自从牛革新当了队长，李多福弯驼多年的腰杆一下挺直了，人前人后说话底气粗壮，啥事儿也不朝眼窝里放。大伙便惊讶他这种变化，都说李多福的干亲家如当了县长，李多福就尿到天上咧！

因三跛子的祖坟地成了李多福的责任田，三跛子就多次领教了李多福的厉害。

那是次年清明上坟的时候，三跛子忽地发觉，他家祖坟坟头，一抔抔黄土瘦小下去。坟头、坟身被人用铣削小了，紧挨着坟身的地，居然也种着麦子。责任田里大凡有别家的坟茔，坟茔占地的面积都被抛去，丈量土地时是非常宽松的。这李多福都把麦苗种到坟根底下了，于情于理都说不过去。还有，每家的地里，都有主人新挖的水渠，夏日暴雨时，洪水顺着土渠流遍全地。可气的是，李多福却把水渠修到坟头上，那里地势高，从那里收集地垄上的水，再顺着水渠流下来。最让人生气的是，除了三跛子老爹坟头间那棵长高了的柏树，其他的小柏树、小杜梨树，还有几颗小楸树，都被人连根砍去。三跛子弄不明白，为何李多福要砍这些无辜小树？这坟茔上树木，并不碍他事体，为啥他下手这般无情？

三跛子尽量压抑着火气找到李多福。

听了三跛子的一番陈述与话语里的质问，李多福一脸的鄙夷和不屑，他朗声回应道：

"在我家地里种庄稼，旁人没有干涉的权力。坟根下的麦苗么，那是拉耧回牲口时，耧眼眼里掉下的麦子。坟头上的水渠，那纯粹是聋子的耳朵，摆设啦，光屁股娃娃都知道，土塬上一年能下几场雨哇？至于你坟地的小树被人砍掉，你这样问我就等同于诬陷人。村人多的去了，凭啥说我砍你的树？是坟地里老祖先告你的么？你三跛子身子拐瘸影子歪，还有啥资格当教员？"李多福胸脯拍得山响，嗓音如同吵架，引来不少围观者。

三跛子脸皮薄，气得一会红一会白。他自知不是李多福的对手，摇晃着身子离开了。

一年一年，李多福的庄稼执着地侵占坟茔，那条水渠也固执地从坟首穿越。三跛子只是清明时上祖坟烧纸祭祀，仅能把坟头被消瘦的土，往里拱一拱，把水渠硬硬的土垄，狠狠铲几铲，口里愤愤骂几句从不敢在人前骂出的粗话："李多福你个割球子的，你伤天害理犯阴德，让你老婆当窑姐儿，让你娃娃当太监……"

三跛子也仅是清明时节这么一骂，一肚子的暗气还得使劲憋着。

三跛子聊以自慰的是，坟头间的这棵弯腰身的柏树，他李多福还不敢轻举妄动。是老爹的阴魂，在威慑着他哩。这柏树便以自由心态，无拘无束地长着，伸展出粗粝枝叶，也扩散着大团大团的神秘灵气。

三跛子此时有些惬意地想：今儿，这片祖坟坟茔地，就是他的归宿了，这棵神奇的柏树，是帮他跨越归宿的桥。在这条桥上，他不是吊着，是晃悠着，只一小会儿，他三跛子就见到久违的老爹了。老爹会引着他，一个一个地拜见爷爷奶奶，还有他未曾谋面的老祖宗们……

三跛子在解自个儿的裤带了。那可是在南方打工的儿子宝孩过年回来时，给他这个当爹的买的一条皮裤带，也是他这一辈子第一次系的皮裤带。宽宽的，厚厚的，黑黑的，沉实，结实。儿子说："这条裤带，老爸能系几十年哩。"他心里说，爹会系到阴间去的。今儿个，他用这条儿子买的黑幽幽的皮带，送自己上路，去见自己的老爹。这条皮带就把周家三代人系到一块了。

老爹肯定会骂他："没出息的三跛子，看你跛着一条腿，你咋这么快就来咧？"

他会给老爹赔着笑说："还不是这条瘸腿疼得我受不住了哇，那可是钻心地痛哩。"

老爹会说："那就到医院好好治么，找个好医生让人家好好看一看。"

他耷拉着脑袋，颓丧地道："医生看过了，是绝症哩，是这条残腿的骨头生了绝症咧！要看，得花几万十万哩；要不看，一天痛于一天。我哪儿有钱哇？咱宝孩辛辛苦苦打工挣几个血汗钱，哪敢用到我这残腿上！爹哎，我早想来喽，这样好，这样见你好。命长命短都是个死，到了还是要下来。这样宝孩不受累，我也不再受罪咧。"

老爹无奈地说："好你个三跛子！你就不知道，好死还不如赖活着么。咱周家门上，一辈一辈往上算一算，哪一个像你这样，一根带子吊走喽？你能受得了，我的老脸也挂不住咧。"

三跛子没敢给老爹说他寻短见的真正缘由。真的不敢，那个缘由让他生了多日的暗气，让他一想起来心就绞痛。那种痛，比病腿的疼痛，还要厉害十倍、百倍，他为自个儿的无能伤心，为远方打工的宝孩伤心……

当三跛子把皮带拴到柏树斜横粗枝上的时候，他发觉他的行为有破绽，那是一个小小的计划上的失误。抽出皮带的裤子，有着宽松的裤腰，他起身拴皮带时，宽松的裤腰须一只手掖着，才不至于下滑到脚面。他惊吓出一身汗来，想着自己脖子探进皮带的套子里，身子吊在柏树枝上，小腿、大腿和半个屁股，就光裸地悬于空中。那可真是丑陋到祖坟咧。他三跛子不能体面地活，上吊总得吊得周正一些吧。

这样，套好皮带的三跛子，一手提了裤腰，一手在坟茔的草丛里揪拽，把蒿草呀、藤条呀拽下来，拧成一条临时的绳子，系在他的裤腰里。

一切收拾妥当，三跛子布满青筋的细脖儿，便往套中探伸。忽地，他顿了一下，停了一下，微微朝后一退，转过脸来，下意识里，他要最后瞅一眼塬下的村落。那是他生活了五十七年的庄子。庄子大小长短的每条土路，布满了他轻轻重重的脚印。放眼下去，他看得见那两排整齐的平房，还有平房前的树木。那曾是村庄的小学呀，他在那里教过八年书的。他三跛子腿脚跛，书教得还成……小学合并到镇上，村庄里的校园便废弃不用，一把铁锁锁住大门。院里的荒草替代了往日的孩娃儿……那棵绿伞一样的梧桐树，正蓬勃着，那是他刚教学的那年亲手移栽下的……算起来，到如今也三十个年头咧……目光离开校园，顺一条村路，一拐，再拐，就拐到一座小院里了。三跛子的目光，有些飘忽和游移，这是玉秀的小院，是给过他三跛子温暖的玉秀的屋舍呢。玉秀院里的一草一木他都熟悉哩。隐约能看出那棵桃树、那棵杏树，还有那棵紧靠墙边的大枣树……在那儿，三跛子的眼窝多瞅了一会，企图看到玉秀的身影在院里走动。眼珠都瞅酸了，院落里依旧空洞。怅怅地，三跛子移开目光，那目光便不自觉地粘在自家院落了。这会儿他不大敢看自家的院子，确切说是院子里的屋舍。

村里最旧最破的屋舍，就属他三跛子的。四十多年的土坯房，还是老父手里盖的。屋脊陷了，房基斜了，土墙的灰皮一片片斑驳……他三跛子手里，值得骄傲的，就是给儿子宝孩儿盖起一排亮堂的新瓦房，他再无力收拾自己的老屋，就让老屋同自个一样老去吧。今儿个，他比老屋先走一步咧，让老舍、老院给自己送行，让院子里的那棵老核桃树作个见证吧……

三跛子深情而使劲地瞅了老院落一眼，脖子一伸整个脑袋进了圈套。那一根好腿用力一蹬，整个柏树晃悠一下，他的身体就脱离地面，悬在坟茔上空咧。

那一刻三跛子只觉得脖子让皮带勒得难受，气管被卡成两段，上段的气儿扩散一下，下段的气就牢牢憋住，憋得一长一短的两根老腿胡乱踢蹬。他不知道上个吊还这么难受，朝黄泉路上走还得遭遭这份罪。脑袋晕眩的时候，两腿却失了踢蹬的力气，人就那么在柏树枝杈上，吊着，吊着……

三跛子并不清楚，自个儿什么时候从树杈上掉下来的。那根斜仄仄横伸出去的枝杈，是粗壮的，是结实的。悬他少许，却不堪重负，从根部断裂，柏枝连着皮带和皮带套住的三跛子掉落到老父的坟侧。

许久了，三跛子才回过神来。他就奇怪那又粗又壮的柏树枝条何以断裂？想一下，深想一下，知是老爹魂魄起着作用，反对他坟茔寻死。三跛子无声地哭泣一阵，哪敢再违老爹意愿？抹一把酸涩老泪，没忘了拾起那条裤带。他摇着、拐着，离开了祖坟和坟头间的柏树。

村校的桐树

三跛子顶着一把油布伞，也顶着淅淅沥沥的雨，一脚高一脚低，拖沓在去往村校的土路上。

夏秋之交的雨，像三跛子这样年龄的人在撒尿，有一股没一股，滴滴答答。哪像年轻那会儿，年轻时腿虽跛，裆里东西却健硕，硬硬的掏将出来，如捏一根山萝卜，随便朝哪儿一尿，哪儿就得承受如夏天暴雨般的冲洗，痛快淋漓。

这季节的雨，下得他心里好烦。天上是湿的，地上是湿的，就连他的心里，也是湿漉漉、潮乎乎的，像遗尿老汉的裤裆。

以前，他的残腿只要一痒痒，就预告着明日的雨讯。雨天一到，那条腿且痒且疼，立不是，站不是，躺卧更不行。心里烦躁，情绪也糟糕透顶。自查出骨癌，再遇这倒霉的雨天，腿部的疼超过以往百倍、万倍。疼起来，如同一万只黑蚂蚁，在一起啃他的骨，在咬他的髓。在自家的破屋里，他忍不住一声声叫起来，震得房顶的土屑，连同那些攀爬的臭虫，伴了雨滴朝下掉。

三跛子心里清楚，这骨头的绝症，会一日甚于一日，说不定哪一天，他会疼倒在土炕上，站立不起来。到那时，卧在炕上，不能自理，吃哩、喝哩、尿哩、拉哩，他的土炕就成了猪圈，成了茅房咧。他会死在一摊肮脏里，让自个儿的粪便掩埋了尸体。

三跛子毕竟当过教员。他是个有自尊的人。他不让自己那样窝囊死去，他得死得体面一些，死得有一些意义。这个意义是什么？一时也说不清，像眼前这混混沌沌的雨天。他得尽快采取行动，不可以坐以待毙。上吊的方式是几经犹豫之后确定下来的，雷也打不动了。在此之前他曾选择过，考虑过几种死亡方式。在山庄，无论传统或是现代，无论往昔还是眼下，人们选择死亡的途径，无外乎以下几种：跳井投河、跌沟掉崖、服用毒药、剪刀割腕、脑袋撞树、悬梁自尽、绝食饿死、触电身亡、头栽茅坑……

三跛子所在的村庄是没有河流的，塬面的凹处曾有过一汪水池，泊了一人高的山水，十年前水量渐小，以至于一天天干涸，就免了这一条。

村子里倒是有不少水井，甜水井、苦水井，都是浅水井，淹不死，摔不死，还得活活受折磨，这一条显然也不行。

跌沟掉崖也死不痛快，死不利落，弄不好摔个半死，还得喂蛇蝎野狼。这根本不是三跛子的选择。

服用农药包括灭鼠药之类,三跛子觉着这样死,未免太猥琐,堂堂正正一个人,咋能像虫子、耗子一样,让药水活灌死?不成。

剪子、刀子割手腕?三跛子下不了那样的狠,见不得自个的血,万一割不死呢?还得忍受皮肉痛。

脑袋撞树这念头曾经一闪,三跛子便否定了。撞树得有力气,选一棵粗壮的树,到了树根下,择一片大致方位,便需后退,再后退,同大树拉开一段距离,猛烈地朝大树跑去,跑的速度,越快越好,脑袋认准选好的位置,靠了奔跑惯性,奋力一撞,只觉眼前一片混沌,或一片黑暗,便人事不省,便脑壳开花……这种死,倒有几分壮烈,倒有几分豪气。三跛子却空怀了羡慕。亦跛亦病的腿,根本无法带他跑动,何况还得暴烈地快跑?对这一条,三跛子心有余,力不足。

绝食饿死,三跛子不是没想过,自个命贱,一冬一夏不知吃饱是啥滋味,好不容易到了土地责任制,肚子才算能吃饱,饿了半辈子的他,死呀死呀还当个饿死鬼?三跛子把这一条翻过了。

至于触电身亡,三跛子一想到这里,就浑身发麻,浑身起鸡皮疙瘩。他是个谈"电"色变的人,以前拧电灯泡时曾被电打过,一下把他从炕上击打到炕下,那种击打让他一直恐惧不已,他害怕电老虎,就像后来害怕村干部牛赤娃一样。他是不会摸着电线去见老爷的。

还有一项是头栽茅坑,哦呀呀,听一听就窝囊哩!这是最没出息的人才会干的事,死也死得不干净。三跛子小的时候,听说过村上一老汉栽茅坑而死。栽茅坑强调一个栽字,不用跳呀、蹦呀、投呀,关键就是头要朝下栽哩!庄稼活儿有栽葱、栽树哩,那是拿了一头朝土里栽哩,栽茅坑是自个的人头朝茅坑里栽!你想想,一般都是满满的一坑茅粪,亦黄亦绿、亦黑亦红,绿头苍蝇在四周飞舞,长短茅蛆儿于坑沿攀爬。忽然,就有一颗苍老的脑袋栽了下去,砸了进去,连同一段苍老身躯。茅坑失去了宁静,红红绿绿的粪汁,激溅了半人多高,苍蝇愤怒叫嚣,茅蛆儿欢快翻滚,待一切平静下来,只见又增高许多的茅粪坑面上,最后冒出一串儿气泡儿,带了微弱声响,宣告一个生命的终结。说实话，这种臭烘烘的死法，是颇需勇气的，他三跛子还没这勇气哩。

就剩下悬梁自尽了。

古人可真文雅，把那么凶险的事情，用这么文雅的字眼表达，还多少有几分诗歌的境界，在房梁上拴一根绳子，拴一个套子，踩上木凳，身子就在空中悬起……

三跛子没有这诗意。确切说，三跛子没这诗意条件。他的屋舍，老室旧墙的，房上哪有拴绳的大梁？只有几根被秋雨洇湿的椽子，那椽子的细，宛若他精瘦的胳膊，万一拴上去，套上去，吊上去，人还没勒死呢，屋顶就整个儿塌下来……

三跛子的目光投放在屋外，屋外的地场阔哩，眼界宽哩。院里，村里，地里，哪儿都是他熟悉的地方，哪个地方都有适合上吊的树木，熟悉了就亲切了，选一处熟悉亲切又有纪念意义的地方，选择一棵具有纪念意义的树，对三跛子来说，不是太难的事体，却有些纠结的麻缠。此时三跛子走在如泪秋雨中，也走在心事迷茫的悲凄里……

他朝村庄小学走去。

这是一条相对宽敞的土路。这条路，三跛子来来回回，一走就是八年，就是闭着眼窝，他的两条跛腿，也能一拐二拐，拖他走到村校。

以前这路儿，是光洁干净的路，那是上学、放学的孩娃儿用双脚踩出来的，是两只小手手，拿了笤帚扫出来的，孩娃儿不仅仅要清扫校园，还要清扫这条每日必走的土路。路清爽干净了，就像那个时候，他三跛子清爽干净的心。

三跛子当民办教员，是被当时的校长相中的，校长是他读初中时的语文教师。那会儿局势有变，除了四害，所有学校都抓教学质量，教员队伍正是青黄不接的时候，校长想到他曾教过的拐腿学生周整齐。

周整齐腿虽跛，心却细，能写一手周正大方的钢笔字，会推算复杂麻烦的代数题，值得提及的是，他有写作天赋，作文篇篇在班里传阅。这样在他初中毕业多年后，语文教师当了村校校长，推荐民办教员时，自然想到跛子学生周整齐。

村校校长提名，大队支书同意，乡镇联校批准，三跛子又被人唤作周整齐，进了村校当教员。

校长没有看错人，周整齐真是个教学的料儿，除了体育课，其他各科都能代。这周整齐既听话又勤恳，校内的几块黑板报，半月他就换一次，大标题小标题，又是黑体、又是仿宋体，边花插图，一块黑板报，让他打扮得整齐又花哨，内容还讲究个知识性、趣味性。

周整齐是个闲不住的人，课余了，拐着一条腿，喜欢在校园里转悠，他的转悠是走动，不是散步，慢慢地走着，两只眼窝四处打量，看边边角角里有没有堆积的杂物，看旮旮旯旯里有没有未清理的垃圾。发现乱堆的杂物，他会把它们摆弄整齐；见了死角的垃圾，他自然会及时清理。尽管各个班级有属于自己的卫生地段，但娃子毕竟还小，收拾时毛手毛脚，丢三落四。周整齐会掂起一把扫帚，细细地把院落扫过，把树叶和纸屑扫起，把属于垃圾的东西倒进垃圾圈内，把扫下的一层细土，用手掬起来，填在院落的低洼处。

春秋两季的时候，校园里的白杨树长势正欢，直挺挺蹿向蓝天，还撑一把绿叶的伞，不免有旁枝横条，斜刺里长出，把把权权，不守规矩。周整齐会找一根长长的木杆，笔直的模样儿，一头儿紧紧拧着钢铲，钢铲的刀刃，磨得锋利。民办教员周整齐举起铲杆，在一棵一棵杨树下，奋力上戳，把影响杨树生长的枝枝权权，通通给铲下来……他铲得极仔细，极卖力。远处，端着茶缸的老校长咂着茶水，看着周整齐的劳作，美滋滋地点着花白头发的脑袋，意味深长地道："小树成材要括打，小娃成才要克打，这就对了。"

校园里还种有几排冬青，春风拂掠那些绿色叶片，叶片便不知好歹地疯长，长长短短，高高低低。民办教员周整齐的两腿有长有短，走路有高有低，但他不允许校园的冬青太随意，没个整齐的样。这样他就掂起一把沉重的铁剪刀，修剪了所有冬青。经他修剪的冬青像一排排列队整齐的学生，装点着春天的校园。

教员们打趣说："周老师哇，你把校工和园丁的活儿都做了，学校里该多发你一份工资呢！"

周整齐的脸有些发红，收拾着残枝断叶，不好意思地说："俄就是这个贱命，动弹惯了的人，一闲下来就闷得慌。"

见他脸上有长长短短的汗渍，女教员田玉秀便拿了一条湿毛巾，让他揩汗，同时把他肩上背上落下的冬青残叶儿，一片一片地细心摘下。

"周老师，你可真是个勤快人，以后有时间了，帮我看看教案，补补数学，那会上学时学的，都给荒废了。"

同样是民办教员的玉秀，眨动着一双诚恳的眼，在这样的眼睛面前，周整齐连连点头。

这样，除了上课，除了主动干校园的一切杂务，周整齐就有计划、有步骤地给同行田玉秀辅导一些功课。

这一年3月，周整齐在植树节这一天，为纪念当上民办教员，在办公室前面五尺远的地方，栽了一棵梧桐树，那是一棵法国梧桐呢。

梧桐树青白的身躯，硕大的叶片，一枝一杈粗粗壮壮。这种桐树属于风景树，长不直，也长不太高，旁枝斜杈，纵横交错，颇有一些诗意。那么在一年的三个季节里，春夏秋的日子，民办教员周整齐的窗前，就交织着一团儿绿色诗意。

周整齐的心里，也有一团儿朦胧的诗意交织，他咋能说得清哇，无法说清。就是每次走往田玉秀的办公室，或是玉秀来他办公室里时，那团模糊的诗意，就渐渐充盈了。

这可是从来没有过的呀，从来没有过。婚前，那时应称三跛子，三跛子从未敢对村里有姿色的闺女多看两眼。看也是偷偷一看，因为那些姿色女子，就从未看他一眼。结婚是因为老母托人费心地从后山给他说了一个柴火妞儿，他对柴妞儿从未动过心。虽在一炕里睡着，虽在一锅里吃着，虽在一院里走着，虽在一块地里动弹着，三跛子也不去多瞅柴妞儿一眼。三跛子难得好脾性，从未和柴妞儿红过脸。柴妞儿给他生了女儿宝凤、儿子宝孩，他从内心感激，却从未去真正动过心，没有过心跳加快的感觉。柴妞儿是他的老婆，是他儿女的妈，更像是他的一个邻人。这些，他三跛子只自个知晓。他一个拐腿的人，走路摇晃的人，和柴妞儿一起，把日月过得稳稳当当，就烧了高香。

当了民办教员的三跛子就成了周整齐。民办教员周整齐给民办教员田玉秀辅导功课时，心里像蹦着一只公野兔子，一会儿跳塬上，一会儿又跑到坑里，为了平复自己，周整齐就使劲闭一会眼窝，待睁开双眼时，却看到田玉秀高高耸耸的胸脯。薄薄的衣衫里面，分明藏两只雪白的兔子哇。周整齐的眼窝直了，脑袋晕了，那一团朦胧的绿色诗意，又在眼前幸福地交织。

固执的交织也仅仅是个交织。民办教员周整齐还是顽强地从自个交织的网里，一次次突围而出。

他有老婆柴妞儿，有女儿宝凤儿，有儿子宝孩儿，有家有室有光景的人，咋还能有这多余的想象的交织？

民办女教员田玉秀属于那种实在又心善的女性，她对周整齐的请教是诚意的请教，自己的文化底子差，对文化基础好的周整齐就多出几分佩服。周整齐的多才和勤劳，滋生出她女性的一份爱怜。

周整齐便在这种既兴奋又克制、既忙碌又充实的教程里，过着他民办教员的生活。

周整齐恋村校，就像恋自个儿的家。他不同于其他民办，整日泡在自家责任田里，把给娃子上课当成顺路捎带。周整齐觉得校长要他，是看重他，他就不能辜负校长。村校接纳他，他就不能辜负家长。孩子们眼巴巴听他的课，还唤他周老师，他就不能辜负娃子。他得对得起自己的良心。

当民办教员的第二年，村校门房老头病了，且一病不起。校长需物色一个干净利落还勤于动弹的人，因为得看点打钟，得分发报刊，重要的是得晚上住在村校，照看校园财产、桌椅板凳、书本报纸什么的。老校长正挠那一头白发的时候，周整齐进了校长室。

问："校长，你看我像个看门房的老汉不？"

答:"要说身形还真像。"

问:"你看我干得了看门房的活计不?"

答:"当然,你能干得了。"

问:"既然我能干了,你发愁啥?今儿我就把铺盖卷抱了来,上课门房两不误。"

答:"只是苦了你周整齐,让老夫心里过意不去……"

问:"嗯嗯,有钱难买个'愿意'二字,这不是你以前教我们的?"

答:"嗯,老夫心里明镜似的,你是为老夫分担忧愁哩。"

从此民办教员周整齐又兼了门房老汉。不过,他并没在门房住,而是住在他心爱的办公室,那只操纵全校作息的铃铛呢,就拴在他亲手栽植的桐树上。

这样,大清早起来,周整齐会先挑两担水,把属于校园的铺了青砖的院子和另一处土院洒些清水,清扫一遍,六时四十分,他准时地掂起一把铜锤儿,步到桐树树杈下,以铜锤儿敲击铜铃,清脆响亮的铃声,先把校园敲醒,再把村庄摇醒,这是晨习的预备铃声。铃声里,村民咳嗽着,从自家的土院里步出,就有三三两两的娃子,朝村校这边蠕动,晨读是一天的正式开始。对面的塬上,村民吆牛唤驴的耕作声此起彼伏,这边的校园每排教室里均发放出响亮的读书声。孩娃读书酷似小公鸡学打鸣,先伸直了脖颈,再扬起小脑袋,嘴巴大张着,吟出一段段的课文来。

此时的校园,晨光照在梧桐的叶片上,叶子便绿出光泽。周整齐的脸子也涂着一层光亮,他拿了课本,在梧桐树下来回走动,或朗读一些时新散文,或背诵经典古诗,他不会像孩娃那样大声朗诵,只是轻轻地读着,吟着,记着,也品味着。

再一次掂出铜锤,再一次击打铜铃,是正课的开始,校园里会静下来,如一群蜜蜂钻进蜂箱。每一个教室里,只有讲授的声音。这时的周整齐如没课,会把昨晚分好的报纸和信件,分别送往每个老师的办公室里,他腿虽跛着,走路却轻巧快捷,他不让瘸腿生发出半点噪声，以免影响娃子上课。

闲暇里，周整齐于梧桐树下砌了一方桌形砖坛，此后他便可以坐在砖桌边，在梧桐叶片过滤的日影斑驳里，给娃子们批改作业，给田玉秀讲讲语法，特别是定语、状语和补语的区分。傍晚的暮色里，老校长顶着一头苍发，端了泛黄的茶缸，坐在砖桌边，同他聊些陈年旧事，唠叨些生活零碎，感慨些尘世沧桑。

一天里最后一遍铜铃敲过，铃铛就把暮霭唤回到校园。这时的周整齐会爱怜地拿手掌将铜锤轻抚一遍，收拾起来，陪了小心放在抽柜里。他轻易不让其他人去碰触它，或不恭地把玩它，不行，他觉得铜锤与铜铃是不可分割的一体，是具有灵性的宝物，像司号士兵腰里的号角，其他人能随意触碰么？偶尔有娃子掂了它，敲东打西，他会一反常态，厉声呵斥；同事欲把玩它，他总把铜锤藏起来，不让轻易得手。有人私下开玩笑说在周整齐眼里，那把铜锤比他的跛腿还要看重哩。

民办教员周整齐隔三岔五夜晚挑水，浇他那棵梧桐树。

一拐一瘸的，在校园里巡视一圈儿，再查看一遍，角落和旮旯也会深瞅一眼，没任何异常了，他会闭合两扇大门，挂上一把铁锁，再慢慢地给梧桐浇两担或三担清水。

梧桐树下，早有他拢起的一圈土垄，让蓄水呢，泥黄的水汪在土围里，慢慢滋润着梧桐。

梧桐长得壮且打眼，粗粗的枝条，青白的表皮，叶子却绿得让人心醉。梧桐也仿佛很有灵气，用这样的长势回报栽植它的周老师。

冬日，北风呼啸着，雪花在打漩。周整齐事先在梧桐树身上绑了一层保温的稻草，又在主枝旁杈上缠上布条。那年冬日奇冷，村里冻死不少树木，这棵梧桐和校园的其他小树一样，因了周整齐的护理，平安越冬。

五年后一个秋末，学校雇车买回一车焦炭。要到村校厨房，必经周整齐的办公室前。那时候周整齐正坐于树下一侧砖桌边，专心致志改作业，那个三轮车经过身边时却一个颠簸，靠近他的那个轮子内胎爆裂，负重的车身一个倾斜，直朝周整齐倒来……周整齐与三轮车之间仅隔三尺余，这三尺间却长有那棵梧桐树，那时的梧桐已粗壮起来，它以青春的身躯，抵挡了三轮车，虽被撞击和挤压得歪斜，却护佑了它的主人。

周整齐且惊且怕，他想若没有梧桐，那辆笨重的三轮和一车斗的焦炭，将压扁他的血肉之躯，或者压到他的另一条好腿上，那他就彻底成了废人咧！他吓出一身汗来，对这棵梧桐多出一些感恩，更多了一些殷勤。

梧桐长到第八个年头，已完全成了一棵大树，他周整齐，也成了一个资深的教员，当然，还是民办教员。

这一天，村委会的喇叭破例地叫唤周整齐的大名，让他到村委去一趟。那时候周整齐正和老校长走了个对面，他奇怪地看校长一眼且带了疑问。老校长心事重重地对他说："你去吧，去了就知道咧。"

接待他的是村委会会计。留着偏分头的会计说："老周，经村委会研究决定，你从明天起不再担任咱村民办教员了，你现在就可以回去收拾东西，和学校办一些相关交接手续。"

"什么？"民办教员周整齐惊讶无比，困惑无比，他还准备着考试转正呢，怎么会有如此变故，说不让干就不让干了？

会计是他八年前刚去村校时，教过的六年级学生，这娃娃高中没毕业，回村当了会计，当了会计的学生居然叫他一句老周。

会计显然不甚耐烦，偏分头甩了一下，也甩出一句硬话："村委会决定的事情，还会有错？村委自有村委的安排。"

周整齐无法细问村委的如此安排，他得细问老校长去。

脑袋忽然晕起，且嗡嗡作响，像几年前的小三轮重新发动，朝他碾压过来。

他颠簸着倾斜着身子，去向校长讨个说法。

老校长是昨晚知道村委决定的，村委不是征求校长的意见，是告知他这一决定，当时校长曾和村干部争吵起来，吵得一张老脸通红，一头白发颤抖。

校长抖动着一头白发，找到乡教办（联合学校），气愤地声讨村委不近人情又不利工作的决定。教办主任静静地听过，微微笑着，给老校长冲一杯茶，点一支烟，平和又平淡地说："老校长，你老也知道，咱乡教办只管民办业务，不管民办人事，村里出工资，咱只给补贴，大权在人家手里，咱只有建议权，你老也别激动，胳膊拧不过大腿的。"

老校长长叹一声，无奈地回到学校。

乡教办主任目送老校长的背影，也长叹一声："哎，老了就一塌糊涂，该办退休手续啦！"

周整齐含泪整理属于他的书本、被褥，他就要告别八年的民办教员生涯，就要回归田亩，就要重新当他的三跛子了。

教员们一个个安慰他，或长吁短叹，表达惋惜，或义愤填膺，表示不平。周整齐含满热泪，把这些安慰一一记在心里。无人的时候，民办教员田玉秀进来。玉秀早已红了双眼，显然私下里悄悄抹过泪儿。她不像其他人做无用的安抚和劝说，她要找一些原因，征得一个猜想。

"三哥你想一想，村委咋会无缘无故裁你一人，是不是哪些地方得罪了人家干部，目标再往小里说，得罪了我那个远门子表哥牛赤娃？"

这回玉秀没叫周老师，叫了一句三哥，这倒叫周整齐心里暖一下。

牛赤娃牛革新现在早成了一村之长村主任，周整齐使劲一想，哪敢得罪人家大村主任，再苦苦一想，哟，曾有一事，不知算不算得罪。

原来，牛村主任家的二十岁的大儿子看上了周整齐十八岁的女儿周宝凤，小伙子死缠烂追，宝凤就是不答应，村长家还派了村婆儿来说媒。周整齐是个民主的家长，虽说柴妞儿已病殁，是他巴结一女一儿长成人，女儿的脾性他知道，那就是一百个不愿意。

周整齐如此说过，田玉秀心里全已明白。"周哥，你可把人家得罪深啦，这叫尿泡打人，虽说不疼，却骚味难闻，人家心里恨你哩。"

"这……"周整齐没想到，儿女的事也这般得罪人，一码是一码，他大村主任还有心胸没？

书本一包，铺盖一卷，这样一手提着，一肩扛着，民办教员周整齐最后给老校长深鞠一个躬，给心爱的梧桐树深鞠一个躬，转身走出了村校。

走出村校的周整齐就又成了三跛子。

村民三跛子事后才知道，裁他之后，村校去了一个女代教。女代教是邻村一个姑娘，也是村主任牛革新未过门的儿媳妇。

秋雨打着三跛子的脸。

秋风吹起三跛子破旧的衣衫。

今日走往村校的土路上，秋草在秋雨里挂着泪滴，像一个伤心者暗暗哭泣。

三跛子知道，这条路，废弃快十年了。十年前，撤乡并镇时，村校也一起并往镇里。这座有了上百年历史的村校，也就成了两排空旷的房屋，一片荒弃的地场。

三跛子执拗地走到校门前。

他曾熟悉的两扇木门紧紧关闭着，还悬了一把铁锁。木门已乌黑斑驳，铁锁早已生锈。可笑的是，紧靠大门的院墙却塌了一面，露一处高高低低的残缺，这大门锁得毫无意义。

三跛子从塌墙处，并不费力地跳进校园。

校园里满长了荒草，有野扫帚苗、臭蒿、刺丹等，半人高的样子。因不速之客闯入，有野兔或是野猫一类的东西惊吓着在草丛里窜了一下。

三跛子走过曾经的校长室。

老校长自他被村委裁减的三个月后，办了退休手续，在三十里外的老家，养老赋闲。

三跛子走过民办教员田玉秀的办公室。

玉秀是合并学校的那年,辞去民办的,教师转正考试她没有通过,在外地煤矿工作的老公又意外死于井下,年岁渐大的她也无心再教下去,就识趣地回到村里。

三跛子一步步走到自己曾经办公和居住的那间房子前面,其实是走到了那棵久违的梧桐树下。

细细算来,这棵梧桐有了三十多年的树龄,是他初当民办时亲手栽植于此的。梧桐见证了民办教员周整齐的八年充实且欢乐的岁月。那是他人生的辉煌阶段。

他在树下看书、备课、敲钟、喝茶,高兴的时候,双手攀了粗壮的枝杈,把身子悠起来,荡起来,孩童般玩耍一回。

树下,他用砖砌起的桌坛的边角已有残缺,桌面早已风化。这一切都在诉说,他的教书日子,已消逝在遥远的陈旧里。

村民三跛子此时踩着陈旧砖坛,扔掉布伞,把手里的那条皮带拴到粗壮的树杈上。当年,这里是悬吊铜铃的地方;今儿,就要拴上挽成套子的皮带,把自个悬吊起来。让梧桐最后见证他的死亡……

一阵秋风刮过,从硕大的梧桐叶片上,落下成串儿水珠。这水珠拉成一线儿,不偏不斜,灌进三跛子脖颈,又从脖颈,湿进腰里,他猛然一凉。几乎同时,他听到树上有鸟儿的啼叫,还有,铜铃的叮当,那是记忆深处清脆动听的声响,是诗样的鸣唱。三十年河西,三十年河东。说不准,再过几年,村校又召了学生,这棵美丽的梧桐树上,又悬挂铃铛,树下,又有成群孩娃在嬉笑和走动。可是,孩娃们不敢,不敢接触这棵树,视它为不祥,视它为凶险,因它曾悬吊过一个跛足的农人……

三跛子眼前,尽是"作孽"二字,这一辈子,他没有伤害过一个人,死哩死哩,却无意中伤害往后的孩娃。三跛子狠狠地自骂一句,三跛子,你腿跛了,脑袋也让驴踢了么?

抽下皮带的三跛子,孤孤地站在雨雾里。

他的瘸腿,钻心的疼。

玉秀的枣树

瘸腿疼到极致，三跛子就吃止痛片。起先三片五片，后来十片八片，再后来呢，就一把一把吃进嘴里，像年轻时吃炒熟的黄豆儿。

腿疼没有减轻，他的胃却被吃疼了，他便改吃药片为喝白酒。

酒是村里代销店的散酒，便宜，三块钱就买一瓶。散酒度数却高，六十二度，一口喝下去，嗓眼里像滚动一团儿火苗；二口咽下去，火苗就在肚里燃烧；第三口灌下去呢，日怪，被驴踢过的脑袋，就晕起来，眩起来，身子就想飘起来。

这样的时辰，三跛子的病腿，便发麻，发木，便铁一样没有知觉，任由身子拖着，走在来往的村路上。

代销店小老板是一小老汉，小老汉眯缝着眼窝打量他，生发一串笑。"你狗儿的三跛子真是大斜门儿，本事不见大，酒量却见长咧。你该焖上猪肉粉条子，再拌上花生米呀——那就是神仙咧！"

三跛子没那个口福。女人柴妞儿早已殁去；女儿宝凤早已远嫁他乡，还跟了老公在南方打工，一年只有过年时看望他一回，还匆匆忙忙的；儿子宝孩常年不在家，儿媳在家却在镇上，给上小学的孙儿做饭呢。他跛子让谁给他焖菜呀？不用，都不用，三跛子有三条黄瓜、两根大葱就够咧，那就是顶好的下酒菜，就吃出极大声响，咂出嗞嗞美味。

一两下肚，三跛子面红耳赤，气涌丹田；二两下肚，三跛子想入非非，蠢蠢欲动；三两下肚，确定目标，眼前幻化出田玉秀形象；半斤喝下，他就敢一摇三晃，于暮色里朝着田玉秀的院落走去。

田玉秀命苦。教员没有转正，丈夫又死于井下，一个宝贝儿子，无奈又顶替丈夫名额，也在井下受苦。成了农民的她，整日在家，种五亩薄地，看两个孙儿，亦闲亦忙，平淡度日。

基于当民办夯实的那些根底，细心的玉秀对鳏夫三跛子多有照顾。丈夫留下的衣裤，改一改，裁一裁，改装成三跛子能穿的。隔一段时日，她会到三跛子的院里，给他洗衣物，拆洗被褥，收拾里外。有时她做下好饭，也会叫三跛子到她家去分享。三跛子呢，自然不会冷落守寡的田玉秀，人心换人心，八两换半斤呢，他腿虽瘸，人却勤恳，田玉秀的五亩地，他抽空打个帮手。他会犁地、耙地，还会随着瘸腿的摇摆去摇耧；他会锄地打垄，还会细心地作务棉花。有一样他不行，他挑不了茅粪，挑茅粪不同于挑水。他挑得了水，桶里可以盛多半桶，净水即使洒在路上也不打紧。茅粪洒路上，会遭人唾骂哩。三跛子却是灌粪高手，一担茅粪放在地头，拿了芦葫瓢舀了一瓢，灌进棉行里。粪水灌进合适位置，太靠近棉花，会烧死棉苗，太远了，又粪力不足，三跛子会掌握好分寸，灌得快速利落。田玉秀家的棉花，长得很是出色，夏日里青绿浓郁，秋日里棉桃如雪，晃白了乡人的眼窝。

玉秀的院子里，点缀有两棵树，东墙根是枣树，西墙角还是枣树，东墙根是脆枣树，西墙角是木枣树，粗眼看去，两棵树都如三跛子样歪着上身，表面很质朴的样子，都疙疙瘩瘩，都黑褐颜色，都粗糙且丑陋。将脸子凑前去细瞅，却能看出些许区别。东墙根的脆枣树，皮子褐灰，有淡绿的青晕，条纹密集细腻，排列得体自如，树身、树枝的疙瘩也小小巧巧。三跛子拿手抚去，貌似涩巴的皮子，却着实光滑。八九月里结下枣呢，当然是脆枣了，模样俏皮，皮儿透些光亮，咬一口，甜脆，蜜样的汁液漫上牙床，就甜浸到人的心里。西墙角的木枣树，村人叫木疙瘩枣，树身、树枝，线条粗糙，大小疙结遍布，树皮也泛黑，纹路宽厚深长。结下的木疙瘩枣，皮厚，肉肥。生吃时，一咬，木囊，皮，筋，没味儿。木枣儿却能存放，晾到厦坡，晒到屋顶，一个冬季下来，年关春节时，皱了皮子的木枣，皮儿深红，颜色深沉，这时候再吃，甜、绵、酥、香、肉，醇味悠长。

年年收枣时节，玉秀便有了自个儿的筹划，三跛子呢，被玉秀请了来，作一个筹划的参谋。三跛子心儿细，就提前备好竹竿儿、簸箕、老式木斗、柳条圆子，还把几条口袋扫了又扫。他把筹划说予玉秀，脆枣儿放小斗、小缸里，好蒸枣儿馍，吃枣儿糕，腌酒枣儿；破了皮伤了肉的呢，酿它一缸两缸的枣儿醋；木枣儿装在袋子里，晴天里就散在屋顶上、瓦沟里，一月两月地晒，好存放，好给过年备用。

玉秀常被三跛子的周到和细心打动，当民办时，他是个周到细心的好教员，回到村里，又是个过光景的有心人。她对这位三哥的感激，是无以复加的感激。

打枣这天，三跛子早早来到玉秀家，拿了绵笤帚，先把土院清扫一遍，扫出一片少有的清净，扫出玉秀干干净净的期盼。三跛子又将玉秀家的旧席新席、棉垫床单悉数抖搂出来，齐齐铺在树下，铺出一面宽大的炕来。鸡鸭上午是不准放开的，圈在窝里，锁在笼里，不许它们出来乱跑乱拉。小花狗很乖，晃着尾巴看稀奇，知道家里今儿非同寻常，就站在台阶上走来走去。

三跛子腿跛，却很会上树，光溜笔直的杨树，双腿钳子一样夹住，双手镊子一样抱住，一蹿一蹿，就上去了。枣树枝杈多又都是疙瘩树结，双腿夹住一处，像钉铆嵌在那里，两条胳膊便可自由运作，如在地上一般。

三跛子在树上拿了竹竿儿，树下玉秀仰脸叮嘱："三哥，你可留意点，打多打少无所谓，贵贱别把你掉下来——"

三跛子一笑："树上掉下的，只能是枣子，不会是三哥，拾你的枣好咧——"言罢，第一竹竿就括打出去，早已熟透的枣子，雹子一样扑碌扑碌落下来，接着，二竿、三竿打出去……三跛子打枣儿，只打枣枝枣叶儿，不伤枣子本身，运竹竿的双臂，有轻有重，有急有缓，这就忙坏了树下的玉秀。

整整半个晌午，脆枣树和木枣树上，枣子、枣叶全稀疏下来。三跛子建议，把最高枝头的枣儿，就留下来，让枣树爷爷也留几个娃娃过冬，来年呢，还要指望着好好结枣呢。这样，每棵树梢上，都挂了一串红嘟嘟的枣儿，在轻松了的树枝上，在深秋的凉爽里，活蹦乱跳着，尽情展示一串串迷人的紫红。

那些摔破皮肉，又一时吃不动的枣子，三跛子就帮着玉秀，把它们酿成枣儿醋，再一坛坛淋出来。田玉秀堂屋的桌下，揭开桌帘，一排三四口的瓷坛儿，泛一些光亮。从容地揭了盖子，顿时，屋里溢满枣醋的醇香。

整个的劳作过程，三跛子是踏实而投入的，就如同多年前帮玉秀辅导功课的投入一样，他心无旁骛，埋首干活，这也正是田玉秀欣赏他的地方。

浓郁枣醋的醇香，不足以让三跛子陶醉，让三跛子陶醉的，是代销店的散装白酒，不仅仅陶醉和晕眩，还幻化出许多美妙图景，产生许多刚烈冲动，还赋予他朝美妙图景走去的勇气，他走得急切，义无反顾。

三跛子是在一个夜晚的酒后朝田玉秀屋院走去的。以前的两次酒后他曾动过去的念头，往往走到半路就打消了想法，骂自己是混账东西，借酒撒疯去欺负一个寡妇，也不撒泡猪尿照照自个儿的南瓜脸，骂着，不由抽自己的耳光，扇得噼啪作响。这回不，这回三跛子酒喝得不少，任何的犹豫和纠结，也难以阻挡他颠簸前行的脚步。

还好，刚入夜，玉秀尚未插大门，三跛子斜着身子进来，随手插上门。小花狗汪汪地叫了一声跑过来，见是熟悉的瘸身形，就乖乖摇起尾巴以示友好，以示亲密，三跛子朝花狗踢了一脚，心里骂道："你三爷要和你家主人亲密呢，你凑啥热闹？一边待去！"

那时玉秀正在灯下织毛衣，是给三跛子织呢，听外面花狗的叫声，还有一轻一重的脚步，知是三哥来了，刚走到厅门口去接，三跛子就歪歪扭扭倒进玉秀怀里。

三跛子一头扎进怀的温存里，欲叫欲哭，欲疯欲狂，终了只是静静地流泪，静静地用脑袋去拱那一片高耸的温柔。

玉秀这样中年女性的胸是开阔丰腴的胸，就如同山塬上那片"十亩园"，博大而丰肥。这片塬今儿就交给了三跛子，任由他去开垦和耕耘。

三跛子浑身颤抖着在塬上行走，他揭去了塬面上所有的披挂，他真正领略了有些阅历和沧桑的土塬，那种秋色迷人的曲线，那种撼人魂魄的凸凹，那种激越人心的起伏，那种任你颠簸的包容，那种配合你共同抵达爱潮彼岸的实惠……

三跛子在塬面上，变作一柄犁铧，他使尽浑身力气奋力耕耘，走进白云飘忽中，犁进秋草纵深处，终了如一只土塬公狼，生发出惬意释放的嗥叫。

玉秀则像一只绵羊般，温顺地用温热毛巾给三跛子揩汗，从额头直到脚指头，揩完了躺在他身边，轻轻拍着三跛子，像年轻时拍着她的儿。

玉秀："三哥，你夜里每次来，咋都喝了酒？"

三跛子："我不喝酒就没有来的胆量。"

玉秀："三哥，以后夜里，想来就来，不用喝酒的，我玉秀的大门，给三哥开着。"

三跛子："秀儿，你待我，太好哩，村里只有你把我当人待哩。"

玉秀："你就没有娶秀儿的打算么？"

三跛子："秀儿愿意嫁我，我就敢娶，好歹这一辈子也做成这一样事儿。"

那时候三跛子和田玉秀紧紧搂抱着，三跛子将整个身子嵌进玉秀怀里了。

那以后的夜晚里，三跛子隔三岔五便到田玉秀的屋舍里来，说些零碎生活，筹划二人的大事儿。

这一夜三跛子推开田玉秀虚掩的大门时，同往日一样的，小花狗儿在蹦跳着迎接他，同往日不一样的，是院子里放一辆摩托车。

三跛子知有来人，哪敢贸然入内？他悄然躲于墙角那棵枣树背后。

断断续续，三跛子听出是玉秀的儿子，他从矿井回来劝说他妈来了。

"妈，你不嫌丢人，我还嫌脸红哩，你就不知道我的赤娃叔，说得有多难听哩！"

三跛子听出一些惊觉，听玉秀儿子说出赤娃叔，那不就是牛赤娃儿，不就是村干部牛革新么，他对玉秀儿子说了啥？

"大老远的他牛赤娃找到你，就是为了说你妈的坏话？就是为了坏你三叔的名声？他，他，他作为一个村干部，究竟安的什么心？"是玉秀的声音。

"正因为是村干部，我赤娃伯才要维护村里的和谐，打击坏人，保证村里的安定团结。什么三叔三叔，瘸跛子一个，妈你也得照顾点体面，让我在矿上下井时省心一些。"

"你不能这么说他，这多年来他对妈是真心的，又帮衬了咱家许多，没有功劳还有苦劳呢，你咋能听旁人嚼舌头？"

"我不管那么多，我在井下就够操心的了，还让我再操心你，你行行好吧，和那跛子断了，断了，一切都好了，如不断，让我踫见三跛子，把他那条好腿也打折三节！"

枣树下的三跛子，又惊又怕又气恼，他明白了事情原委。他是个聪明人，他不会让玉秀夹在中间，两头作难、两头受气，他喜欢玉秀，也珍惜他那条健康的腿。

好腿拖了瘸腿，三跛子拨开浓郁夜色，匆忙逃离枣树，远离了田玉秀院落。

今夜，三跛子又喝了散白酒，又一步一步地朝了田玉秀院落走去。这回，他不是去会田玉秀的，他是去会那棵老枣树的，那老木疙瘩枣树。

可以说，老枣树是他三跛子和田玉秀爱的见证者。他们在树荫下干乡村的零碎活计，拉扯绵长的生计话题，分享收枣儿的快乐，穿梭日月的忙碌，就二人在房中那些隐秘事体，老枣树也透过窗玻璃看得一清二楚……三跛子思谋多日，决计将自己挂在老木疙瘩枣树上，以表达对玉秀至死不渝的心志，生不可以在一起，死要死的有些纪念意义，还有比人生的真爱更有意义的事情？老枣树是他人生终点，更是他爱的归宿，老枣树会笑吟吟欢迎他，玉秀更会为他的选择感动，会铭记到老的，一早一晚看到老枣树，一早一晚会想起忆起他的……

三跛子带着决绝，朝玉秀家的老枣树颠去，为给自己壮胆儿打气,他事先喝了半斤白酒,酒精催涌他来到老枣树下。

那时候夜色深沉。

他要最后看一眼玉秀的小屋,最好再看一眼小屋里的玉秀。

难道玉秀不会再从屋里出来,到小院里,看看鸡窝堵好没?看看院门拴好没?或者,到院墙角的茅厕去一下?

三跛子最后期待着。

由远而近,村巷里响起一阵摩托声。

摩托响到玉秀家院门口,院门被敲打着,同时有人唤一句:"妈,开门,我回来了。"

冤家,是田玉秀的儿子回家了。

玉秀自屋里出来,开院门迎进儿子。

"咋这么黑还回来?"玉秀关切地问。

"嗨,我必须今夜赶回来,后天我赤娃伯家大喜事哩,我明天得给人家帮忙干活呢,妈,我得赶紧把灯线拉到院子里,摩托坏了,要趁夜里修好,明个要到集上给赤娃伯家买肉、买菜呢。"

母子俩进屋去拉电线的当儿,三跛子懊恼地离开老枣树,悻悻走出院子,远离了玉秀家。如不赶快走开,等一会电灯照着小院儿,如同白昼的样子,那该是个怎样的局面?

自家的核桃树

三跛子在村巷徘徊。

长短不齐的两条腿,一轻一重,敲打着黑魆的土路。

今儿非同往日,往日的夜路,少人行走一片死寂,今夜的路,偶尔被踩得破碎。

那是一些沉重或轻松的脚们,承载了硕大或弱小的身子。身子是去往村干部牛赤娃牛革新家的,当然,也有去过了往回返的。

三跛子就躲开这些去的或返的身子,拐到更僻静的村巷。

他朝暗雾喷一口浓痰，也朝了那些模糊的身影。身影是去牛革新家的，是去帮忙的，干活的，讨好的，像田玉秀的儿子，专门请假回来帮忙哩。

三跛子的家和村干部的家一墙之隔。村干部牛革新的小儿子结婚，一面宽阔的院子里前两天就搭了棚子，垒了灶炉，搬了桌椅板凳，吊几盏雪亮的电灯。

村干部牛革新，现在气粗得赛过牛，支书村主任一肩挑，权力大得无人比。小儿子结婚一事还没通知呢，村里家家户户都知道，乡邻争着抢着去帮忙。

狗日的，讨好吧，讨好吧，说不准哪一天，就把老婆妹子搭给人家啦！

三跛子气咻咻骂一句，朝了黑影又补了一口痰。

三跛子不去凑那个热闹。作为隔壁邻居的他，也听不惯隔壁那闹哄哄的嘈杂，远远地躲着，把自个儿点缀在村巷的僻静处。

三跛子信步拐着，由了一长一短的两条腿，随便把他带到哪儿，哪是随便呢，这不，走着，走着，就拐到去往儿子房院的那条胡同了。

三跛子也说不清楚咋就不自觉地拐到了这里。看来瘸腿也是有灵性的，也知晓脑子里的那一点念想。来就来吧，夜雾里再看一眼那一排瓦屋，那可是五大间青砖瓦屋哩，那是他三跛子大半辈子心血的结晶，他用尽了他的积蓄和能力，才矗起那一排能让儿子说到媳妇，能让自己腰杆挺直，也能让他像个男人的瓦屋。

瓦屋完工的那天，他吐了一口长气，也吐了一口殷红的血，那是累的，昏睡了三天三夜，当再次站立起来时，儿子宝孩也立起了一个家庭。

一排五大间瓦屋，儿子住了西侧三间，把东侧两间让他住。他摆摆手，执意要回到老屋去。老实的儿子娶了邻村一个模样俏皮的女子，三跛子要给小两口一个独立空间，他不愿让自己跛瘸的身子，令人生厌地点缀在小两口生活中。

一晃几年下来，儿子到南方打工，儿媳也陪孙子在镇里上学。宝孩儿曾给他一把钥匙，让他没事的时候，照看照看屋院。村里虽说太平，村干部整日喊着要构建和谐农村，毕竟也有些不安分的小年轻，跳墙翻院，偷鸡摸狗。这样，隔个半月二十天的，三跛子就会到新院照看一回。

能怎么照看呢，无非是收拾一下院落，清扫一下落叶儿，透过窗玻璃看看屋里，看门窗有没有异常，他轻易是不进去的。在院里待一会儿，待一会，就出来锁好大门了。

有一阵三跛子心烦意乱，那条病腿也趁火打劫，且痒且痛，兴风作浪。这一日他拐到了这偏僻胡同，来到儿子的院门前，奇怪的是大门口放一辆崭新的摩托，红色的。三跛子辨得出，是一辆女式摩托，其实那是一辆高档的电动自行车，三跛子还是辨不得。莫非，莫非是儿媳回来了？不可能呀。

三跛子颇觉蹊跷，难道，院里进了小偷不成？里面锁着，他是有钥匙的，慌忙掏出来，平静一下情绪，院门打开了，他敛了粗重的呼吸，放轻脚步，走到台阶上。屋里传出男女的嬉笑，暧昧且狎昵，能听出女的是自己的儿媳，而男的呢？这时节，儿子宝孩绝对不会回来，那，这男的是谁？

三跛子脑袋晕了，他猜测出一个可怕的人来。刚才，从声音里，似乎能辨出一些，但不敢肯定。

多日来，三跛子从村人的目光里，看出一些些奇怪，那是和以前不一样的东西。有人问他："三跛子，宝孩儿还在外打工么？外头挣下钱儿了，家里挣下人咧！"

那是一串串说不清道不明的笑，他不清楚那笑的含意，笑声变作一枚枚坚硬的石块，砸在他的脸上。他心生疑惑，一个问号也烙在心里。

今儿，这问号就找到答案了。

三跛子推了厅门，走进厅里时，便听到里间男女的呼叫，还有深深长长的呻吟。

好一对狗男女，大天白日的，就敢做这苟合的脏事！三跛子气愤，欲闯进去，倏忽间他站住了，他不可以进去，他得给儿媳一点面子，他不能过分地让她难堪，他毕竟是她公公，他得为远在外地打工的宝孩儿保留最后一点面子……

三跛子已从淫邪的呼叫声里，证实了他的猜测，他在客厅里大嚷一声：

"牛赤娃——你狗日的还是村干部哩，你狗日的还支书村主任一肩挑哩，你就干下这等下作事儿哩——"

三跛子的叫喊显然是一颗炸弹，把里屋的二人炸得一时发愣。

屋里果真是村干部牛赤娃和宝孩媳妇姣姣儿，牛干部正把一颗硕大的牛脑袋抵在姣姣儿小巧却挺拔的双乳间，而下身宽大的两扇屁股，正在奋力夯砸……村干部是两月前勾引上姣姣儿的，并给姣姣儿买了一辆便捷漂亮的电动车。当然，还承诺过几年给姣姣儿批一面宅基地。

姣姣儿是乡村那种有点姿色却没主见的柔弱女子，青春的孤寂和对虚荣的爱慕，使她没能逃过牛革新的那点手段，她像一只兔子，被一只老狼猎获，就任由老狼蹂躏和玩弄。

姣姣儿被公爹的响雷炸得浑身发抖，一张泛红的脸儿霎时白成麻纸。牛革新也被吓了一跳，后悔自己过于大胆，以至于让人逮个正着。村干部毕竟是村干部，瞬间就镇定下来，还没忘安慰姣姣儿两句："没事儿的，有我呢，量他个三跛子球毛也伤不了一根。"

"牛赤娃，你个驴日下的，你猪狗不如呢，你个割球仔的！宝孩儿在外打工，你就忍心欺负他的女人？宝孩比你家儿子还小哩，你就不怕作孽，让老天收你么——"

村干部牛革新刚一走出里屋，三跛子就骂着一头撞向了他："牛赤娃，老子跟你拼了——"三跛子哪是牛干部的对手，早有准备的牛干部身子一躲，双手一推，三跛子就狠狠摔在水泥地板上，他那条病腿着地，疼得他一时间昏死过去……

醒来的时候，早已人去屋空，水泥地面的凉爽凉进他的骨头里，让三跛子也清醒了头脑，他深知胳膊拧不过大腿，这等丑事只能埋进心里，千万不可以让儿子宝孩知道，自个不说，村人不会告给宝孩的。

把丑事埋进心里，也把仇恨埋进去了，三跛子想以死来无声控诉牛赤娃的恶行，既控诉了他，又可结束病腿的无情折磨，还能减轻儿女的负担，这可是一举几得的大好事，三跛子一时决定的事，就铁心了，三匹马、四条驴也拉不回转咧！

对于他的吊死，村人会猜个七七八八，村人精明着呢，你牛赤娃仗了权势，一次次欺负他，不给他分坟地，辞了他的民办教员，阻挠他和田玉秀的婚事，霸占他的儿媳，平时大大小小的欺负举不胜举……让村人的议论鞭子一样抽打牛赤娃的心，对于他的吊死，村人猜不着的，是他患了骨癌，他永远守口如瓶，他是为了解脱疼痛，远离那一笔昂贵的医疗费用，免去儿女们沉重的负担……

在这个秋天的夜里，三跛子再最后看一眼那一排属于儿子的瓦房，心里便滋生出对远方宝孩的念想，滋生出对儿媳姣姣儿的怨恨，说到底是对牛干部的仇恨。仇恨化作他寻死的力量，一股一股，在心底涌动。可是，吊死呀，吊死呀，竟没有找到一棵最适合上吊的树，这让他纠结且怨愤，纠结找树的不顺，怨愤自个儿的无能。

三跛子拐回自己老院老屋时，夜已很深。隔壁牛赤娃的院落里，帮忙者早已散去，同往日般一片静寂。不同于往日的，那一排高大的屋檐下，居然吊着几盏大红的灯笼，把院落及四周涂抹了一层血色，高大的门楼前，还搭了气派的彩虹门，这就叫张灯结彩吧。

三跛子踏了血色回到老屋。他在西边，牛赤娃在东面，东面高大豪华的宅屋，把他破旧矮小的茅屋衬比得愈发猥琐，就像身材高大、牛头马面的牛赤娃比之于他身子趔趄的三跛子一样，就像人家支书村主任一肩挑，比之于他一介小村民一样。三跛子一直承受着来自于牛干部的多重压力，房屋的，身材的，身份的，在压力的阴影下，他如一只苍老的狗，自卑地躲在生计的角落，沉默寡言，苟延残喘。

三跛子在黑暗里大睁了眼窝，他睡不着是因了阵阵腿疼，是因了重重心事。此时的眼窝看着窗户，窗纸上就有树叶的斑驳，哦，那是自家东墙根的老核桃树，宽大的叶片被东院的灯笼投下的光影照着哩，树叶在夜风里晃动，窗纸上的投影也跟了晃动，晃动出秋夜的静谧。

核桃树。

自家院里的核桃树！

三跛子的心动一下。

三跛子的心动两下。

三跛子的心狂跳一阵。

为啥就没想到自家的核桃树呢？真是老了就一塌糊涂，还跑到坟地找柏树哩，还跑到村校找桐树哩，还跑到玉秀家找枣树哩，放着自家的核桃树还挑三拣四哩，真是老了就一塌糊涂。

三跛子倏忽间兴奋起来，有了眼屎的眼窝里，发放出亢奋的光点，把夜雾燃烧得作响。

一个崭新的决定，激动得他一下从土炕上坐起来。

牛赤娃，你个割球仔儿的东西，你的小儿子不是结婚么，你不是大摆宴席为儿子庆贺，你不是宴请你那些头面人物么，你不是让全村人给你随礼相庆么，好咧，我活不到人跟前，走不到人面前的三跛子，也破例送一个大礼给你，谁还有我这个礼物大呢，狗日的呢，割球仔的东西！

核桃树是三跛子老父亲亲手栽下的，细算一下，一百岁了，一百岁的核桃树，哪里都是粗的，粗腰身，粗枝条，粗大的叶片。核桃树浑身是青白颜色，摸一下，蹭一下，手上和身上，就有了细粉一样的东西。结下的核桃是绵核桃，个儿大，仁儿多，肉香甜，核桃皮呢，却是薄薄的一层，手一捏，牙一咬，就破了。每年秋里，要收三四蛇皮袋子核桃，给宝孩一袋，宝凤一袋，自己还留一两袋子，一个人的日子，枯焦了，口馋了，就砸了核桃吃，脆香的核仁，让满嘴生香，让心田滋润。

可是，也因了核桃树，与邻家生过气，有过口角，产生过不快。

核桃树紧靠东墙根，自然有不少枝杈越过墙头，长到属于邻居牛赤娃、村干部牛革新的院子里。早些年，作为邻居的牛赤娃倒也相安无事，树嘛，由着性子长哩，管是谁家的院落，越过墙的头枝杈上的核桃，牛赤娃还会送到三跛子家。作为村干部的牛革新就不行了，特别是牛赤娃追求三跛子小妹无果后，态度就变了，一会嫌核桃树枝遮挡了他家院里的阳光，一会又嫌烦枝头、枝梢刮风时划拉了他家的电线……口角就由此而生。从牛干部家的院子里，常常会甩过来含沙射影的骂，那通常是牛干部的儿子，或干脆放开嗓子指桑骂槐，那通常是牛干部的婆娘，三跛子一家人听得生气，也无可奈何。

牛干部家大儿子追求三跛子闺女周宝凤无果，两家关系基本恶化，某一日牛大儿子居然掂了斧头，蛮横地把那几条枝子生生砍断……

这可心疼死了三跛子。核桃树曾是他家的救命树哪，三年困难时期，他才六七岁，是每年那一树的核桃，才没使家人饿死，还有后来多年的春荒，是核桃换下的粗粮，帮家人度过饥馑的日子……

斧子砍在核桃树上，疼在三跛子心头，砍断的枝条流着汁液，分明是三跛子的眼泪。

说也怪，核桃树断枝处，如革命先烈前仆后继，不长时间那枝子又顽强地长出，且伸展开去，依旧探到牛家的院落里。这回三跛子怕被邻居砍断，曾有言在先，探伸过去的枝杈上，结下的所有核桃，就归牛家所有。这样，牛家一权衡，才停止了疯狂的砍斫。

说也怪，凡是探伸到牛家院里的核桃枝，叶子是少有的繁茂和硕大，小蒲扇一般，于风中招摇，枝杈上就是不结一颗核桃，如同一个结了扎的女人。

"老天长眼呢——"

院子这边宝孩低低地说。

"核桃树敢情也是有灵性的。"

核桃树下三跛子默默地想。

这时坐在炕上对着窗纸发呆的三跛子，倏忽间蹦出一句瓷实的话来：

"多年不结果的核桃枝子，将在牛赤娃家大喜的日子里，结出一个三跛子的！牛赤娃，这是跛爷给你最好的礼物。"

一夜没睡的三跛子，眼肿成两颗青核桃，老核桃皮一样的皱脸上，条条缝缝里都藏了一些笑，那笑不是装出的，不是挤出的，是从心河里流淌开来，在脸子上绽放的，远看是一片核桃叶，近瞅是一朵老菊花。

这样，三跛子又在阳光晴好的时分，带着核桃叶的鲜活，带着老菊花的生动，笑吟吟走出他的院子，一拐二拐，拐到彩虹门前，走进邻居牛赤娃，村干部牛革新的院落了。

一面宽敞的院子里，搭了几排红色棚布，棚布里外走动着忙碌的乡人，有帮厨的，有贴喜联的，还有闲坐吸烟喝茶的，都是锦上添花者，喜庆么，就是图个热闹，增些人脉。

三跛子的到来，并未引起乡人的惊讶或惊觉，邻居么，平时有多大的过节，这等喜庆的事，也该到场的，面子情也该如此。这样，就有熟悉的脸孔对三跛子打一个或浓或淡的招呼；也有昔日教过的学生躲不过去了，唤他一句周老师；也有装作没看见他的，或埋头洗碗、掰蒜，或仰脸遥视青天；也有开玩笑的极不恭地唤他："斜门，你也拐来咧。"他一律奉送一个菊花的微笑。他不像往日那样，在心里计较了。倒是主家牛赤娃牛革新，对三跛子的到来略显突兀和惊诧，原来是仇家嘛，居然也来了。当确定三跛子前来庆贺无疑时，牛革新便以大人不记小人过的姿态，给三跛子递去一支烟，以往的恩怨情仇算是烟消云散。

三跛子颇有范儿地坐到席位上，便与同席者一起，大口吃菜，小口饮酒。牛革新爱摆排场，酒是十年陈酿老汾酒，三跛子第一次喝，觉得醇醇绵绵，韵味悠长，就索性同乡邻大口喝酒、小口吃菜，还不忘把眼光放开去，捡拾一些有用的元素。一肩挑院子好宽阔、好排场，别人家最多是五间宅基地，他家是十二间，十二间高大瓦屋一字排开，院落占了正方形状。三跛子用眼光去看墙根，属于他家的老核桃树的枝杈，正不亢不卑地伸过来，主枝已小腿般粗壮了，丛枝也有许多，由于伸探过来的这一主枝，目前尚无结下核桃，叶儿就茂密成一团神秘的梦。三跛子透过叶片的遮挡，寻找到最适合套皮带的一处，那一处正好有一个树结，而黑乌的树结正好挂住宝孩买给他的那条黑乌的皮带。

今儿深夜，确切地说是明儿个黎明，三跛子将走进那一团绿色的梦里，在神秘中增添一些恐怖。

乡邻兴奋，三跛子更兴奋，兴奋就是一道下酒的好菜，何况还有一桌子的荤荤素素，鸡鸭鱼肉，今儿不喝，还待何时？从正午喝到日坐西山，三跛子才同东倒西歪的人们一起，离开牛干部家的院落。

三跛子是凌晨三时酒醒的。酒醒了，脑袋也分外清醒，他穿上了早已备好的一身黑衣，想了想，又脱下黑衣褂子平铺在炕上，用以前攒下的白粉笔，在脊背书写两个粗粗大大的白字。他纠结了，纠结于用繁体写还是用简化字，胸前一字是通用的"哀"字，后背一字是繁体的"喪"字。他将雪白的粉笔蘸了清水，这样写下真切而不易擦落。

三跛子一笔一画，认真书写，同多年前当民办教员出板报一样，片刻，两个白色大字落成，他就穿上了写有"哀""喪"字样的一袭黑衣。

那两个字，一个是古朴的隶体，一个是周正的黑体。

凌晨三时抑或四时，村庄沉浸在八月的睡梦里，远远近近的树上，有各种鸟儿在欢快地鸣唱和抒情，鸣唱村庄的和谐，抒发乡人的幸福。地上和草丛里的秋虫也一个劲地啼叫和喧闹，啼叫生命的秋天，喧闹乡村的庆典。三跛子在这种氛围里，悄悄爬上心爱的核桃树，登高望远，深情注目一下他熟悉的村落，还有村落对面的土塬。之后就收回目光，敛一敛底气，悄然跨越枝枝杈杈。那条病腿此时没有了疼痛，昨日的酒仿佛全灌进腿里。腿木木的，听从他的支配。顺着粗壮横枝越过了墙头，到了邻家地界，邻家许多红灯笼高高悬挂着，但失却了夜里的红亮，红色的棚布静静立着，恭候天亮后的客人。三跛子笑一笑,再笑一笑,他已找到树结的位置,且在那个位置上拴好了皮带。皮带套着一个圆圈,比裤腰要细,比脑袋要粗。

三跛子双手紧抓树枝,脑袋一点一点钻进皮带的圈套里,脖颈,就卡在套子里。双手,一点一点从树枝上松开来,松开来,全身的重量,就放在皮带套住的脖颈上。

核桃树上,终于吊着一身黑衣却缀有白字的三跛子。

三跛子起初感觉脖颈勒得生疼,气儿憋得难受,眼珠、眼仁直朝外凸,后来就有了晕眩的快感,脑袋里像灌进二斤高粱白酒,眼前,眼前是灯笼的火红,是衣服的乌黑,是乡村此时的灰灰白白……

天一点点麻亮。

客人们不久将会光临。

这个宽敞的院落里,必定会有别样的热闹。

活　命

一

　　劳大勤双手杵着震动棒，把碎石子、沙子和水泥搅拌成的混凝土加固在搭好框架的柱子里。

　　"嗡嗡嗡……呼呼呼……"

　　震动棒的力量真大，只要一摁开关，只要双手紧紧地攥着，圆形柱头如同一只执着的铁老鼠，朝混凝土的缝隙里可劲地钻，可劲地挤，可劲地压。

　　作为撑棒人的劳大勤圆睁了一对眼窝，察看混凝土的高低虚实，杵实了，杵平了，杵得匀称了，才能完成一杵的任务。

　　当小工把搅拌好的混凝土用车兜进木头框架之后，劳大勤就打开震动棒的开关，杵头、杵身剧烈地震动着，杵头要靠震动的力量，要把这些泥浆样的混凝土一点一点填进框架内的几根钢筋的缝隙里。钢筋是水泥柱子的"筋骨"，水泥柱子又是整个墙体和楼房的"筋骨"。框架结构的结实和牢靠，就在这一根根、一条条竖着的柱子和横着的大梁上。建筑工劳大勤自然明白这个理儿。他掌控着震动棒，他就是制造这些"筋骨"的人哩！要把这些"筋骨"夯得严实、杵得结实，就要他尽心尽力地完成每一杵的震动和劳作。

劳大勤把从兜车兜进框架后的水泥震动结实、震动匀称，这个过程为一杵，通常情况是把一兜车水泥杵平整后，震动棒暂时关一下，散发一些热量，有时候兜车赶得很紧，上一杵还没利索呢，这一车又兜进来，震动棒就得连续震动着，劳大勤能感觉到杵头、杵身的发烫，杵头挤压石子和泥浆时，也把一股股呛人的白气蒸腾开来。

建筑工地上充满了各种声音，有的是噪音，有的不是。钢筋钢板不时的碰撞声，在高空里响着，传出去被远处的高楼挡一下居然还有回声，很悠远。大多的声音是噪音，电锯锯木板的声音尖利、刺耳，让人听了心尖、难受；电焊枪焊接钢管儿的声音也绝不动听，随着鬼火一般幽蓝色电光的闪烁，许多细碎的钢屑铁花们可怕地朝四周飞溅，噼噼啪啪溅落冰雹一般。劳大勤是见不得那种电光的，一闪一闪的电光如一把不怀好意的刀子，在切割他的眼，同电光一起飞溅的声音，每每把他的双耳也刺激得生疼生疼……搅拌水泥的声音生硬、嘈杂，那些有棱角的碎石子自然也有个性，不愿意和沙灰混为一体，专横的搅拌机便借了电力肆无忌惮地搅拌滚动，硬是把互不相干的东西搅和在一起……那声音让人听了，害怕、恐惧、心慌意乱。再就是他劳大勤操纵的这根震动棒了，它曾被工友们称为要命棒，咋要命呀？还不是它的噪音么，这东西只要响起来，让人头疼脑涨，心跳加速，眼冒金星，身出虚汗，真个儿能要了人的老命和小命。

劳大勤就是这噪音的操纵者和制造者，耳朵早就被它打磨出三寸厚的茧子。噪音算什么呀，难以承受的是震动时水泥点子的激溅。生硬的杵头一旦接触刚搅拌好的混凝土，便生发出怪异的叫嚣，便将稀泥点子或小碎石子溅向四周，他们的裤腿上、胸脯上、脑袋上雨点般袭来无数的泥点，溅进眼窝里，打得酸痛难受。一晌干下来，白脸成了大花脸，头发被汗水和水泥点子胶和在一起，整个人也成了一尊会动弹的水泥人了；还有，震动棒的力量，那可叫个剧烈呐，刚开始干的那一个月里，时时感到手臂发麻和虎口疼，一天下来，虎口裂开一道一道的口子，又被水泥沫子给糊住，糊住又裂开，洇出殷红的血印子。后来，两只大手适应了这日复一日的震动，变得结实粗糙起来，如同他的两只大耳朵适应了每时每刻的噪音一样，早就麻木了。

忽地，在交汇着的巨大噪音的热流里，他迟钝的双耳还是捕捉到了让他敏感的声音，那声音微妙得几乎没有，在这高空里作业，那声音像忙碌工人的一个闲屁一样不会被人留意。

劳大勤却留意了，清晰地拾进了他的耳朵，那是裤子后面的衣袋里，那一枚手机发出的声音，是短信的提醒。

劳大勤的手机只有两个用处，一是通话，二是接收和发送短信，很简单。他的电话少，短信也少，电话一般都是在家种庄稼的女人打来的，短信大多是上了中学的女儿发来的，也有少量是读大学的弟弟劳小勤发来的，在老家的老母不会发短信，实在有急事了才会给他打电话……那么，方才这短信，不是闺女燕儿发的，便是弟弟劳小勤发来的了……哎，也不一定呢，许多次他在劳作间隙里，匆忙地却也期待地打开手机时，里面只是让他购房购车的广告或是说他的手机号获了什么大奖的诓人信息……

每当这时，他都愤愤然吐一口浓痰，粗糙的手指狠狠摁戳几下，删去烦人的垃圾信息。

这会儿，空中起风了，倏忽而起的大风把高高在上的脚手架和银灰色防护网吹打得晃荡起来。

劳大勤下意识地抓紧了眼前的钢筋。

他站在二十一楼的脚手架上，在杵实浇筑着的混凝土。这里距地面七十多米还是八十米呢？劳大勤说不清楚，他轻易不敢朝脚下看，他原本是有恐高症的。

进工程队那年，工头看好劳大勤结实的体格和老实的性情。他属于腼腆的那种性子，生人问他两句话，结结巴巴回答着，一张厚实的脸子居然就发红了。

"大男人家羞脸子货，留下吧！"

包工头盯着劳大勤狠看了一阵，目光如电钻，嘴里骂着，心里却荡来一片喜兴。

劳大勤有恐高症，不敢登上高高的脚手架。

他说是儿时小伙伴淘气害的，上树摘桃偷杏，翻墙爬厦揭瓦，在树上或在房脊上，他吓得两腿直抖，看一眼下面，脑袋也发晕，小脸儿也泛白。后来，年龄大了，帮邻里筑墙盖房，他尽量干地面的活计，搬砖运石、拉土滤瓦、和泥拌灰、套梁扛椽。在地面干活，再苦再累他都觉得踏实、稳当。也有上到房梁干活的时候，起初，蹬在瓦墙和木梁上，如同踩着棉絮悠悠晃荡。他千百次地骂自己没出息，暗暗使着心劲儿，假设自己在平地上一样。时间长了，渐渐地有些适应，但高度仅是乡村的平房，顶多是二层小楼七八米高的样子。

城市的高层就高得没个样儿了，二十多层甚至三十多层。老天爷，钻到云里去了，家乡的卧虎山也没这么高哇，在上面干活，就是被吊在天上动弹哩，还不吓破苦胆？

当劳大勤红着脸，怯怯地对负责工地的小队长说了自己有恐高的毛病后，小队长窝头一样的粗糙脸上，立时满是不屑和轻蔑……

"咦，还狗日的娇贵哩，小姐身子丫鬟命呢，还没见过铁塔一样的汉子害怕爬高蹬低哩。咱丑话先说到前头，空中和地面，两样工资呀。"

初来的劳大勤不知道"两样工资"有多大的区别，看看地面上，大多是五六十岁的人，备料的和看管材料的，也有操纵升降机的中青年，那可是一眼不眨地死死盯着机器，且听从着高空中上料的升降指令。

十余天下来，劳大勤大吃一惊，原来地面劳作的工资仅仅是空中的三分之一。

日他的，出来受苦为了啥，不就是多挣俩钱儿嘛，这地面上的活计，繁杂、零碎、分心，也不见得轻松，工资却少得可怜。身强力壮的劳大勤感到了深深的屈辱，都是人，我就这么不算话么？人家在高空走来踱去，劳作动弹还吆五喝六的，像平地一样，咋就恁胆儿大？脚下不是还有坚实的脚手架，外面不是还有牢靠的防护网么？

上吧上吧，死不了人的，要不了命的，不就是个心理障碍么。

铁了心的劳大勤被升降机徐徐送上空中了，他微闭了眼睛不敢看脚下，更不敢看四周，他默默地叮嘱自己，和地面一样的，和地面一样的，不用想自己在空中就是了。当然，初上空中的他，身边有同村出来的材子哥在照顾他。材子大他三岁，也算是个邻居吧，一块出来，又同在一个工棚住着，两人互相有个照应。材子知道他的恐高，便格外照顾他。

人就看有奈何与无奈何了，被逼到了一定程度，适应性是很强的，三十多年的恐高，在那短短的十天半月里，居然被他征服了，半月后他已经可以像他众多的工友一样，自如地行走在脚手架上，在干活的间隙里，也可以把眼光放开去，居高临下地俯视这座城市的近处和远处。

这是晋南原野上的一片盆地，西边是绵延的吕梁山，东部是太行山的余脉太岳山，两山中间的盆地上，便坐落着这个古老的小城。小城也不算小，百万口人。近年来又像一块发面的馒头，一个劲儿地朝四面膨胀。原来的老城拆迁修建了多年，依然拥堵不堪，是没法起高层的。城郊乡村大片大片的土地，全成了建筑工地，成了城市永远都不会满足的高层居民楼。

夏天的日头，一缕一缕的光芒，是一束一束的火苗儿，把劳大勤的汗水烤出来，很快就舔去了。空里贼热，野风却大，清清朗朗的天气，身边却有风的呼啸，一涌一涌的，能把人掀起来。每个干活的人偶尔得下意识地抽出一只手来，贴住墙体或者抓住身边的钢筋、板柱，以维持身体的平衡。

这会儿震动棒散热的时候，劳大勤还是把目光放在远处的柏油路和田地里。

柏油路泛着油黑的光，是柏油被太阳暴晒出来的，路边的田野按季节本该是玉茭遍地、翠绿遍地呢，如今却不是了，是被无数个工程队划拉出的工地地盘，用劳大勤他们村民的话说是先占住的毛地儿。名目繁多的机构和单位，先把土地购买下，圈起来围起来，一片一片的，农民便不可以再种庄稼了。"围子"里面有的有了破土动工的迹象，雄霸的推土机和长颈鹿一样的挖掘机在运作着，从高处看去真像两只拱土的黄虫子……"围子"里也有不曾动工的,一年两年了,或者时间更长,因有了围墙,农民便不能再种庄禾了,大片的土地就荒芜着,长出一些高高低低、稠稠稀稀的野草来……

以前,劳大勤对这条路多熟悉啊,赶了驴车或骑了车子进城出城,那条路不知碾过千回百回。过去路是土路,路旁是杨树、柳树,树边便是翠绿的庄禾,庄禾里面有各样虫子啼鸣,庄禾顶上有许多飞鸟穿梭……

短短几年,那一切都不复存在了,土路被柏油路取代后,庄禾也被围墙、机械、工地、土堆和荒草占领了……

劳大勤痴痴地看着,脑子就开了小差。又是两声手机短信提醒,响了两下又响了两下,他才回过神来,才醒悟到前一会儿短信就来了,忙着干活儿,便忘了去翻看。这会儿,趁给震动棒散热的当儿,他得赶忙收看一下。

从后裤兜里掏出手机来,手机的边边棱棱上贴满了白胶带、黑胶布,因为劳作着的手掌不住地抓摸,白胶布也早已泛了黑灰色。因为胶布胶带的重叠缠绕,手机涩涩巴巴,如一枚小小砖头。

劳大勤的手机仅两个用处,拨打电话和接发短信,至于其他用途,他不会,也无时间去侍弄。

手掌遮挡个小小凉棚,他费劲地看到了一行小字:

"爸爸,明天妈妈去工地看你,给你带几件换洗衣服。大后天是你的生日,爸,别太劳累了。弟弟也很听话,你别操心。"

哦,叶子明天要来工地看他,看罢短信的劳大勤心里不住乱跳跳。

粗略算一下,快两个月没回家没见到他们娘儿仨了,那还是两个月前回家收麦子,待了六七天,这一晃倒两个月了。闲时悠长忙时快呐,这老话儿一点也没说错,两个月,这幢高楼要起八层哩。他劳大勤白天杵一天震动棒,到了夜里,趁了凉快,还得砌五六个小时的砖,等到下夜一点他才匆忙洗一把脸回工棚睡觉……一天就这样紧促而劳累地过去了,下一个一天又是上一天的重复,一模一样的复制咧。

女人叶子的即将到来唤起了劳大勤疲惫内心的柔柔暖意，被机械劳作震动得麻木了的神经，立刻有了一丝活泛。三十六岁的汉子，想想看，正是如狼似虎的年纪，两个月被钢筋水泥和工地的各样噪音包裹着，在后半夜短暂的时光里，容不得他有一丁点思念女人的机会，往往脑袋一挨了枕头，还没来得及脱鞋子呢，便炸出响亮的呼噜声。

二

去年农历的七月初七，正是劳大勤生日的这天，叶子从乡下赶来了，给他送几件换洗的衣物。那是在另一处工地上，是在城北二十余里的郊区里，叶子倒了几次公交车才找到工地。

劳大勤估计叶子十点钟才能赶到，故而他把活儿干到九点五十才从升降机上下来，他得在叶子赶到之前回到宿舍里。先脱去这身脏兮兮的工作装，再洗把脸，再擦擦浸满汗水的身体。他匆忙地跨大步子走着，心，也像头顶的那颗老太阳，被女人叶子的即将到来烤炙得热乎起来，胸膛里那个烫呀，划根火柴便会着火。

走到宿舍门口的那一刻，猛一抬头，见女人叶子正站在工棚宿舍的门前等他。女人提前赶来了，此时，正诧异地看着眼前这个男人。

其实不用细看，劳大勤也知道自个现时是一副什么模样，每天都这样嘛。但在女人眼里，那简直就是一个水泥人了；那一头浓密乌黑的头发不见了，脑袋上顶着溅满泥点子灰点子的安全帽，脸是那种灰色的泥脸，被汗水冲出深浅不一的条条道道；眼睫毛上沾着青色的灰末儿，眼睛里几乎没有了眼白，早被多日熬夜加班带来的血丝网罩着，让人想到早年家里养过的红眼兔子……再看他的上衣、裤子，还有大热天脚上蹬的靴子上，到处是水泥土灰和蹭到钢筋上的暗红色铁锈……

那对红红的眼窝却一眨一眨的，朝叶子热热地笑着。

叶子的泪一下子涌出眼眶，滚落到发烫的地面上。

叶子来工地找他，劳大勤是非常矛盾的，一方面是对女人的焦渴，像这个季节一样干旱得可怕。性情老实、处事本分的劳大勤，不会像其他年轻工友一样，脑子活泛，行为大胆，实在憋不住了会私下里三两个哥们商量好，在某一个夜晚悄悄溜进城市里的某一条小巷子。那里，是这座城市小有名气的地方，是大伙心知肚明的红灯区。这片区域却是对下等人开放的，她应合了城市单身汉、酒鬼、窘迫小市民、外来务工者的需求，三五十块钱，甚至还可以谈到更少的价格。她可以满足最原始的要求，用他们庸俗的话说，可以"打一炮儿"的。

劳大勤不敢去那些地方，一是觉得这种行为，本身就对不住在家里受苦、给孩娃做饭、也在苦等他的女人叶子。再则，他也着实怕花那个血汗钱，三十也好，五十也罢，是大太阳下自个一杵一杵震出来的，是夜里灯光下一瓦刀一瓦刀砌出来的，五十块钱寄到家里是老母、叶子和一对儿女一个月的油盐酱醋，也够在大学里读书的弟弟劳小勤买几本书了……老父去世早，他这个当哥的就得负担起老母的生活和小弟的读书，现在他除了完成白天的活计，每晚再加五个小时的夜班，他哪敢去那些小胡同里呀？

他唯一的念想，便是叶子每隔两三个月来看他一回，来给他拿些换洗的衣服。

可是劳大勤还是有些害怕叶子到来，那是他内心的一个小纠结。叶子来了，至少耽误他半个劳动日的，那就把一百多块钱给扣除了！想一下，再想一下，心里还是有那么一些隐隐的疼。

劳大勤也为这点小纠结暗暗骂自己，是不是太财迷了，财迷到连自家婆娘都顾不上见喽，可那半天的工钱还是很诱惑人的。二百多块钱，能顶多大的事哩！

劳大勤的生日是七月初七，这可真是个有意思的日子。当劳大勤在前一天把女人叶子前来见他的事告诉了材子哥时，精明的材子笑了——

"七月七,天上牛郎会织女,工地大勤约婆姨,这天上地上可真是两件喜事哩,你们放心会面吧,我会安排好宿舍的,工友们都在楼上干活,绝不会回来打扰,放心亲热吧,先把你这身臭汗洗干净。"

材子以老大哥的身份拍拍劳大勤的肩膀,也把老乡的亲切和信任拍给劳大勤了。

材子干活踏实,砌砖又快又好又利落,人缘好,在工友中便有了一些威信,又是他们宿舍的舍长。有材子哥这么一安排,劳大勤自然就放心许多。

工棚住的宿舍是大宿舍,是那种简易的房子,十多人一大间的,有的床铺独立隔断着,有的是大通铺连在一起。劳大勤的床铺紧靠门边,是由一长条木板搭起来的,算是单独的床位。

他把女人叶子安排到自己的床铺上坐好,三下五除二便脱去了工装,去掉了安全帽儿。在门口的自来水边冲洗了脑袋,又拿毛巾把浑身上下的汗渍擦把了一遍,他急匆匆回来,带上了门。

叶子的眼窝依然红红的,那是心疼自家男人哩。打工苦重,可没想到建筑工地是这么个摊场,往日鲜活生动的男人,就成了混凝土人啦。还有那么高的楼房,站上面都头晕呢,男人家还要在上面没死没活地动弹……

劳大勤粗糙的手指轻轻抚着女人叶子的眉眼骨,抚着她有了细细皱纹的瓜子脸。叶子便像一只听话的小猫儿,紧紧偎在丈夫热烘烘的怀抱里。木板床很窄,又加了一个叶子,她就像面条一样紧贴在劳大勤身上。

叶子的泪水又涌出来,是委屈、心疼和爱的混合物,她轻轻咬着丈夫一根根关节粗大的手指,脸上布满了一些红晕。

叶子的脸是那种俏皮又耐看的脸。当姑娘时,提亲的人能踏破她家门槛,作为同村的人,她后来独独选择了劳大勤,是看上大勤的踏实、可靠,还有一身的好力气。叶子是个过光景的好女人,家里家外有她打点,日子也显出许多生气。大勤老爸病重的那两年,作为儿媳的叶子能像女儿一样侍候老汉,这在时下的乡村已属于少有的事情了。大勤从心里着实感激她。叶子多年和婆婆在一起，一口大锅里搅稀粥，从没红过脸，更不要说生发口角了……这两年女儿到镇上读初中，叶子就领儿子在镇上租了两间小屋，给女儿做饭，也时不时回村里，做些地里的零碎活计……

在乡村野风的吹打和窘迫生计的操持里，叶子的脸，红黑取代了白皙，粗糙赶走了细腻。三十四岁的叶子，早早成了一个中年婆姨。但在大勤的眼里，现时的叶子就如同地角的那棵柿子树，青涩的柿果光鲜亮丽，模样俊俏，成熟了的柿子却沉甸稳重，香甜可口哩！

被焦渴熬煎了两个月的劳大勤，终于吃到了叶子成熟透了的甜柿子，他贪婪地享受着久违了的甜蜜和疯狂……

疯狂之后是晕沉沉的昏睡，劳大勤不知道他喷发出的惊天动地的呼噜，能把宿舍简陋的棚顶掀起，他把劳累多日的疲惫一股脑喷发出去了。

一阵电锯声把劳大勤聒醒，眼睛痛苦地睁开了，好半天了，意识却是苍白的，待他回过神来，猛地坐起，才醒悟到已是下午时分。看看枕边，是叶子给他放下的洗换衣服，衣服上留一纸条，是叶子给他留下的几句话：

"大勤，你太累了，好好歇着吧，我得赶回镇里，给孩娃们做饭呢。"

劳大勤擂了擂自个儿的脑袋，他骂自己太自私，光顾了死猪般的酣睡，原计划完事后陪叶子吃顿饭，再在百汇自由市场给她买件衣服的，谁知就睡到傍晚时分了，他心里对叶子的愧疚就多出几分。

他记得这一晚他一直干了两个班的工时，也就是整整一个通宵，他把白天误了的工时，在夜班里补了回来。

在那个整夜的劳作里，他觉得自个身体无比清爽，是相对凉快的夜风儿的抚摸么，不是，是女人叶子让他淋漓尽致地释放了两个月的憋闷，从而周身爽快，心情愉悦了……

早班的嘴巴紧咬着夜班的尾巴，这一晚一早两班的交接仅有短短的半小时。劳大勤用这半小时狼吞虎咽地吃了五个馒头、两块咸菜，接着在水龙头上大喝了一气凉水。感觉肚里有了撑胀的快感后，他又低下脑袋，让凉水狂浇了一气儿，带着水珠子，他走向升降机，开始了一个新的白班。

"大勤，做活儿可不敢这么玩命，该悠着就得悠着点，硬顶硬拼，身子骨儿哪吃得消啊？"

看着劳大勤网罩血丝的眼，材子担忧地提醒。

劳大勤憨厚地一笑，感激地看着这位关心他的材子哥。

劳大勤对着自己的身体，一个人完全可以做两个人的活路。父母亲给了他一副棒身板和一身好力气，这是他干苦力的本钱，也是一天一夜连轴转赚两份工钱的资本。看着他宽阔的腰板和四肢上上下下滚动的疙瘩肉，就知道他精力旺盛和力气饱满。

让材子惊讶的是劳大勤又结结实实干够了一个白班，他的身骨就如同他掌控着的那根震动棒一样，开关一打开，便雄赳赳挥发着永不枯竭的能量。

劳大勤有着自己笨拙却简单的打算：这样苦干三年，便可挣够他修盖一排瓦房的钱了，再干两年，就可挣够女儿将来读高中的费用。前一段时间还在读大二的弟弟劳小勤给他发短信，说由于学业的优异，他获得了八千元的奖学金。那可是奖给大学各学院各专业前一、二名学生的。小勤还说，在以后的日子里，不用哥哥给他打钱了，靠他的成绩最次也可以获得五千元的励志奖，另外还有假期的打工，挣得零碎也可做生活贴补……懂事而好学的劳小勤的一则短信，真的让劳大勤轻松许多，现在他的每一个白班、每一个夜班，都是在给三年后的那崭新的瓦屋添砖加瓦。是的，时下的乡村房屋大都成了现浇水泥顶子的样式。这样备料简单，施工也方便，不像传统瓦房结构复杂，要三脚架，要大梁，要椽子，还得备下足够多的青瓦。现浇顶就省事多咧，以砖为主以水泥为辅，墙边角和顶子上，还要一部分钢筋的。有时候，在高高的半空里，劳大勤杵着震动棒，就想象着三年后在自家新起的房顶上打现浇顶呢，他两腿和双臂上注满了力气，两腿蹬的牢了，双臂也运作自如，对公家的活，如同私家活一样踏实卖力。

　　工地的日子，枯燥、劳累，却也过得飞快，每天就重复着三样事，干活、吃饭、睡觉。对于劳大勤，吃饭和睡觉，仅仅是个捎带，干活才是他的正经事情。在噪音和不间断的劳作中，一年就这么涩涩巴巴地过去了，那个有意思的日子：七夕，又要来到咧。劳大勤有时候惊讶老爸老妈当年怎么就把自己生在七月七了，现在的时尚话说是中国的情人节呢。真是太凑巧了，难怪叶子要在七月七前一天来看他。她是怕其他工友们笑他俩又是一年牛郎会织女呢。

　　后天，七月初六，叶子又要给他拿来换洗的衣服，来犒劳他离家快两个月的劳累辛苦呢。

　　劳大勤知道，那又得花去半个白班的时辰，陪叶子说话，陪叶子亲热呢。他得提前把那个半个班的劳动赶出来，从现在起，他就得加班加点哩。

三

　　日头高高地悬挂着。

　　七月的日头是一年里最毒最辣、也最火的老日头。

　　在距地面二十一层楼高的脚手架上，劳大勤觉得离日头很近很近，一束一束的火苗十分殷勤地舔着他的脸。在地面上，有树木、墙壁的遮挡，还有一些荫凉；在这高高的半空，他也像在空中悬着、吊着，四周毫无遮挡，日头的烈焰肆无忌惮地烤炙着全身。

　　劳大勤觉着自己的头发在烈焰的烧烤下烫着头皮儿，只要有一点火星溅过来，像枯干的蒿草一样，轰一下就点燃喽。好在有汗水不断地从发根下冒出来，艰涩地洇着、流着，与额上脖子上的汗水汇在一起，朝他的肚腹、腰际和屁股沟子里延伸下去，滑腻腻的，犹如游动着的蚯蚓虫，有的在腰际处就被烘干、被蒸发，留几道隐约的白痕。

　　脚手架的某一处，偶尔也铺有几张铁皮，防止水泥点子、碎砖头屑子掉下去。劳大勤脑袋上的汗水也常常滴落在铁皮上。大晌午的时光里，三珠五珠的汗珠掉下去，发烫的铁皮便响几声，冒几缕弱弱的白气。白气瞬间便消失了，连个湿印都看不见。曾有工友不慎把鸡蛋掉在地面下水道的铁盖子上，立刻，奇迹出现了，蛋黄、蛋清像倒进热鏊子上一样，说句话的工夫，就连蒸带煎烤熟了。看看这个鬼天气多怕人，热死牛咧！

让劳大勤更加难受的，还有他脚穿的靴子。那是工地上和泥拌灰用双脚奋力踩踏时才穿一阵子的雨靴，劳大勤在这样的大暑天得整日整晌地穿着，他需要时时去踩踏木板里的混凝土，先用两只脚把它们踩得匀称了，把边边角角里都挤压得结实了，再用震动棒朝瓷实里去杵、去捣、去夯砸。他是个爱出脚汗的人，老天爷，这么些连猫儿都寻荫凉的大热天，双脚在皮靴子里捂着、憋着，不出脚汗才怪呢。他的两只脚，被靴子里的潮湿与闷热捂得大萝卜一样惨白，一层一层地剥皮儿，脚趾缝奇痒难耐。

对每次收工后的脱鞋冲洗脚丫，他既盼望又害怕，盼望双脚早早脱离这蒸笼一样湿湿滑滑的靴子，早早晾在干燥的空间里；又害怕那些趾缝间有脚气又泛黑的充满橡胶刺鼻恶臭的秽物，那是钻进靴子里的水泥粉末同其他脏物的混合，冲洗的时候他必须用双手去搓、去抓、去挖。不可抗拒的奇痒诱惑使他更用力地搓动，这样，钻心的疼和钻心的痒一起袭来，一股一股刺激他此时分外敏感的神经。一块又一块白白的皮子被脚汗浸软了，被靴内的捂热后的肉皮被搓掉了，居然露出脚趾间白白的骨头……这样，一股股疼痒时时都伴着他，只要他穿上这对长筒雨靴劳作。高空里紧张的劳作使他不可能分心去顾及它，要操心的事情很多，每一兜水泥兜过来时，他要空出一只手去扶一把兜筐的，让它准确而稳当地倒进框架里；他得操心焊接好的钢筋，尽管每一节都有铁丝牢固地缠绕和固定，他把握震动棒时仍需分外小心，不可以因用力不均，过度挤压，致使钢条变形和倾斜……

穿着雨靴的两只脚在不断移动或者说动弹着，对脚部的感觉便有忙碌中的麻木感，但时常有硬物对脚趾部位的碰触，如，木板的边角，如砌砖的某一头，碰一下，很生硬地碰一下，他立刻就有了脚趾儿发痒的感觉，先是在脚趾缝隙里痒着，接着就沿着腿肚子朝上延伸，像千只万只小蚂蚁一下子钻进他的皮肉里。他觉着两只脚被人放在闷热潮湿的蚂蚁窝里，任那些可恶的小东西肆意欺凌他……

那时候他唯一的希求就是甩掉污臭的雨靴，用一条剥去玉米粒的涩巴的棒棒死命去搓他奇痒难忍的脚趾缝……

雨靴可不是随时可甩可脱的，那得看他们倒班时是接着杵棒呢，还是该着他掂起瓦刀砌砖。

今天的前半夜班就该着他劳大勤砌砖了，这是最合理也最合适的一个班儿。干到下夜二时歇班，简单吃几个馍馍，他可以从三时睡到八时。八时后，女人叶子会前来看他，并给他送来换洗衣物。他有整整一上午的时间和充沛的精力陪同自家的女人，之后再和叶子到百汇自由市场，给她买一身衣服，给儿子买件玩具，再给老母买一双夏天穿的布鞋……他劳大勤能安心地做这一切，是因为夜班已经干满了第二天上午的活计，夜里已经赚下了白天的工钱。陪同女人，他就有了底气。

劳大勤就分外感谢这个夜班了，感谢苍天的眷顾给了他这么一个很好的安排。他甚至还想感谢那个脾气暴怒、不通一点人性的工头，是他当初规定了这个三班倒的程序，才使得他劳大勤有了上前半夜班并且可以脱掉雨靴穿上布鞋掂起瓦刀砌砖垒墙的机会……实心眼的劳大勤并不知道，这其实是他的材子哥一手安排的。劳大勤今夜原本是后半夜班儿，材子才是前半夜班儿，考虑到第二天小两口的相聚，材子暗中和劳大勤调换了一下，他自己干后半夜班儿了。

四

夏天的风是干热的风。当劳大勤上到脚手架和防护网的高空时，他已经升到了二十二层的高度了。

高空的风显得生猛暴烈，把防护网和脚手架摇撼得山响，整个脚手架连同纤薄的墙体一起在夜风里晃动。

　　劳大勤虽然已不再恐高，但在这样的大风中还是紧张得要命。灯光显得非常惨白，在这白昼和夜晚交界时分尤为暧昧。紧抓住脚手架的某一根钢棍儿，下意识地朝下一瞭。好家伙，他像在天上，而地下是城市，城市里如同天上一样布满了灯光的星星，星星一闪一闪的，眨成城市里无数双眼睛，随了夜色的深沉，这些大大小小的眼窝愈发闪亮起来。

　　城市里却看不到星星，在这二十多层的楼坯房上，仰头望去，天是灰蒙蒙的一片，有灰灰的雾，有浓浓的霾，这些讨厌的雾霾风却刮不去，倒把后晌时好不容易聚积起来的几团有可能下雨的乌云刮散了，刮得了无踪影。

　　这鬼天气，冬天不好好落雪，夏天不及时下雨，地上干透了，田禾苗子几近枯黄，却来一阵子砸死牛羊的雹子或是暴雨，下得能冲倒房舍。这老天爷的脾性咋比工头的性子还坏上十倍哩？劳大勤这样愤愤地想着，和好水泥的木盒子里一搅一拌，将一瓦刀灰泥平抹在砖面上，随手掂起一块青砖短暂地一转，他选择好了砖棱砖面，随着一块青砖与墙体的焊接，今夜的劳作便拉开了帷幕。

　　劳大勤翻转青砖的动作不同于在乡村里碹窑盖房子时的那种翻动。在乡村，一般人家使用的是传统意义上的青条砖，或人工砖，或机制砖，都是那种长24厘米，宽12厘米的长方形青砖，故而垒下的墙壁呢，要么是二四的墙，要么是三七的墙（其实是三六的，中间有灰缝占一厘米）。这城市里盖高楼的砖是一种方形的空心砖，劳大勤弄不懂这砖是如何拓成的，也不清楚它用的什么原料，但知道它的里面是空洞的，之所以用空心砖是为了减轻墙体的压力。高层大楼的砌砖是一种填空，用空心砖来填充水泥框架格子之间的空缺。高层楼不同于砖灰结构的低层楼，高层楼的各种水泥柱子结构复杂，墙体和各样隔墙遍插钢筋，钢筋粗细不一，有光面钢筋，还有螺纹钢筋，每一层封顶时钢筋往往纵横交错。一般垒空心砖时，都是周边的钢筋水泥柱子打好之后，由能掂起瓦刀的大工急匆匆焊接砌垒。空心砖个头大，一块顶一块，或横着铺陈作为跑砖，或竖着栽立如同过去盖房时的一栽两卧。这高层楼上的砌垒青砖，完全不同于在乡村盖房子碹窑时的瓦刀的运作。劳大勤边干活儿边带有感慨地想着。在乡村，考量一个大工的技能和本事的最基本要求，是看你砌砖的技术如何，看你是否能缠砌了砖锭子，看你砌跑砖时是否又快又好，最后看你有没有碹砖窑的能力。为了砌齐砌快一堵墙壁，对砖块的选择是多么讲究呀，只要一眼瞟过去，便对一块青砖有一个精准的判断，哪一道砖棱朝外，是背面朝上还是里面朝上？这一砖需要多薄多厚的灰缝？青砖下面压多短多长的茬口？墙面朝外那砖缝的茬口必须上下整齐，如一线奔拉下来……这一切，都是一个乡村泥瓦匠人特别是一个大工的看家本领的。

　　劳大勤的看家本领是跟着他的材子哥学下的，他们是邻居，也是相处很好的兄弟，某种意义上还有些师徒关系。劳大勤靠请教、靠观察、靠体悟、靠实践，最终掌握了一个过硬本事。可是，在城市，在这高层大楼的修建中，似乎以前的所有本领都无足轻重了，不是派不上用场，而是所有的一切都不甚讲究，空心砖无须选择内外面了，只要用水泥焊接上就行。齐不齐吧大致能看过去就行，反正过后里面外面都要上一层厚厚的水泥外表的。高层楼不存在缠砌砖锭子的问题了，清一色的水泥柱子在做跑砖之前就已高高地耸立起来。你再有绝技，在这里也使用不上，高层楼房没一处需要你碹一个小砖窑的。几根钢条几车水泥，就架起了所有门窗之上的横跨大梁。整个面积宽阔的每一层楼顶，都是钢筋的交织和混凝土的现浇铺陈……

　　劳大勤深感到高层建筑的技术更新以及它许多环节中的疏忽和粗糙，许多隔断中的砖块就那么没有任何选择地填充进去了，反正有各种各样的水泥框架的支撑，有一把水泥的涂抹，万事便大吉了。

　　驴马粪蛋儿外表光，不知道里头活遭殃。

　　劳大勤想起这句乡村土话，并用它来形容干的活计，对泥瓦匠人来说，齐不齐，一把泥，这是专指对内面墙壁垒砌而言的。反正一把麦秸泥贴过还有一层的灰抹平哩。这城里的高层楼房就两面涂抹了……

劳大勤笑过,他的笑声一下就被猎猎的夜风逆转顶回到了肚子里。

肚子里便有所滚动,最后化作一串响屁,鞭炮儿一样炸了出去。

砌这样的空心砖肯定是枯燥的,先把搅拌好的水泥平摊在砖面上,平摊一尺多甚或二尺多,再把砖块横着铺陈或者竖着栽立。水泥用得很多,一是焊接实在,二是速度快捷,故而下手便重。这完全不同于乡村的盖房,乡村砌墙时,无论用白灰无论用水泥,要看每一个砖块的形状和焊接面的平凹决定量的多少,看这块砖头与其他砌好的砖面的平整程度来决定,还有一点,便是本着节省原则的,一瓦刀水泥摊在砖面上,瓦刀的刀头要在水泥中间拉出一道小沟来,这是平衡水泥,也是节约水泥。乡村的砌墙,灰缝中间往往是空心的。

劳大勤初到工地的那年,工头要查看每个大工的"手活儿",每个大工子带有表演性质要在工头面前露一小手儿,展示自个儿的看家本领。轮到劳大勤砌砖时,小伙子手脚麻利,瓦刀在他手中运作自如。抄灰、摊灰、掂砖、择面择棱,整个砖块在他硕大的左手里翻转颠个儿,最后齐齐地扣在灰面上,且用瓦刀在砖面上轻轻一磕,算是对这一块砖最合适的安排和交待。行云流水,一气呵成。

就在围观者点头赞许的时候,工头轻轻地笑一声,朗声嚷道:"活路倒还熟络,手脚也麻利,不过一看就是干惯山村泥瓦的土包子,小里小气,抠抠索索,摊开的水泥还要勾出沟子来,公家就缺你那半瓦刀水泥吗?你记住喽,以后砌砖水泥铺得满满的,砖的缝隙要实心,再不要挂钩子、留空子,六个指头挖痒痒多来那一套,以后再有那坏毛病你就给老子卷铺盖滚蛋!"

劳大勤着实吓了一跳,他才明白,城市楼房的砌砖是不准灰缝里留空白的,他要彻底改掉以前砌砖的老习惯、坏毛病。

城市的楼房敢情是空心砖实心缝呀!

弓腰,撅臀,掂砖,摊灰,焊接,码齐……

整整大半个夜晚，劳大勤都在重复着这几个简单的动作，并且在紧张地重复，动作虽简单，却快速、麻利，绝不拖泥带水。

加一个夜班，就可以赚到小三百块钱呢，劳大勤是用踏实和卖力换取这一份还算丰厚的报酬呢。

劳大勤暗暗地想，按时下青砖的行情，一块砖三毛钱，那三百块钱就可以买得一千块青砖呢，加十个夜班就是一万块砖，那是多高的一摞！只要有把好力气，他可以把自家盖房子的砖、灰、钢材、门窗统统赚回来……房子是一砖一瓦盖起来的，钱呢，也是块儿八毛积攒起来的，照这样的干法，用不了五年。他今年三十六岁，也就是说，到四十岁时，崭新的房子就会取代他现有的老屋，他劳大勤也会像其他好光景的乡人一样，让老母、叶子、让儿子、让女儿都乐滋滋地住上高大宽敞的新房子哩！

想到这里，劳大勤觉着有一股元气充塞到他的胸腔，又从饱满的胸腔延伸到四肢了。

是的，刚才他忽觉得眼前黑了一下，是黑了一下还是亮了一下，说不清楚。随了夜色的深沉，高空中的电灯愈发亮了，就那么一瞬间像电闪一样在他眼前一亮又一黑，他有些晕眩，身子有些晃荡，身体在那一刻里仿佛被什么掏空了，是累了吗？他奇怪地想，他可从来没有这样过呀。待怔了一怔，稳了稳身子后，他又快速地恢复了常态。想到他四年后的房子，他的每一个骨节里又都蓄满了力气。

"嗨，大勤，你也太勤快咧，悠着点，公家的钱哪里赚得完？命可是自家的啊！"

工友们这样善意地劝他，但都愿意和他一起搭班干活儿，劳大勤实在，有超人的力气，又肯出力气，自然就很出活儿。

夜风渐渐凉爽起来，如一条柔和的毛巾，在一阵一阵揩拭着劳大勤的身子，身上的汗渍和汗味，被这无形的绵柔毛巾擦得干净清爽。劳大勤觉着在这样的状况下干活简直是一种享受，比起掌握震动棒杵混凝土柱子，不知要清爽多少倍哩，何况脚上脱掉了湿热滑腻的雨靴子，一双布鞋让他的双脚也干燥舒服许多。劳大勤体会到了一种幸福，当然，还有更为幸福的事情在等待着他，女人叶子会如期前来看望他的。想到这儿，他的一颗三十六岁的心脏狂跳起来。

劳大勤用掂着瓦刀的手摁了摁沉甸甸的心口，又弯腰去砌空心砖了……

五

劳大勤是被材子哥叫醒的。

那是材子哥下了后半夜的班之后。

今天，劳大勤的媳妇叶子如同去年的这会儿一样，要来看望丈夫，不同去年的是，却没有一处让他俩单独见面的地方了。宿舍里，下了夜班的几个工友得抓紧睡觉呢，另外，还有受了轻伤的工友要在宿舍输液打点滴。宿舍，实在是腾不开。

材子毕竟有些办法，他不会让干柴烈火的小两口连个见面亲热的地方都寻不下。跑了几处，材子终于联系好了工地看库房的老吴。老吴看着库房，也住在库房里，他让老吴离开库房个把小时，老吴通情达理地答应了。

劳大勤不好意思地谢过老吴，还塞给老吴一包香烟，他是个多心的人，把自己的一条干净床单临时铺在老吴黑乌乌的床单上。

不同于去年这会儿的是，劳大勤在这座堆放钢筋、堆放木材、堆放钢管以及水泥车、小推车、灰斗、泥斗、发电机、抽水机等的地方，欣喜地看到离床头几步远的地方居然有一个水龙头，他把自己上上下下、里里外外擦洗了一遍，干干净净、清清爽爽迎接自家的叶子。

如同去年这会儿一样，收拾利落的叶子提了一个红色的书包来到工地上。书包是女儿用旧了的书包，她没舍得扔，权且当作过去的包袱用，里面无疑包着丈夫的换洗衣服。

见到劳大勤的那一瞬，叶子的脸儿还是红了一阵。俗话说得好，小别胜新婚,何况他们已经从割麦子到现在两个多月的别离了,又正是三十如狼似虎的年纪,谁能不急切地想着对方呢……

劳大勤拥了叶子,怀了几分小心,很谨慎地坐在老吴的小床上,小木床吱呀一声,又让两人吓了一跳。毕竟是在工地上宽大的库房里,毕竟是在别人的小床上,劳大勤的心里有了一种说不出的感觉,别扭、不自在。刚才他轻轻闩门的时候,才发现这扇简陋的木门上到处是条条缝缝,从里面看得见外头,也不知道外面能不能看到里面。潦草的老吴也不讲究这些,贴一层麻纸不就挡住这些缝隙了么,真是的。

问了问老母的身体,问了问儿女的近况,抚着叶子起起伏伏的胸脯,劳大勤能感觉到叶子气喘得急促,微微有些发胖的腰身已经瘫在他的怀里,他有些急促地脱去了衣裤,他得快一些办完俩人的事情。他不想也不敢在这个四面走风漏气的库房里待更长的时间,万一有人找老吴来领东西咋办,万一有人冒失地推门敲门咋办?劳大勤觉得自己的额上渗出了一层汗水。当叶子的双手紧紧地搂住他并急切呼唤他的时候,劳大勤却惊讶地发现他此时不行了,无论他怎么努力都力不从心。

"叶子,我,我怎么硬不起来,这是怎么了?"

他汗涔涔地问。

叶子从迷离中睁开双眼,看着丈夫一头一脸的汗水,忙坐起身来,安慰他说:"你太累了,别着急,歇一会儿就会好的……"

叶子起身拿了块毛巾给他擦汗,从头到脸,从胸脯到大腿,并且一句句安慰着他。

叶子的安慰并没有激励他多少,他反而更着急,一着急,汗水就流下来,掉在叶子白皙的大腿上,掉在窄小木床的床单上……他努力想平复自己,并且重整旗鼓,几次想卷土重来,却仍旧疲软下去……

我咋连自个儿女人都伺候不了啦?

我这是咋了,我这是咋了?劳大勤颓丧而无奈,拿拳头擂自个儿的脑袋。

叶子慌忙抱住了他连连说道："你肯定是累坏了，歇上两天说不准会好的，还有，这个地方你可能也不习惯，回到咱家里，肯定会好的……"

懊恼归懊恼，这库房之地终不可久待。叶子帮劳大勤穿衣服时，忽然发现他系着一根黑皮带。麦收季节回家时，记得他的那根红裤绳磨得有些细了，她这次来，给丈夫带来一条崭新的红裤绳。

叶子从鼓鼓的书包里拿出她新缝制的红短裤、红裤绳，帮丈夫穿上才作罢。

"这条黑皮带还好好的呢，换上红裤绳怪麻烦的嘛。"

劳大勤怕系红裤绳时系了死结误工夫。

"本命年身上哪敢离了红，款款系上吧。"叶子嗔怪着自家男人。

这样，穿上红短裤系上红裤绳，换上叶子带来的干净衣服的劳大勤走出了工地库房。这回，他得陪着女人，到城南的百汇自由市场，给老母买一双布鞋，给叶子买一身衣服，给儿子买一件玩具，再在附近的饭摊陪她吃顿饭，就送她上公交车了。

第二天是七月初七，牛郎会织女这天是民工劳大勤的生日。这天，劳大勤就满三十六岁了。天一亮，他早早就起床了，完全不像平时起床时那么艰涩和痛苦，尽管昨夜还加了上半夜的班，下半夜的觉睡得很踏实。他依稀还记得做了一个团圆梦，梦里的叶子就那么赤条条、白生生睡在他的小床边，他觉得自个儿的下身硬得膨胀而生疼，叶子用手引导他一下走进销魂蚀骨的温柔乡里的，就如同他白日里掌握的震动棒一下夯进湿软的混凝土里，结实而有力；又像城市开出的火车，一下驶进幽深的隧道，修长却毫不迟疑；更像他在电视里多次见过的美国男篮队员的灌篮动作，又稳又准又狠。总之他是实实在在进入了叶子的身体，片刻，仅仅只有片刻的工夫，他觉着自个爆炸了，像开闸的洪水一泻千里，享受到了淋漓尽致的快意……他似乎醒来一下，很快又睡着了。为了证实夜里的跑马，他探手下去摸摸新穿的红裤头，他摸到了中间硬邦邦的凝固的那一块。劳大勤笑一笑，很轻松，轻松洗脸，轻松吃饭，轻松地哼着《人在空中》的流行歌曲。

今儿，他的白班依然是穿上雨靴掂起震动棒、在二十三层楼的最边角上夯杵框架，堆筑混凝土高柱。

刚下了夜班的材子哥红胀着一对眼窝对他说："大勤，今儿可是你的生日，你想请假我给工头说去，万一不行，在地面上干点零碎活路也可以，过了今天再上高空吧。"

劳大勤感激地看着这位材子哥，脑袋摇得像旧时货郎鼓儿，嘴子里连说"不用咧不用咧"。他心里有一个盘算，今儿精气神好，浑身上下涌动着力量，他要在这有纪念意义的日子里干够两天的班时，把昨天在自由市场给家人买衣物的花销再赚回来。两天的班七百块钱哩！那可不是个小数目哟。

六

又是一个闷热的天气。

高空里的劳大勤瞅不见太阳，当然也看不清成形的乌云，天就那样不明不白，暧昧着，像工头不发火时那一张莫名其妙的脸。

人都说，七月七老天或大或小、或多或少都会落些雨的，那是织女为牛郎掉的眼泪呀。劳大勤弄不清今儿会不会落雨，反正他的织女昨天看过他咧，他得在生日这天结结实实干够两个班，为他的织女、为他的家，好好卖力赚钱哩。

第二十三层楼刚刚封顶，劳大勤得在楼房山墙的最边角上夯筑第一个混凝土框架。

脚手架还没有升上来，依然在前几天做活计的二十二层，而银灰色的防护网紧紧依着脚手架，在砌起的墙砖边缘像搭起的一圈帐篷。

偶尔袭来的风，把这些帐篷兜起来，很饱满，形成一大团儿银灰色的梦。

因在封了顶的楼面上作业，也因大伙儿工种不同，干活时的走动就比平时在脚手架上要相对自由一些，也胆大一些，手脚便可以随意地放开来，感觉像在地面作业一样，舒展和放松。

大伙儿大胆的举动和自由的情绪自然也影响到了劳大勤，在巨大而沉重的脚手架尚未升上来的时候，也敢在楼房山墙的最边角上，掂着那柄同样沉重的震动棒，一阵又一阵，把兜车兜过来的混凝土，加固在最边角的这根框架围起的柱子里。

如同以往的任何一个日子一样，穿着雨靴的劳大勤发狠地干着活计，他把震动棒用力地朝混凝土里杵下去，夯下去，挤压下去……下一兜车水泥还没过来时，他杵头下的混凝土正被他挤压，夯砸得均衡平实起来了……

说起来，干这个活计并没有多少技术含量，只要能掌控震动棒，往均衡和结实里砸杵就可以了，单调而枯燥。干这个活计要的是不惜力气，能吃苦，不怕脏累就行。每一兜车混凝土倒进去，一杵一杵都要溅出许多水泥点子，不仅要溅到裤腿上、腰腹上，还会溅到脸子上、脑袋上、头发上。一个班下来，头发和着汗水、水泥严严实实贴成了一疙瘩，浑身上下除了一对眼窝外，简直成了个水泥人，大大小小、新新旧旧的点子把他溅了一遍又一遍，新换上的衣裤一个白班儿就弄得脏兮兮、灰塌塌，他哪有时间和精力去洗、去涮呀，大多的时候索性脱掉褂子光着膀子干活儿，任水泥点子溅打他光裸的上身和早已晒成铜锅盖一样的脊背上。许多人忍受不了这种击打激溅，忍受不了雨靴里的湿滑捂热，忍受不了水泥灰的腐蚀，忍受不了两脚被泡肿脱皮脚气的痒痛，忍受不了震动棒把双手双臂震得发麻、把脑袋也震得发麻的感觉，忍受不了晋南这座小城晴天干热阴天闷热工地上空凝固着45度的高温的炙热，忍受不了被风吹来的一股又一股垃圾堆散发的刺鼻的恶臭……

这一切，民工劳大勤都忍受了，且在这种氛围和环境下发狠地动弹着，劳作着，玩命着。他只知道，多干一个白班，多加一个夜班，就可以多赚几百块钱，赚工钱和盖高楼一个样嘛，要一砖一瓦去焊砌，要白班夜班去累积……

为了儿女的上学，为了几年后自家要盖的新房，为自己那个比上不足比下还有余的光景,劳大勤,你就勤勤快快地干吧,干吧……

天气依然闷热,劳大勤觉得脑袋上的汗水从脖子流到肚子上,又从肚子流进裤裆里,屁股沟子里滑腻腻的难受,而裆里早已汗湿一片,家伙好像被浸在汗水里,发痒发胀,接着汗水又一起流向大腿、小腿,最后全部汇聚到了雨靴里,一点一点,洇到他的脚面上、脚趾间、脚缝里……

劳大勤没觉着脚趾痒痛,没觉着。他此时的双脚比两手还要忙活,两手只紧握着震动棒,而两只脚却要替换着去踩踏混凝土,在杵棒之前把混凝土往一根一根钢筋的缝隙里去塞去、填去、充去……

这样忙碌动弹中的双脚,是不会有痛痒之感的。

忽地,劳大勤觉着自己的眼前黑了一下,又黑了一下,脑袋在那一瞬间沉了一下,又晕了一下,他使劲揉了揉眼窝,可能手上有水泥的粉末儿,把眼窝割了一下,辣了一下,辣出一些眼泪来,在泪光的迷茫里,他看到近在眼前的乌云间亮一道白白的闪电,一闪就消失了,接着便有雷声炸响,轰轰隆隆的,由近而远,又由远而近……

七月七,
牛郎会织女,
老天心再硬,
也会掉泪滴。

老辈人的旧话儿没说错,七月七这天多多少少会落些雨的。劳大勤一面盼着老天雨水下大一些,干旱多日的天气需要湿润一下,自家地里的玉茭豆子也得有雨水的浇灌了。另一面劳大勤心里又在拒绝老天下大雨,下小雨可以,下小雨不会误工地上的活路,下大雨就不得不收工避雨了,这无疑就耽误他的一个白班儿,甚至误他一个劳动日的,那就等于误他赚一个白班儿的工钱呀。铜钱儿大的雨点如果密集地砸下来,会砸痛他劳大勤的那颗心杵的啊!不绝如缕的雨线更会像一只只银箭穿透他的心肝肺。

雨滴却不见下来，响雷是一声跟着一声滚过，每一个闪电都切割劳大勤的眼窝。忽然，闪电带给他的不是光亮，而是眼前的一阵黑暗，灰黑且晕眩，劳大勤身子一个趔趄，便从楼顶的最边角处摔了下来——

那一摔，来得快速又突然，他的身体先是在正待上升的脚手架上重重地一个碰撞，腰身被挂了一下、刺了一下，那是腰身被脚手架探出来的一根钢管绊了一下，拉扯了一下，接着整个身子斜斜地朝防护网砸了下去，防护网在乍起的风中鼓荡着、张扬着，把劳大勤沉重的身子弹了几弹，弹甩到最下面的角落里了。角落里却有一处不被人留意的破洞儿，半年了谁也没去注意那地方的尼龙绳子松懈了。重重弹下去的劳大勤便从那个破洞里漏了下去，漏了下去。

下面，是二十二层高楼的地面……

那根长长的探出脚手架的钢管把劳大勤拉扯撞击了一下的时候，很奇妙地把他昨天新换上的红裤绳儿扯挂在钢管的头尖上了，高空中的风又把红裤绳打了一个死结儿，在二十二层楼房的高空里悠悠然然飘挂着。

落雨了，七夕的雨淋打着一个三十六岁本命年的生命，也淋湿了高空里飘挂着的红裤绳儿。